Lily Bard – 1

Meurtre à Shakespeare

Du même auteur
aux Éditions J'ai lu

LA COMMUNAUTÉ DU SUD

1. *Quand le danger rôde*
2. *Disparition à Dallas*
3. *Mortel corps à corps*
4. *Les sorcières de Shreveport*
5. *La morsure de la panthère*
6. *La reine des vampires*
7. *La conspiration*
8. *Pire que la mort*
9. *Bel et bien mort*
10. *Une mort certaine*
11. *Mort de peur*

SOOKIE STACKHOUSE PRÉSENTE : INTERLUDE MORTEL

LES MYSTÈRES DE HARPER CONNELLY

1. *Murmures d'outre-tombe*
2. *Pièges d'outre-tombe*
3. *Frissons d'outre-tombe*
4. *Secrets d'outre-tombe*

Charlaine Harris

LILY BARD – 1

Meurtre à Shakespeare

Traduit de l'américain par Tiphaine Scheuer

Titre original :
SHAKESPEARE'S LANDLORD

Éditeur original :
Dell Publishing Edition

1

Je rassemblai mes forces, mes pieds nus solidement ancrés au sol, mes muscles tendus et prêts pour l'attaque. Je fis un pas en avant sur la pointe de mon pied gauche, pivotai et lançai ma jambe droite, pliée au niveau du genou. Mon pied donna un coup violent avant de revenir instantanément dans sa position initiale. Le sac de sable noir Everlast se balança au bout de sa chaîne.

Je reposai mon pied droit au sol et tournai légèrement sur son extrémité, orientant cette fois mon corps face au sac de sable. Je levai ma jambe gauche pour distribuer un *mae geri* plus long et plus puissant encore. J'enchaînai les attaques, les retournements, alternant les coups latéraux et frontaux, et travaillai mes coups de pied arrière qui étaient trop faibles ; mon souffle devenait de plus en plus profond, mais sans jamais perdre son rythme, expulsé de mes poumons à chaque coup, puis inspiré à chaque rétraction.

Le sac dansait au bout de sa chaîne, d'avant en arrière, exigeant de plus en plus de concentration de ma part pour flanquer chacun des coups suivants avec la même précision. Je commençais à fatiguer.

Enfin, je mis toute ma force pour lancer ma jambe droite, la plus puissante, esquivai le retour du sac de sable, et envoyai un *seiken*, la main harmonieusement alignée avec mon bras, les doigts tendus.

J'avais fini mon entraînement. D'un geste machinal, je m'inclinai, comme je l'aurais fait devant un partenaire vivant, avant de secouer la tête en prenant conscience de ma stupidité. Je tendis la main vers la serviette suspendue à son crochet attitré, à côté de la porte. Tout en me tamponnant le visage, je me demandai si mon entraînement avait suffi ; si je prenais une douche et que j'allais me coucher, arriverais-je à dormir ? Ça valait le coup d'essayer.

Je me lavai les cheveux et ressortis moins de cinq minutes plus tard. Après m'être séchée, je mis du gel et, debout devant le miroir, ébouriffai ma coiffure du bout des doigts ; j'avais enroulé la serviette autour de moi pour ne pas voir ma poitrine dans le miroir.

Aujourd'hui, j'ai les cheveux courts et blond clair. L'une des seules extravagances que je me sois offerte, c'est une coloration, une permanente et une coupe chez Terra Ann, le meilleur salon de coiffure de Shakespeare. Certains de mes employeurs y sont également clients ; ils ne savent jamais trop quoi dire quand ils me croisent là-bas.

La plupart des culturistes considèrent qu'un bronzage prononcé fait partie intégrante de leur régime, mais moi, je suis pâle de peau. Ça atténue les cicatrices. En revanche, je me débarrasse de tout l'excédant de poils ; j'épile chaque sourcil qui dépasse, et mes jambes et mes aisselles sont aussi douces que les fesses d'un bébé.

Il fut un temps, il y a des années, où je me trouvais jolie. Ma sœur Varena et moi éprouvions la rivalité habituelle, et je me souviens d'avoir décidé que j'avais des yeux plus grands et d'un bleu légèrement plus clair que les siens, un nez plus droit et plus fin, et des lèvres plus pleines. Le menton de Varena, en revanche, était plus joli – élégant et déterminé. Le mien est plus rond. Ça fait trois ans que je n'ai pas vu Varena. Elle doit probablement être devenue la plus jolie. Bien que mon visage n'ait pas changé, mon esprit, lui, si. Le fonctionnement de l'esprit se traduit sur le visage et le modifie.

Parfois, certains matins – ceux qui suivent de très mauvaises nuits –, je regarde dans le miroir sans reconnaître la femme que j'y vois.

Cette nuit allait être une de celles-là (je ne savais pas encore à quel point !). Mais je savais avec certitude qu'il n'était pas la peine d'aller se coucher. Mes pieds avaient la bougeotte.

Je me rhabillai, jetai ma tenue de sport trempée de sueur dans le panier de linge sale et enfilai un jean et un tee-shirt, avant de passer une ceinture. Mes cheveux n'étaient plus que légèrement humides ; le sèche-cheveux termina le travail. J'enfilai un coupe-vent sombre.

La porte de devant, de derrière, celle de la cuisine ? Certaines nuits, il me faut quelques instants pour me décider.

L'arrière. Bien que je fasse attention à bien graisser les gonds de toutes mes portes pour qu'elles s'ouvrent et se referment sans bruit, la porte de derrière est la plus silencieuse des trois.

Cette dernière est située directement à l'opposé de la porte d'entrée, car ma maison est construite en enfilade ; depuis ma porte de derrière, je peux voir le couloir et le salon, qui occupe toute la largeur de l'avant de la maison. Ça me permet de vérifier que l'entrée est bien fermée.

C'était le cas, évidemment ; je ne suis pas du genre à négliger ma sécurité. Je fermai la porte derrière moi, en me servant d'une autre clé pour verrouiller la serrure de l'extérieur. Je rangeai ensuite la clé bien au fond de ma poche, où j'étais certaine qu'elle ne pourrait pas tomber.

Je restai debout une minute sous le minuscule porche, respirant le léger parfum des nouvelles boutures du rosier grimpant. Ce dernier atteignait la moitié du treillis que j'avais construit pour décorer mon petit porche.

Bien sûr, il obstruait également ma vue et m'empêchait de voir si quelqu'un approchait, mais quand les roses allaient éclore, d'ici un mois, je ne le regretterais pas. J'ai toujours aimé les roses, depuis mon enfance ; nous vivions sur un grand terrain, dans une petite ville, dont le jardin en était rempli.

Le jardin de mon enfance faisait facilement cinq fois le mien, lequel s'étend sur moins de six mètres et s'arrête abruptement sur une pente raide qui longe la voie ferrée. La pente est recouverte de mauvaises herbes mais, de temps en temps, une équipe vient y faire un tour pour les garder sous contrôle. Quand je me trouvais face aux rails, la haute clôture privée en bois qui entourait les appartements de Shakespeare Garden se trouvait sur ma gauche. Ils sont légèrement surélevés par rapport à ma maison. Sur ma droite, en aval celui-là, se trouvait le jardin tout aussi minuscule de la seule autre maison de la rue. Quasi identique à la mienne, elle appartient à un comptable du nom de Carlton Cockroft.

Les lumières de Carlton étaient éteintes, ce qui n'était pas très surprenant à cette heure de la nuit. La seule lueur que je percevais dans l'immeuble était celle de Deedra Dean. Quand je relevai les yeux, l'appartement était désormais plongé dans le noir.

Une heure du matin.

Je quittai mon petit porche en silence, mes chaussures de marche ne faisant presque aucun bruit sur l'herbe, et me mis à parcourir les rues de Shakespeare, invisible. La nuit était sombre et calme – sans un souffle de vent, avec un seul petit croissant de lune qui brillait dans l'espace froid. Je ne pouvais pas même me voir moi-même. J'aimais ça.

Une heure et demie plus tard, je me sentais assez fatiguée pour dormir.

Sur le chemin du retour, je n'essayais plus de me cacher ; en fait, je devenais négligente. Je marchais sur le trottoir qui bordait le jardin botanique (un qualificatif légèrement excessif pour un parc envahi d'arbres et de buissons sur lesquels on avait posé quelques étiquettes). L'*Estes Arboretum* embrasse un pâté de maisons de biens immobiliers qui n'est pas ce qu'on fait de mieux à Shakespeare. Chacune des quatre rues qui bordent le parc porte un nom différent, et ma rue, Track Street, qui s'étend sur le côté est du jardin, est toute petite. Il y a donc très peu de circulation et, chaque matin, quand je regarde par ma fenêtre, au lieu des garages des voisins, de l'autre côté de la rue, je ne vois que des arbres.

Je tournai au coin sud du parc botanique, sur Latham Street, pour rejoindre ma rue ; je me trouvais à l'opposé de la petite bande de terre en friche dont personne ne voulait, juste au sud de la maison de Carlton Cockroft. Je ne fis pas l'imprudence de m'attarder sous la faible lueur du lampadaire. Il y en a un à chaque coin du parc, car le budget de la ville ne lui permet pas d'en installer au milieu de la rue, surtout dans cette partie sombre de la ville.

Je n'avais pas croisé âme qui vive de toute la nuit, mais soudain, je pris conscience que je n'étais pas seule. Quelqu'un remuait dans l'ombre de l'autre côté de la rue.

Instinctivement, je me glissai derrière un chêne situé au bord du parc pour me cacher. Ses branches surplombaient le trottoir ; leur ombre m'avait peut-être dissimulée aux yeux de l'inconnu de l'autre côté de la rue. Mon cœur battait désagréablement vite. Quelle grosse dure tu fais, ironisai-je. Que penserait Marshall s'il te voyait ? Mais quand je pris une seconde pour me calmer, je me dis que Marshall aurait certainement pensé que je faisais preuve de bon sens.

Je jetai prudemment un œil par-delà le tronc d'arbre. Au milieu du pâté de maisons, là où se trouvait la personne, l'obscurité était presque totale ; je ne savais même pas si je regardais un homme ou une femme. Un mauvais souvenir jaillit soudain dans mon esprit, mon arrière-grand-mère, en train de dire : « Encore plus noir qu'un nègre dans une mine de charbon, la bouche fermée », embarrassant du même coup tous les membres de la famille, sans le faire exprès. Ou peut-être faisait-elle exprès : peut-être n'était-elle pas seulement amusée par cette magnifique expression, mais surtout par les regards gênés qu'elle avait surpris entre mes parents.

Mon arrière-grand-mère se serait avancée d'un pas lourd au milieu de la route, avant de s'enquérir des projets de la personne, tout à fait assurée de sa sécurité.

Moi je m'en gardai bien.

Cette personne poussait quelque chose, quelque chose sur des roues. En scrutant attentivement l'obscurité, je tentai de me souvenir si j'avais déjà vu quelqu'un dans ma rue toutes les fois où j'errais, incapable de dormir. Il m'était arrivé de voir des voitures passer, des résidents du quartier ou des invités de l'immeuble voisin, mais je ne me rappelais absolument pas avoir croisé quiconque à pied au cours des quatre années précédentes – du moins pas dans ce quartier.

Les mauvaises nuits, quand j'erre comme un fantôme jusqu'au centre-ville, c'est parfois une autre histoire.

Mais ici et maintenant, j'avais des raisons de m'inquiéter. Il y avait quelque chose de sournois à propos de ce curieux incident ; cette personne, ce citoyen nocturne poussait ce que je distinguais maintenant comme un chariot à deux roues. Il avait une poignée au milieu du côté le plus long, et des pieds de façon à ce que, quand on lâche la poignée, il reste droit et stable. Et il faisait exactement la taille de deux poubelles de plus de cent litres chacune.

Je serrai les poings. Même dans le noir, je pouvais reconnaître la forme familière du chariot. C'était le mien. Je l'avais acheté à des gens qui vidaient leur grenier avant de déménager ; l'homme de la maison l'avait construit lui-même. Il était chargé à ras bord d'une forme emballée dans du plastique sombre, semblable à ce qu'on achète pour poser sous les parterres de fleurs et empêcher les mauvaises herbes de tout envahir ; je distinguais le léger éclat du plastique.

Je fus prise d'une rage que je n'avais pas ressentie depuis bien longtemps. Il était en train de se passer quelque chose d'illégal, et le voleur de mon chariot essayait de m'y impliquer. La paix que j'avais réussi à atteindre au prix de gros efforts était en train de partir en fumée, que ce soit ma faute ou non. Je ne pouvais pas affronter directement ce voleur, ça n'aurait aucun sens – ce dernier pourrait être armé, et ce qu'il était en train de faire lui demandait manifestement la plus grande discrétion.

Alors je serrai les dents, observai et attendis. Le voleur poussa avec effort mon chariot à poubelles et sa lourde charge à travers ma rue accidentée et mal entretenue ; je savais que la charge était lourde à cause de la posture tendue du voleur.

C'était une vision absolument sinistre ; je me surpris à frissonner. Je resserrai les pans de mon coupe-vent sombre et, avec un petit bruit, je remontai la fermeture Éclair. Avec des gestes mesurés, je sortis un petit foulard noir de ma poche et le nouai autour de mes cheveux clairs. Ce faisant, je ne quittai pas des yeux la progression laborieuse du chariot. Le voleur se dirigeait vers le parc ; je sentis venir le début d'un sourire en observant le voleur essayer de faire monter le chariot sur le trottoir. À l'époque où ceux-ci avaient été pavés, on n'avait pas donné la priorité aux fauteuils roulants. Enfin, le chariot buta contre le trottoir avant de rebondir. Le voleur dut se précipiter pour le rattraper. Dans la pénombre du jardin botanique, l'intrus recommença à pousser le lourd chariot le long d'un petit chemin pavé. Je comptai les secondes. Moins de trois minutes plus tard, le voleur réapparut en poussant toujours mon chariot.

Mais il était vide.

La curiosité remplaça ma colère, même si ça n'allait pas durer.

Je suivis des yeux le voleur remonter mon allée en poussant toujours le chariot, passant tout juste dans le faible espace entre ma voiture et le mur du garage. Il réapparut à l'arrière de ma maison, d'un pas vif, et dut emprunter de nouveau mon allée jusqu'au trottoir, puis contourner ma clôture pour se diriger vers l'entrée sud de la résidence. Il fit le tour par-derrière ; il ou elle allait entrer dans le bâtiment par la porte de derrière, la plus silencieuse ; les portes de devant grinçaient. Je me souviens toujours de ce genre de choses.

Moi-même, j'entre et sors très souvent de ce bâtiment.

Évidemment, le voleur ne réapparut pas de l'autre côté du complexe. Soit il habitait là, soit c'était l'invité nocturne de l'un des résidents. Avec une femme et quatre hommes célibataires qui vivent là, les invités nocturnes ne sont pas rares.

Pendant quelques secondes, je restai collée contre l'arbre, attendant de voir si une lumière allait s'allumer. De ma place, je pouvais voir les fenêtres du côté sud et aussi celles de la façade ; aucune lumière ne s'alluma nulle part. Quelqu'un prenait beaucoup de précautions.

Eh bien, moi aussi, j'allais prendre beaucoup de précautions. J'attendis cinq minutes, en me fiant à ma montre digitale, avant de faire le moindre mouvement. Puis je m'enfonçai dans le jardin botanique, sans suivre de sentier, en me déplaçant le plus silencieusement possible dans l'obscurité. Je savais à peu près où je devais croiser un chemin ; je connaissais autant le sol du jardin botanique que celui de ma propre maison. J'avais passé des heures à errer dans Shakespeare seule la nuit. Sous le feuillage épais des arbres, je me demandais si j'arriverais seulement à trouver ce que le voleur avait abandonné là. Si mon jean n'avait pas effleuré le plastique, qui émit ce bruissement sec et caractéristique, j'aurais pu tâtonner autour pendant une heure.

Mais, à la seconde où j'entendis ce crépitement, je me laissai tomber à quatre pattes. Tapotant le sol autour de moi, dans le noir, je découvris que le plastique était en réalité deux énormes sacs-poubelle, l'un enfilé par le haut, et l'autre par le bas, se rejoignant au centre et couvrant quelque chose qui semblait souple et assez grand. J'enfonçai légèrement les doigts dans le sac ; il y avait une surface dure sous la souplesse apparente. Une surface inégale, bosselée. Une surface qui faisait horriblement penser à des côtes.

Je me mordis la lèvre inférieure pour m'empêcher d'émettre le moindre son.

Je luttai en silence contre l'envie instinctive et presque irrésistible de prendre mes jambes à mon cou. Mais après quelques profondes inspirations, je parvins à me dominer. Je m'armai de courage pour faire ce que je devais faire, mais je n'arrivais pas à me résigner à le faire dans le noir.

Je plongeai ma main dans la poche avant de mon coupe-vent et en sortis une toute petite lampe de poche, puissante et légère, qui avait retenu mon attention chez Wal-Mart. Je changeai de position pour mettre mon corps entre l'immeuble et ce qui se trouvait par terre. J'allumai la lampe de poche.

Je pestai contre moi-même en voyant mes mains trembler tandis que je séparais les deux sacs. Je les écartai de quelques centimètres seulement et me figeai. J'avais sous les yeux une chemise déchirée et délavée, une chemise à carreaux d'homme, vert et orange. Je remarquai que les coutures de la poche de poitrine étaient partiellement arrachées et qu'il manquait un morceau de tissu.

Je reconnus cette chemise, même si, la dernière fois que je l'avais vue, elle n'était pas déchirée.

Je tirai encore un peu sur le sac pour dégager une main ; je posai un doigt sur le poignet, là où j'aurais dû trouver un pouls.

Dans la nuit froide de Shakespeare, je m'accroupis au milieu des arbres, en tenant la main d'un homme mort.

Et j'avais laissé des empreintes partout sur les sacs en plastique.

Environ quarante minutes plus tard, j'étais assise dans mon lit. J'étais enfin fourbue de fatigue.

J'avais retiré les sacs du corps.

Je m'étais assurée de l'identité du cadavre et du fait qu'il était bel et bien sans vie. Aucun pouls, aucun battement de cœur.

J'étais ressortie du jardin botanique en sachant que je laissais des traces, mais impossible de les éviter. Je ne pouvais pas effacer mes empreintes du chemin aller ; je me suis dit que ferais mieux de laisser aussi mes traces de sortie. J'avais émergé des buissons sur Latham et traversé la rue, bien hors de vue des fenêtres de l'immeuble. Je m'étais déplacée de cachette en cachette jusqu'à contourner la maison de Carlton Cockroft, avant de traverser son jardin sans bruit pour arriver dans le mien.

Je découvris que le voleur avait remis le chariot à sa place et réinstallé les poubelles, mais pas comme j'avais l'habitude de le faire. La poubelle bleue se trouvait toujours sur la droite, et la marron sur la gauche, et le voleur les avait inversées. Ensuite, j'avais déverrouillé ma porte de derrière et j'étais entrée sans allumer la lumière. J'avais ouvert un tiroir de la cuisine et en avais retiré deux petits liens de fermeture en fil de fer. J'étais sortie fermer les sacs-poubelle qui se trouvaient déjà à côté des vide-ordures et les avais glissés dans ceux qui avaient servi à recouvrir le corps, puis scellé le tout. Je m'étais dit que je ne pouvais pas examiner le chariot au milieu de la nuit, et j'aurais fait trop de bruit en l'emmenant à l'intérieur. Il allait falloir attendre jusqu'au matin.

J'avais tout fait pour effacer ma complicité involontaire.

J'aurais dû être prête à aller me coucher, mais je me retrouvai à me mordre la lèvre. Les fondements de mon éducation bourgeoise refirent brusquement leur apparition, comme cela arrivait en des moments inattendus et inopportuns. La dépouille de quelqu'un que je connaissais était étendue dehors, dans la solitude des ténèbres. Ce n'était pas juste.

Je ne pouvais pas appeler la police ; les appels entrants étaient peut-être tracés ou enregistrés, d'une quelconque manière, même dans la petite ville de Shakespeare. Je pouvais peut-être simplement tout oublier ? Quelqu'un le trouverait le lendemain matin. Mais il se pourrait que ce soit les enfants qui vivaient sur Latham... Et soudain, une idée me vint – je sus qui je pouvais appeler. J'hésitai en me tortillant les doigts. Les poils à l'arrière de ma nuque me disaient que ce n'était pas une brillante idée. Débarrasse-t'en, me dis-je à moi-même.

Je sortis de nouveau ma petite lampe de poche pour feuilleter le minuscule annuaire de Shakespeare.

Je composai le numéro et laissai passer trois sonneries ; puis une voix masculine et endormie répondit :

— Claude Friedrich.

— Écoutez, dis-je, surprise par le ton rauque et sérieux de ma voix.

J'attendis quelques secondes.

— D'accord.

Il était désormais en alerte.

— Il y a un homme mort dans le parc en face de chez vous, déclarai-je avant de raccrocher le téléphone.

Je traversai le couloir vers la pièce au sac de sable, ma salle d'entraînement. À travers sa fenêtre, je vis la lumière s'allumer dans l'appartement de Claude Friedrich, qui se trouvait au premier étage, à côté de celui de Deedra Dean.

Maintenant, j'avais fait tout ce que je pouvais.

Avec la sensation agréable de m'être libérée d'une responsabilité, je me débarrassai de mes vêtements et enfilai une chemise de nuit. J'entendis une voiture dans la rue et traversai à pas feutrés mon salon obscur pour regarder par la fenêtre. Friedrich avait pris mon appel au sérieux ; il était là dehors, vêtu à la hâte, déjà en train de parler à l'un des patrouilleurs, Tom David Meiklejohn. Je les regardais tous les deux s'enfoncer dans le parc, en empruntant le même chemin que celui pris par le voleur, tenant chacun une puissante lampe de poche de police.

Incident clos, songeai-je en entrant dans ma chambre et en me glissant dans mon lit. Je tirai les draps frais, posai ma tête sur l'oreiller et, instantanément, finalement, tombai dans un profond sommeil.

2

Le lendemain était un mardi. Le mardi matin, je m'occupe de Mme Hofstettler. Le fils de Marie Hofstettler, Chuck, vit à Memphis. Il se fait du souci pour sa mère, mais pas assez cependant pour faire le trajet jusqu'à Shakespeare pour lui rendre visite. Il me paye donc grassement pour passer du temps avec elle deux fois par semaine.

Je fais toujours un peu de ménage, je m'occupe de son linge et, à l'occasion, je l'emmène chez une amie, ou au supermarché, si Mme Hofstettler est dans ce qu'elle appelle un jour « souple ».

Je quittai ma maison pour me diriger vers l'immeuble voisin, passai la porte grinçante et tapotai légèrement sur la première porte à gauche pour avertir Mme Hofstettler de mon arrivée. J'avais une clé. Mme Hofstettler était déjà levée, ce qui était bon signe ; dans ses mauvais jours, les jours où elle est toute raide, elle est toujours au lit quand j'arrive.

— Je n'ai absolument pas dormi de la nuit ! lança-t-elle en guise de salut.

Marie Hofstettler, maintenant âgée de 85 ans, est aussi fripée qu'un abricot sec. Elle a des cheveux blancs, fins et soyeux, qu'elle porte relevés en chignon désordonné. (Je sais ce qu'il en coûte à la vieille femme de lever les bras pour faire ce chignon. Dans un moment de stupidité, je lui avais suggéré d'aller chez le coiffeur, ce qui m'avait valu un silence fâché qui avait duré près d'une heure.) Ce matin, Mme Hofstettler avait déjà mis ses dents et réussi à passer une robe d'intérieur à rayures bleu et rouge ; toute cette excitation lui avait donc fait du bien.

— J'ai vu le scotch jaune d'une scène de crime sur le chemin du parc, observai-je d'une voix aussi neutre que possible.

Aucun véritable Shakespearien n'appellerait l'*Estes Arboretum* autrement que « le parc ». Il semble donc que j'aie fini par devenir une véritable Shakespearienne au bout de quatre ans.

— Vous n'avez pas entendu toute l'agitation, jeune fille ?

— Je n'ai rien entendu du tout, répondis-je honnêtement. J'ai dormi très profondément cette nuit.

Je me dirigeai vers la chambre de Mme Hofstettler pour chercher le linge dans le panier.

— Alors c'est que vous avez un sommeil incroyable, lança Mme Hofstettler. Chérie, il y avait des voitures de police partout dans la rue, une foule de gens, et même une ambulance.

— Et je ne sais rien pour vous renseigner, dis-je en tentant d'en paraître peinée.

D'habitude, je ne suis pas du genre bavarde avec les clients, mais j'admire Marie Hofstettler ; elle ne se plaint pas et elle n'est pas collante.

— Allumons la radio, dit cette dernière avec impatience. On saura peut-être ce qui s'est passé. Sinon, j'appelle Deedra au tribunal. Elle est toujours au courant de tout.

Je lançai la machine à laver. Les huit appartements du complexe, bien sûr, sont construits sur le même plan, puisque les appartements de l'est sont symétriques à ceux de l'ouest. Il y a quatre appartements au premier étage et quatre au rez-de-chaussée. Les portes de la façade et de l'arrière sont verrouillées à 11 heures, et les résidents ne sont pas censés donner de clé à quiconque. L'appartement de Marie est situé au rez-de-chaussée du côté nord. Elle en est propriétaire depuis la construction de la résidence, dix années auparavant ; Marie et Pardon Albee sont les seuls propriétaires d'origine. Dans l'appartement de Marie comme dans tous les autres, la porte du couloir commun donne directement sur un salon, avec un espace, au fond, prévu pour manger. En face se trouve la cuisine aux placards et comptoirs alignés. Le couloir commence au bout de la cuisine et du coin salle à manger et, sur la droite (chez Marie, du moins) se trouve la petite pièce pour la machine à laver, le sèche-linge et les produits habituels d'une buanderie. Presque à l'opposé de cette pièce se trouve la porte de la chambre principale, de taille honorable, équipée d'un grand dressing. Sur le même mur que la buanderie, il y a la porte de la chambre d'amis, beaucoup plus petite et, au bout du couloir, la salle de bains, dont la large fenêtre en verre dépoli est censée faire office de seconde sortie de secours en cas d'incendie.

J'ai toujours apprécié le fait que les portes d'entrée ne soient pas centrées, et qu'ainsi le propriétaire, quand il ouvre à sa porte d'entrée, n'offre pas une vue directe sur la salle de bains.

Le constructeur et propriétaire, Pardon Abee, avait eu le culot d'appeler le complexe « les Appartements de Shakespeare Garden » à cause des appartements de devant qui donnaient sur le jardin botanique. Ceux de l'arrière, au rez-de-chaussée, ne donnaient que sur la zone pavée située entre l'appartement et le garage, divisée en huit parcelles à peine assez larges pour contenir deux voitures côte à côte. Les appartements du premier étage, à l'arrière, ont une vue spectaculaire sur la voie ferrée et, au-delà, sur l'arrière-cour d'une quincaillerie et d'un marchand de bois.

Après avoir allumé la radio pour Mme Hofstettler, je me mis à faire la poussière dans la grande chambre. Mme Hofstettler monta le volume pour que je puisse continuer à entendre, après un débat consciencieux pour savoir si ça risquait de gêner quelqu'un ; mais non, décida la vieille femme, puisque T. L. et Alvah York, les voisins, devaient déjà être sortis pour leur promenade matinale et que Norvel Whitbread, de l'appartement du dessus, était déjà au travail, ou ivre, ou les deux.

La station du coin, qui couvrait principalement les régions de Hartsfield et de Creek, joue du soi-disant vieux rock. C'est une station préprogrammée. J'aimais beaucoup la première chanson qui passa, il y a longtemps, avant que mon programme de vie se retrouve si... simplifié. Je ne pus retenir un sourire en soulevant les vieilles figurines chinoises sur la coiffeuse pour les épousseter avec précaution. Quand la chanson toucha à sa fin, je jetai un coup d'œil à ma montre et, pile à l'heure, le présentateur local prit la parole ; il avait un accent du sud de l'Arkansas si prononcé que, même après quatre ans à Shakespeare, je dus écouter très attentivement.

« Pour les nouvelles locales, déclara d'un ton nasillard la voix scrupuleusement sérieuse, dans la région d'Hartsfield, le promoteur immobilier Pardon Albee a été retrouvé mort à l'*Estes Arboretum* à 2 h 30 du matin environ par le chef de la police Claude Friedrich, qui avait été averti par un appel anonyme. La cause de la mort n'est pas encore déterminée à l'heure actuelle, mais la police soupçonne un meurtre. Albee était un résident de longue date de Shakespeare et membre de l'Église Réunie de Shakespeare. Pour les autres actualités, un juge du comté de Creek a condamné Harley

Don Murrell à vingt ans de prison pour l'enlèvement et le viol d'une… »

— Oh non ! s'exclama Mme Hofstettler avec une véritable détresse.

Je reposai délicatement la bergère que j'étais en train de dépoussiérer et me précipitai dans le salon.

— Lily, c'est horrible ! Oh, Lily, vous croyez qu'il a été volé et tué juste là ? Et à qui va-t-on payer le loyer maintenant que Pardon Albee est mort ? Qui va reprendre l'immeuble ?

Je tendis un Kleenex à Mme Hofstettler d'un geste machinal, en songeant que c'était bien son genre d'en venir ainsi droit au but. Effectivement, qui allait reprendre la résidence ? Quand j'avais reconnu l'horrible chemise à carreaux vert et orange de Pardon Albee la veille au soir, ce n'est pas ce qui m'était venu à l'esprit en premier.

La réponse ne me concernerait pas directement, car j'avais acheté ma maison à Pardon, tout comme mon voisin. Et Pardon avait vendu les terrains de l'extrémité nord de Track Street et du coin de Jamaica Street à l'Église Réunie de Shakespeare, une alliance d'Églises dissidentes qui avait prospéré de manière assez inattendue. Pour autant que je sache, le seul bien dont Pardon était toujours vraiment propriétaire, c'étaient les appartements de Shakespeare Garden, et il avait pris plaisir à les exploiter au maximum. En réalité, il se voyait lui-même comme le personnage pivot d'une sorte de série télé – le gentil propriétaire qui aide tous ses locataires à résoudre leurs problèmes et qui connaît tous leurs secrets les plus intimes.

En tout cas, il avait travaillé dur pour que cette dernière partie soit bien vraie.

— Il faut que j'appelle… Lily, je suis tellement contente que vous soyez là aujourd'hui !

Je n'avais jamais vu Mme Hofstettler aussi bouleversée, et pourtant, je l'avais entendue maugréer deux semaines durant sur l'enfant de chœur de l'église épiscopale St Stephen qui avait allumé le mauvais cierge pendant l'Avent.

— Qui voulez-vous appeler ? demandai-je en reposant mon chiffon.

— La police. Pardon était ici hier. C'était le premier du mois, vous savez. Je reçois un chèque de Chuck vers la fin du mois, que je dépose et, tous les premiers du mois, M. Albee apparaît, réglé comme du papier à musique. Mon chèque est toujours prêt, posé sur la table, et chaque fois, il... Oh, je pense que je devrais dire à la police qu'il était ici !

— Je vais les appeler, alors.

J'espérais que Mme Hofstettler pourrait calmer son émoi avec un coup de téléphone. À ma grande surprise, et à ma grande consternation, on me déclara, au poste de police de Shakespeare, que quelqu'un allait venir écouter le récit de Mme Hofstettler.

— Vous feriez bien de faire du café, Lily, s'il vous plaît, dit la vieille femme. Le policier en voudra peut-être. Oh, qu'a-t-il bien pu arriver à Pardon ? Je n'arrive pas à y croire. Il se tenait juste *là* encore hier ! Et maintenant il est mort, alors qu'il a vingt-cinq ans de moins que moi ! Et Lily, pouvez-vous ramasser ce mouchoir, là, et redresser le coussin sur le canapé ? Oh, maudit soient ces vieilles jambes raides ! Vous n'avez aucune idée, Lily, à quel point il peut être frustrant d'être vieille !

Il n'y avait aucune réponse prudente possible, alors je remis très rapidement de l'ordre dans la pièce. Le café passait, la poussière était faite partout dans l'appartement, et j'eus le temps de jeter un coup d'œil à la salle de bains avant que la sonnette de l'entrée retentisse. J'étais en train de vider le sèche-linge, mais Marie m'avait infectée avec son obsession d'avoir toujours une maison impeccable, alors je portai à la hâte le linge propre dans la chambre d'amis et fermai les portes persiennes pour dissimuler la machine à laver et le sèche-linge avant d'aller ouvrir la porte d'entrée.

Je m'étais attendue à un subalterne. Avec un léger pic de consternation, je reconnus le chef de la police, l'homme que j'avais appelé au milieu de la nuit, Claude Friedrich.

Je fis un pas sur le côté en lui faisant signe d'entrer, maudissant mon coup de fil de remords, craignant qu'il puisse reconnaître ma voix si je parlais.

C'était la première fois que je voyais Claude Friedrich de près, bien que, évidemment, je l'aie souvent aperçu en train de sortir de chez lui et, à l'occasion, croisé dans le couloir quand je faisais le ménage dans l'immeuble.

Claude Friedrich approchait la cinquantaine, un homme très grand au bronzage prononcé, aux cheveux brun clair, la moustache striée de gris, et aux yeux gris clair qui ressortaient admirablement sur son visage tanné. Il avait quelques rides, mais si profondes qu'elles semblaient avoir été façonnées au ciseau. Le visage épais, la mâchoire carrée, il avait de larges mains et de larges épaules, et un ventre plat. Il portait une arme à la ceinture avec le plus grand naturel. Ma bouche s'assécha à la vue de l'uniforme bleu foncé et je sentis l'angoisse me tordre l'estomac ; je réagis avec colère.

Un macho, songeai-je. Comme s'il pouvait m'entendre, Friedrich se tourna soudain vers moi et surprit mes sourcils levés et la moue sardonique de ma bouche. Nos regards se croisèrent pendant un instant tendu.

— Mme Hofstettler, dit-il d'une voix polie, tournant de nouveau ses yeux vers mon employeur qui tordait un mouchoir dans ses mains.

— Merci d'être venu, ce n'était peut-être pas nécessaire, déclara Mme Hofstettler dans un seul souffle.

Je ne voudrais pas vous déranger. Asseyez-vous, je vous en prie.

Elle désigna le canapé à fleurs, posé à angle droit de sa télévision et de son fauteuil inclinable préféré.

— Merci, m'dame, et je vous assure que vous ne me dérangez pas, répondit Friedrich d'un ton rassurant.

Il savait se montrer apaisant, aucun doute là-dessus. Il s'installa avec gratitude, comme s'il était debout depuis longtemps. Je me dirigeai vers la cuisine et ouvris une petite trappe dans le mur derrière le comptoir pour prendre la cafetière. Mme Hofstettler, ainsi rappelée à l'ordre, endossa son rôle d'hôtesse, ce qui l'aida à retrouver son calme.

— Je suis malpolie, s'accusa-t-elle elle-même en tournant ses yeux doux d'un bleu délavé vers son invité. Je vous en prie, prenez un café. Voulez-vous du lait ou du sucre ?

— Merci, dit Friedrich, avec plaisir. Noir, s'il vous plaît.

— Lily, vous voulez bien apporter une tasse de café noir au chef Friedrich ? Moi, je n'en veux pas, mais servez-vous et venez vous joindre à nous. Il me semble, jeune homme, que j'ai connu votre père...

Et voilà Mme Hofstettler lancée dans l'inévitable recherche de connexions qui rendaient les présentations du Sud si chaleureuses mais interminables.

Sachant que ça ferait plaisir à Mme Hofstettler, je préparai un plateau avec des serviettes en papier, une assiette de cookies (le péché mignon de Marie – elle aimait les Keebler Elves fourrés au chocolat) et deux généreuses tasses de café. Ce faisant, j'écoutais Friedrich raconter à Marie les années qu'il avait passées en tant qu'officier de police à Little Rock ; puis sa décision de revenir à Shakespeare quand, dans un enchaînement assez rapide, son père était mort, lui-même avait divorcé et que le poste de chef de la police s'était retrouvé vacant ; et son plaisir à retrouver un rythme paisible de vie à Shakespeare.

Ce type était bon.

Tandis que j'alignais les serviettes en triangles sur le plateau en métal peint, je dus m'avouer que j'étais préoccupée. Après tout, combien de temps allais-je pouvoir tenir sans parler avant que ma conduite paraisse trop étrange ? D'un autre côté, il était mal réveillé quand je l'avais appelé. Et j'en avais dit si peu qu'il ne reconnaîtrait peut-être pas ma voix ?

Je soulevai sans peine le plateau et le portai dans le salon. Je tendis sa tasse à Friedrich. Maintenant que je me trouvais à côté de lui, je pris de nouveau conscience de sa taille imposante.

— Je suis désolé, je ne crois pas vous avoir déjà rencontrée… dit Friedrich avec délicatesse quand je m'installai sur l'accoudoir dur face à lui.

— Oh, il faut m'excuser ! s'exclama Mme Hofstettler d'un air piteux, en secouant la tête. Cette horrible nouvelle m'a fait oublier toutes mes manières. Chef Friedrich, voici *mademoiselle* Lily Bard. Elle vit dans la maison à côté de notre immeuble, et Lily est devenue le pilier de Shakespeare depuis qu'elle est arrivée ici.

On pouvait faire confiance à Mme Hofstettler pour ne pas laisser passer la moindre occasion de jouer les entremetteuses ; j'aurais dû l'anticiper.

— Je vous ai déjà vue dans le coin, bien sûr, dit le grand homme, en laissant entendre avec courtoisie qu'aucun homme ne pouvait m'ignorer.

— Je m'occupe du ménage chez Deedra Dean, expliquai-je brièvement.

— Est-ce que vous travailliez dans l'immeuble, hier ?

— Oui.

Il attendit que je poursuive. Je n'en fis rien.

— Alors il faudra qu'on parle, tout à l'heure, quand vous aurez fini de travailler, dit-il gentiment, comme s'il s'adressait à une fragile centenaire, ou à un déficient mental.

Je hochai sèchement la tête.

— J'ai une pause entre 4 heures et 5 h 30.

— Je passerai chez vous, alors, dit-il et, sans me laisser le temps d'approuver ou de désapprouver, il concentra de nouveau son regard gris clair sur son hôtesse.

— Bien, maintenant, mademoiselle Marie, parlez-moi de M. Albee que vous avez vu hier.

— Eh bien, commença lentement Mme Hofstettler en se concentrant avec une sorte de plaisir morbide. Pardon vient toujours vers 9 heures du matin le 1er de chaque mois... pour récupérer le loyer. Je sais qu'il préfère que les autres locataires passent chez lui, mais il vient chez moi parce que j'ai des jours de souplesse et des jours de raideur totale, et je ne le sais jamais avant d'ouvrir les yeux le matin.

Elle secoua la tête pour souligner les aléas de la maladie et de la vieillesse, et Friedrich répondit par un grognement de compassion.

— Alors il a sonné chez moi et je l'ai fait entrer, reprit Mme Hofstettler, fortement concentrée sur son récit. Il portait une chemise à carreaux orange et vert, et un pantalon en polyester vert foncé... pas très beau, comme couleurs, pour n'importe qui, mais pour un homme blond, vraiment pas... enfin, là n'est pas la question. Mais surtout si vous êtes du genre costaud... bref... Bon, il a fait des commentaires sur le temps, et je répondais – vous savez, le genre de choses que vous dites à une vieille femme que vous ne connaissez pas bien !

Claude Friedrich sourit face à cette vieille femme particulièrement pointue, but une gorgée de son café, avant de lever sa tasse vers moi pour m'adresser un remerciement silencieux.

— Est-ce qu'il a dit quoi que ce soit à propos de l'emploi du temps de sa journée ? demanda le chef de la police.

Sa voix avait le son d'un tonnerre lointain ; elle vous donnait une impression de sécurité là où vous vous trouviez.

J'allais *vraiment* devoir être prudente. Je baissai les yeux sur ma tasse. Je m'en voulais tellement de m'être mêlée de la mort de Pardon Albee que je me visualisai en train de jeter le contenu de ma tasse sur le mur blanc de Mme Hofstettler ; je n'allais pas le faire, bien sûr ; Marie n'était pas responsable du pétrin dans lequel je m'étais mise. Je soupirai en silence, avant de relever les yeux et de croiser le regard intense de Claude Friedrich. Merde.

— Il a juste dit qu'il devait rentrer chez lui pour attendre les autres locataires qui devaient passer déposer leur loyer. Puisque vous vivez ici, monsieur Friedrich, vous savez combien Pardon tenait à ce qu'on le lui remette en temps et en heure. Il a évoqué quelque chose d'intéressant aux actualités...

— Les actualités locales ? Nationales ? demanda doucement Friedrich.

Je notai qu'il ne coupait pas dans le courant de pensées de Mme Hofstettler. Au contraire, il le dirigeait avec de délicates insinuations par-ci par-là. Habile. Et je remarquai qu'il avait réussi à faire disparaître deux cookies sans que je l'aie jamais vu mâcher.

— Il n'a pas précisé, répondit Marie Hofstettler en secouant la tête avec regret. Mais il semblait plutôt se réjouir. Vous savez, Pardon était - je ne sais pas comment dire, maintenant qu'il est parti - il aimait se tenir au courant des choses, acheva-t-elle avec délicatesse, avec un léger froncement de sourcils et un petit signe de la tête.

Il appelait ça « s'intéresser au voisinage ».

Ce n'est pas ainsi que je l'aurais formulé.

— Bon, et hier, avez-vous vu l'un de vos voisins ici ? demanda Friedrich à Mme Hofstettler.

Elle réfléchit, les lèvres pincées.

— Je crois que j'ai entendu Alvah et T.L., à côté, mais ils n'étaient pas censés rentrer avant tard hier soir, alors j'ai dû me tromper. Et j'ai entendu des gens frapper à la porte de M. Albee – pour le loyer, vous savez – plusieurs fois le matin et l'après-midi. Mais je suis toujours en train de regarder la télé ou d'écouter la radio, et mon ouïe n'est plus ce qu'elle était.

— Quand vous pensiez avoir entendu les York, est-ce que vous avez entendu leurs voix, suffisamment pour les identifier, ou bien vous avez seulement entendu quelqu'un la porte à côté ?

De nouveau, Mme Hofstettler réfléchit soigneusement.

— Je crois que j'ai seulement entendu du mouvement la porte à côté.

— Ce n'était peut-être que moi, intervins-je. Je leur ai ramené quelques provisions et je les ai déposées dans la cuisine. J'étais censée arroser les plantes.

— Eh bien, j'ai entendu ce bruit vers 15 heures. Je venais de finir ma sieste.

— C'était probablement moi.

Friedrich gribouilla quelque chose dans un petit carnet rose à spirale qui était soudain apparu entre ses mains.

Je jetai un coup d'œil à ma montre. Je devais partir dans moins d'une demi-heure pour mon autre ménage, et il me restait encore le linge de Marie à ranger.

— Excusez-moi, murmurai-je avant de rapporter le plateau dans la cuisine, consciente du regard de Friedrich dans mon dos.

Je lavai et séchai rapidement la vaisselle, avant de me faufiler dans la chambre d'amis. Aucun des vêtements fraîchement lavés n'avait besoin d'un coup de repassage, alors il ne me faudrait pas plus de quelques minutes pour tout ranger. Je fis une rapide liste mentale ; j'avais fait tout ce que je faisais d'habitude pour Marie le mardi matin, et je reviendrais le samedi. Marie n'avait presque plus de produit d'entretien. Dans la cuisine, je laissai une note sur le réfrigérateur que je calai avec un magnet « I ♥ mamie ». C'était également Chuck qui donnait l'argent à Marie pour me payer ; elle me ferait un chèque samedi prochain.

Quand je sortis de la cuisine, le chef de la police avait disparu. J'avais attendu d'entendre la porte se refermer derrière lui.

— Au revoir, madame Hofstettler, lançai-je.

Marie avait le regard dans le vide, les mains posées sur ses genoux. Elle sembla surprise de voir que j'étais toujours là.

— Au revoir, Lily, répondit la vieille femme d'un ton las. J'étais ravie de vous voir, aujourd'hui. J'aurais eu du mal à me débrouiller toute seule.

— Vous devriez peut-être appeler votre fils, aujourd'hui.

— Je déteste ennuyer Chuck, protesta Marie.

— Il est arrivé quelque chose d'horrible.

Et je me souvins à quel point c'était horrible à la lueur de ma lampe de poche, dans le noir, au milieu des arbres, au milieu de la nuit. Mais, grâce à un entraînement mental aussi familier que les flexions de mes biceps, je parvins à me contenir. La sensation referait surface à un autre endroit et un autre moment, mais, alors, je serais seule.

Le mardi est toujours un jour bien rempli pour moi. Aujourd'hui plus que d'habitude, car je n'avais pas assez dormi la nuit précédente et j'avais subi une sacrée dose de stress.

Je me dépêchai de repasser chez moi pour attraper quelques fruits et les manger dans ma voiture avant ma prochaine mission.

Les poubelles n'avaient pas encore été ramassées ; le mardi est aussi le jour des poubelles dans ma partie de la ville. Mon chariot se trouvait devant chez moi, les poubelles correctement installées dessus. Personne ne pourrait savoir ou suspecter que les poubelles, dans le container, étaient doublées d'un autre sac, et que l'un d'entre eux contenait des traces de restes humains. J'avais rapidement soulevé les poubelles, ce matin, pour voir s'il restait des vestiges de la dernière balade de Pardon Albee sur le chariot. À l'œil nu, le métal semblait propre.

Tandis que je sortais de la cuisine pour me diriger vers mon garage, je perçus le grondement du camion-poubelle. Je ne pus résister à rester debout, un pied dans la voiture et un bras posé sur la portière ouverte, pour regarder le camion approcher. Un homme noir d'âge moyen, qui portait une combinaison bleue avec l'inscription « Ville de Shakespeare » cousue à l'arrière, hissa les poubelles, l'une après l'autre, jeta les sacs à l'arrière du camion et reposa les poubelles vides sur le chariot.

Je fermai les yeux de soulagement quand le camion s'éloigna vers les appartements. Le véhicule encombrant tourna prudemment sur l'allée en forme d'agrafe. Mais il ne s'attarda pas assez longtemps derrière ce bâtiment ; je l'entendis se déplacer de nouveau bien plus tôt qu'il n'aurait dû. Je me surpris à espérer pouvoir regarder à travers la clôture privée.

J'étais prête à parier que, de l'autre côté, des policiers, équipés de gants en caoutchouc, étaient en train de fouiller les bennes à ordures de la résidence.

Ce concept me sembla fort sophistiqué pour la police de Shakespeare.

Bien que je n'aie aucun moyen de m'en assurer, je supposais que l'idée venait du chef Claude Friedrich.

Debout dans l'entrée de la chambre de Bobo Winthrop, j'observai la pièce d'un œil sinistre. Bobo est un costaud de 17 ans, aux hormones surmultipliées, comme j'avais pu le découvrir l'été dernier. Il était à l'école aujourd'hui, mais cette pièce était la preuve que Bobo était rentré au moins pour dormir et changer de vêtements assez fréquemment au cours de la semaine passée. Il y avait des meubles dans la pièce, quelque part sous toute cette pagaille, et je me souvenais que c'était du bon mobilier, tout comme Bobo, je le savais au fond de moi, était un bon garçon – sous toute la pagaille.

Autrement dit, il n'avait pas laissé sa chambre dans cet état pour me contrarier parce que je l'avais frappé à cause d'une main aux fesses. Non, Bobo avait seulement été habitué, toute sa vie, à ce que quelqu'un vienne ranger derrière lui.

Des jours comme celui-ci, j'ai l'impression de suivre un éléphant dans un défilé, seulement armée d'un ramasse-crotte pour chiots.

Mais puisque Beanie Winthrop me paie bien pour nettoyer sa maison, je me rappelai à moi-même que je n'avais pas trop à me plaindre. Face à la chambre de Bobo, il était difficile de se souvenir pourquoi j'avais choisi le ménage comme moyen de subsistance.

Dire que j'avais obtenu une bourse d'excellence, quand j'étais étudiante, songeai-je en traînant le panier de linge sale en plastique à travers la chambre, ramassant au passage les vêtements sales. J'étais à la tête de ma classe au lycée. J'avais achevé mon cycle universitaire. Ma moyenne était de 3,9.

Le mardi, voilà mon mantra.

Je découvris également que Bob avait commandé une pizza un soir où ses parents étaient absents. Probablement – d'après les couches de vêtements qui recouvraient la boîte en carton – trois jours auparavant.

— Youhou ! résonna une voix douce et légère depuis la cuisine, suivie par le claquement de la porte qui menait au garage. Lily ! Je ne fais que passer avant ma leçon de tennis !

— Bon après-midi ! lançai-je en retour, sachant que j'avais une voix (au mieux) sinistre.

Je préférais largement ne voir aucun membre de la famille Winthrop : Beanie, son mari Howell Junior, leur fils aîné Bobo ou ses plus jeunes frères et sœur, Amber-Jean et Howell Trois.

Le nom de jeune fille de Beanie était véritablement, aussi incroyable que ça puisse paraître, Bobo : Béatrice (Beanie) Bobo. Les Bobos étaient une famille d'aristocrates de six générations, et je soupçonnais Beanie d'avoir toujours un gène d'esclavagiste dans son ADN.

— Je suis là, Lily ! cria Beanie avec une joie exagérée, comme si je mourais d'impatience qu'elle fasse son apparition.

Et Beanie faisait toujours des apparitions, elle ne se contentait jamais de simplement entrer dans une pièce. Elle surgit à l'instant dans l'encadrement de la porte comme si elle apparaissait dans une comédie anglaise : La Séduisante Dame Béatrice, en route pour sa leçon de tennis, s'arrête pour parler à la femme de chambre.

Beanie est indéniablement séduisante. Elle a beau avoir la quarantaine passée, son corps ne semble pas être au courant. Malgré un visage pas vraiment joli, Beanie est passée maîtresse dans l'art d'optimiser ce qu'elle possède. Elle teint ses longs cheveux épais en une couleur brune discrète, ses lentilles de contact rendent ses yeux bruns plus sombres et, pendant l'hiver, elle peaufine toujours son bronzage avec une ou deux séances d'UV hebdomadaires.

— Oh, Lily, c'est horrible ce qui est arrivé à Pardon, n'est-ce pas ?

Beanie était d'humeur à bavarder.

— J'étais avec sa petite sœur au lycée ! D'accord, même à l'époque, Pardon n'était déjà pas très facile, mais tout de même... se faire assassiner comme ça ! C'est horrible n'est-ce pas ?

— Oui.

— Ah... bien, Lily, si vous trouvez le carnet de chèques de Bobo, posez-le sur mon bureau s'il vous plaît. Il n'a pas renfloué son compte depuis six mois, et je lui ai promis que je le ferais. Mais je ne sais pas si je trouverai le temps !

— Très bien.

— Et, et aussi, Lily... Bobo m'a dit que vous faisiez du karaté ? C'est vrai ?

— Oui.

Je savais que je me montrais peu coopérative. J'étais de sale humeur, aujourd'hui. Et je détestais l'idée que les Winthrop parlent de moi entre eux. La plupart du temps, je trouve Beanie amusante et supportable, mais aujourd'hui, elle m'irritait. Et Beanie ressentait la même chose à propos de moi.

— Eh bien nous avons toujours voulu que Bobo fasse du taekwondo, mais nous n'avons jamais trouvé personne pour lui apprendre, sauf cet homme qui a fait faillite au bout de six mois. Qui vous donne vos cours ?

— Marshall Sedaka.

— Où est-ce qu'il enseigne ? Dans un gymnase ?

— Il donne des cours de karaté goju pour adultes seulement le lundi, le mercredi et le vendredi soir chez Body Time, de 7 h 30 à 8 h 30.

Ces trois soirées étaient les points culminants de ma semaine.

Beanie dut croire que je commençais à éprouver un certain plaisir à échanger, car elle m'adressa un sourire rayonnant.

— Alors vous croyez qu'il ne voudra pas prendre Bobo ? Après tout, il a 17 ans et, même si je déteste l'admettre, c'est pratiquement un adulte... physiquement, du moins, ajouta Beanie d'un ton sévère.

— Vous pouvez lui demander, répondis-je.

Il n'y avait pas la moindre chance que Marshall prenne un gamin pourri gâté comme Bobo, mais ce n'était pas mon rôle de le dire à Beanie.

— Je vais faire ça, dit Beanie en le notant dans un petit carnet à spirale qu'elle gardait toujours dans son sac.

(C'est une chose que Beanie et Claude Friedrich ont en commun, songeai-je.)

Et Beanie ne manquerait pas d'appeler ; l'une des rares choses que j'admire chez cette femme, c'est sa dévotion envers ses enfants.

— Bien, dit-elle d'un ton dédaigneux en relevant les yeux, avant de se tourner légèrement, comme si elle avait déjà à moitié passé la porte. Je vais juste me rafraîchir une minute et je file au club. N'oubliez pas pour le carnet de chèques, s'il vous plaît !

— Je n'oublierai pas.

Je me penchai en avant pour ramasser un pull dont Bobo s'était apparemment servi pour nettoyer le pare-brise de sa voiture.

— Vous savez, reprit Beanie en réfléchissant, je crois que Pardon était le partenaire de ce Marshall Sedaka.

— Quoi ?

Le pull me glissa des doigts ; je le récupérai d'une main maladroite en espérant avoir mal entendu.

— Oui, dit fermement Beanie. C'est ça. C'est Howell Junior qui me l'a dit, et je me souviens d'avoir trouvé ça amusant, parce que Pardon était bien l'homme le plus malhabile que j'ai jamais vu. Il n'aurait jamais descendu la rue à pied s'il pouvait le faire en voiture. Cette salle de gym a remporté un vrai succès. Pardon a dû gagner beaucoup d'argent. Je me demande à qui il laisse la totalité ?

Je continuai de jeter des vêtements dans le panier à linge. Quand je relevai enfin les yeux, Beanie avait disparu et, un instant plus tard, j'entendis des bruits de clapotis provenant de l'immense salle de bains qui jouxtait la chambre parentale.

Après avoir entendu la porte du garage claquer, je lâchai à voix haute :

— Je ferais mieux de commencer à être sympa avec la patronne ou sinon elle va me balancer. Il faut vraiment que j'arrête d'être brusque avec elle, me dis-je sérieusement.

Car ils me paient quand même deux fois par semaine.

Je vais aussi chez Mme Hofstettler deux fois par semaine, mais je lui facture moins – beaucoup moins – car il me faut beaucoup moins de temps et d'effort pour mettre en ordre un appartement de deux chambres que la grande maison des Winthrop, et aussi parce que les enfants Winthrop ne bougent pas le petit doigt, du moins d'après ce que je peux en juger. Si seulement ils pouvaient mettre leur linge au sale et ranger leur chambre, leurs parents économiseraient une bonne partie de mon salaire.

D'habitude, j'arrive à entretenir mon indifférence face aux habitudes des Winthrop, mais ce matin, j'ai été déstabilisée par ce qu'a dit Beanie. Marshall et Pardon avaient-ils vraiment fait des affaires ensemble ? Marshall n'avait jamais évoqué de partenaire dans cette affaire qu'il avait montée à partir de zéro. Bien que Marshall et moi connaissions le corps de l'autre avec une intimité étrange et impersonnelle à force de s'entraîner en même temps et d'apprendre le karaté ensemble, je réalisai que nous ne savions pas grand-chose de la vie quotidienne de l'autre.

Je me demandai, mal à l'aise, pourquoi je m'inquiétais seulement à propos de Marshall Sedaka, d'ailleurs. Quelle différence une association entre Pardon et Marshall pouvait-elle faire ? Même si la lumière était très faible, je savais que j'aurais reconnu Marshall si c'est lui qui avait poussé le corps de Pardon Albee dans le parc.

Cette prise de conscience me mit plus mal à l'aise encore.

En me forçant à me concentrer sur la tâche à accomplir, je trouvai le carnet de chèques perdu et le déposai sur la coiffeuse de Beanie, où elle était certaine de le trouver. Mes réflexions me ralentissaient ; il me restait encore la chambre de Howell Trois et, même si ce n'était pas un porc comme Bobo, il n'était pas très soigné non plus.

Le mardi, chez les Winthrop, je mets de l'ordre, je lave le linge et je le range, et je nettoie les salles de bains. Le vendredi, je fais la poussière, l'aspirateur et je passe la serpillière. Les Winthrop ont également une cuisinière, qui s'occupe donc de la cuisine, ou alors il leur faudrait m'embaucher un troisième jour. Bien sûr, le vendredi aussi j'ai une certaine dose de rangement à faire si je veux atteindre les surfaces à nettoyer, et les gens assez fainéants pour payer quelqu'un pour nettoyer leur foutoir, ça m'exaspère de plus en plus.

Je me calmai en prenant quelques profondes respirations. Finalement, je pris conscience que ce n'était pas la négligence des Winthrop qui me contrariait – leurs mauvaises habitudes étaient finalement dans mon intérêt – ou même à cause de l'éventuelle implication de Marshall avec Pardon Albee, mais plutôt parce que juste après, il fallait que je voie Claude Friedrich.

3

Il était pile à l'heure.

Tandis que je reculais pour le laisser entrer, je fus une nouvelle fois impressionnée par sa taille et sa prestance.

Le grand truc avec la peur, me rappelai-je, c'est de ne pas la montrer. Une fois ragaillardie par cette petite tranche de philosophie personnelle, je fus incapable de montrer au policier autre chose qu'une mine impassible qu'on pouvait interpréter comme simplement renfrognée.

Je l'observai tandis qu'il parcourait des yeux mon mobilier spartiate, des meubles qui étaient en vente dans les magasins du coin les plus chers, des meubles que j'avais soigneusement sélectionnés et placés exactement là où je le voulais. C'est un petit salon, et j'avais choisi les objets en fonction de sa petite taille : une causeuse inclinable avec repose-pied, plutôt qu'un canapé ; une bergère ; de petites tables d'occasion ; de petits tableaux. Je possède une télévision, mais elle non plus n'est pas très grande. Aucune photo. Les livres que j'emprunte à la bibliothèque sont empilés sur la table près de ma chaise.

Les couleurs dominantes de la tapisserie et des tableaux sont le bleu foncé et l'ocre.

— Depuis quand vivez-vous ici ? demanda Friedrich quand il eut fini son inspection.

— J'ai acheté la maison il y a quatre ans.

— À Pardon Albee.

— Oui.

— Et vous l'avez achetée directement en arrivant à Shakespeare ?

— Je l'ai d'abord louée, avec une option d'achat.

— Que faites-vous exactement dans la vie, mademoiselle – c'est mademoiselle ? – Bard ?

Les titres n'ont aucune importance pour moi, ni le politiquement correct. Je ne le repris pas pour lui demander de m'appeler madame. Mais je vis qu'il s'était attendu à ce que je le corrige.

— Je fais des ménages.

— Pas d'autres petites choses ?

Il avait fait ses recherches. Ou bien il avait toujours su pour moi, chaque détail de ma vie ici à Shakespeare. Après tout, qu'est-ce que le chef de la police, dans cette ville, fait pour s'occuper l'esprit ?

— Quelques petites choses.

Il exigeait des précisions, m'indiquant par un haussement de sourcils qu'il trouvait la brièveté de mes réponses quelque peu malpolie. Oui, j'imagine que je l'étais. Je soupirai.

— Je fais des courses pour quelques personnes âgées. J'aide des familles quand elles quittent la ville, si aucun voisin ne peut s'en occuper. Je remplis les placards avant leur retour, je nourris le chien, je tonds la pelouse et j'arrose les plantes.

— Est-ce que vous connaissiez bien Pardon Albee ?

— Je lui ai acheté cette maison. Je nettoie des appartements dans l'immeuble dont il est propriétaire, mais c'est un arrangement passé directement avec les locataires eux-mêmes. J'ai travaillé pour lui une ou deux fois. Je le vois en passant.

— Aviez-vous une relation sociale avec lui, peut-être ?

Je m'apprêtai à répondre avec emportement quand je pris conscience qu'il me cherchait. Je fermai la bouche et respirai profondément.

— Je n'avais aucune relation sociale avec M. Albee.

En réalité, j'avais toujours eu une aversion physique pour Pardon ; il était mou et empoté, sans aucune splendeur de caractère pour compenser son manque d'aptitude.

Penché en avant, les coudes posés sur ses cuisses, Friedrich examinait ses mains jointes.

— Concernant la nuit dernière, gronda-t-il en me jetant un regard soudain.

Je lui avais laissé la causeuse et m'étais installée sur la bergère. Je ne hochai pas la tête, ni ne dis quoi que ce soit. J'attendis simplement.

— Avez-vous vu quelque chose d'inhabituel ?

Il se redressa soudainement en me regardant droit dans les yeux.

— Inhabituel...

Je tentai d'avoir l'air pensif, mais j'eus l'impression de parvenir seulement à avoir l'air têtue.

— Je suis allée me coucher vers 11 heures, dis-je à la hâte.

C'était la vérité – la première fois, avant de me rendre compte que je ne trouvais pas le sommeil.

— Marie – Mme Hofstettler – m'a dit ce matin qu'il y avait eu un sacré remue-ménage à l'extérieur, mais j'ai bien peur de n'avoir rien entendu.

— Quelqu'un m'a appelé à 2 h 30 du matin environ, dit doucement Friedrich. Une femme. Cette femme m'a dit qu'il y avait un corps dans le parc, en face de chez moi.

— Oh ?

— Oh oui, mademoiselle Bard. Je pense que cette femme a vu quelque chose, à propos de ce corps dans le parc, et qu'elle a pris peur, ou bien qu'elle savait qui était le coupable et que cette personne lui faisait peur, ou encore qu'elle y était pour quelque chose et ne voulait pas que le pauvre homme reste comme ça dans le parc toute la nuit et soit recouvert de rosée ce matin. Alors je pense que qui qu'elle soit, et quelle que soit la raison, elle se préoccupait des restes de Pardon. J'aimerais évidemment pouvoir parler à cette femme.

Il attendit.

Je fis de mon mieux pour rester sans expression.

Il poussa un lourd soupir de lassitude.

— D'accord, mademoiselle Bard. Vous n'avez rien vu, vous ne savez rien. Mais si vous pensez à quelque chose, dit-il avec une lourde ironie dans la voix, vous pouvez m'appeler jour et nuit.

Il y avait quelque chose de tellement solide chez Claude Friedrich que je fus presque tentée de me confier à lui. Mais je repensai à mon passé, et à ses résurgences, qui ruineraient l'existence stable et saine que j'avais recréée dans cette petite ville.

Et à cet instant, je compris que cet homme était dangereux. Je sortis de ma rêverie et compris qu'il attendait que je dise quelque chose, qu'il savait que j'envisageais de me confier à lui.

— Au revoir, dis-je en me levant pour le raccompagner.

Friedrich sembla déçu. Mais il ne dit rien et ses yeux gris, posés sur moi, n'exprimaient aucune hostilité.

Après avoir verrouillé la porte derrière lui, je réalisai, sans qu'il y ait le moindre lien, qu'il devait être la cinquième personne à pénétrer chez moi en quatre ans.

Le mardi soir, à 17 h 30, je nettoie le cabinet d'un dentiste. Quand je suis arrivée à Shakespeare et que je vivais sur mes économies (ce qui me restait après avoir fini de payer ce que l'assurance n'avait pas couvert de mes frais médicaux), alors que je me constituais une clientèle, le Dr Sizemore attendait que j'arrive, me regardait nettoyer et verrouillait derrière moi quand je repartais. Maintenant, j'ai une clé. J'apporte mes propres produits d'entretien à son bureau ; il préfère qu'on fasse ainsi, alors je le facture un peu plus cher. Ça m'est totalement indifférent que je doive me servir de mes propres fournitures ou de celles du client ; j'ai mes préférences, mais ils ont les leurs également. Je veux être Lily Bard qui fait le ménage ; je ne veux pas être « Domestique sur Commande » ou « Les Petites Mains » ou quoi que ce soit qui sonne comme un nom d'entreprise.

Strictement en privé, je me donne le nom de « Service Sanitaire de Shakespeare ».

J'avais envisagé les ménages comme le summum du détachement quand j'avais cherché une solution pour subvenir à mes besoins, mais le nettoyage s'était avéré être une profession intime. J'avais non seulement découvert certains détails physiques sur les personnes qui m'employaient (par exemple, le Dr Sizemore perd ses cheveux et souffre de constipation chronique) mais j'en avais appris plus sur leur vie, involontairement, que je ne l'aurais voulu.

Parfois, je m'amuse à écrire une colonne fictive pour le *Journal de Shakespeare* bihebdomadaire pendant mon travail. « Le Dr John Sizemore a récemment reçu une facture d'un magazine d'anatomie – je ne parle pas du genre destiné aux médecins – alors il cache certainement les exemplaires quelque part… Sa réceptionniste, Mary Helen Hargreaves (quand les gens du coin prononçaient son nom, ça donnait Mare Heln) se fait les ongles au bureau et lit des romans policiers anglais pendant sa pause déjeuner… Son infirmière, Linda Gentry, a fini sa plaquette de pilules aujourd'hui alors à ma prochaine visite, j'allais trouver des Tampax dans la salle de bains.

Mais qui serait intéressé par une telle colonne ? Le genre de choses que je sais n'intéresse pas grand monde, même si j'ai été l'une des premières à savoir que Jerri Sizemore voulait demander le divorce (j'avais trouvé la convocation de l'avocat ouverte sur le bureau de John Sizemore), et que Bobo Winthrop avait eu des rapports sexuels protégés la semaine dernière, pendant que ses parents se trouvaient au Country Club.

Je suis au courant d'un paquet de choses, dont je n'ai jamais parlé à personne ou auxquelles je n'ai même jamais repensé. Mais ce que je sais à propos de la mort de Pardon Albee… ceci, il faudrait peut-être que je le révèle.

Ça allait conduire à une révélation, je le sentais dans mes tripes.

Ma vie n'est peut-être pas extraordinaire, mais c'est tout ce que j'ai et elle est supportable. J'ai essayé d'autres vies et c'est celle-là qui me correspond le mieux.

Je finis mon travail chez le Dr Sizemore à 19 h 30, puis je verrouillai soigneusement la porte avant de rentrer chez moi manger un blanc de poulet, un petit pain et quelques brocolis saupoudrés de parmesan. Après avoir nettoyé la cuisine, j'arpentai la maison, incapable de rester en place, j'essayai de me concentrer sur un livre emprunté à la bibliothèque que je refermai avant d'avoir lu une seule page et, en dernier recours, j'allumai la télévision.

J'avais oublié de vérifier l'heure. J'étais tombée sur les informations en allumant la télé. Les images que je vis furent parmi les pires qui soient : des femmes qui hurlent en serrant leur bébé contre elles, des bombes qui explosent, des corps affalés dans la rue, aux portes de la mort. Je vis le visage d'une femme désespérée, dont la famille était enterrée sous les décombres et, avant que je puisse appuyer sur le bouton pour changer de chaîne, des larmes s'étaient mises à couler sur mes joues.

Je n'avais pas été capable de regarder les informations depuis des années.

4

Mes mercredis matin sont assez souples. C'est du temps que je réserve pour les urgences (des ménages spéciaux pour les dames qui accueillent le club de bridge ou préparent une *baby shower*) ou des ménages exceptionnels, comme aider une femme à nettoyer son grenier de fond en comble. Ce mercredi, j'avais depuis longtemps prévu d'aider Alvah York avec son grand ménage de printemps. Alvah respecte ce rituel même si son mari, T.L., et elle vivent dans l'un des appartements d'Albee depuis que T.L. a pris sa retraite du bureau de poste.

Deux années auparavant, j'avais aidé Alvah à faire le ménage de printemps dans son appartement de trois chambres. À mon arrivée, elle était déjà à la tâche et ne s'était toujours pas arrêtée quand j'étais repartie à midi. Mais sa santé s'était fortement dégradée depuis lors et cette année, elle aurait certainement besoin d'aide pour son appartement de deux chambres.

L'appartement des York est situé au rez-de-chaussée de la résidence de Shakespeare Garden, voisin de celui de Marie Hofstettler, et la porte d'entrée se trouve face à celle de l'appartement que Pardon Albee avait gardé pour lui. Je ne pus m'empêcher d'y jeter un coup d'œil tandis que je frappais à la porte des York. Il y avait du ruban jaune de scène de crime placé en travers de la porte. Je n'en avais jamais vu dans la vie réelle ; c'était exactement comme à la télévision. Qui est censé vouloir entrer dans l'appartement de Pardon ? Qui d'autre que Pardon aurait bien pu avoir une clé ? J'imaginais qu'il devait avoir de la famille en ville dont je ne savais rien ; chaque personne à Shakespeare est reliée d'une manière ou d'une autre à une poignée d'autres habitants, au moins, avec très peu d'exceptions.

Comment était-il mort, d'ailleurs ? J'avais vu du sang sur sa tête, mais je n'avais pas regardé plus en détail. Mon inspection dans le parc avait été bien trop écœurante et effrayante à elle seule.

Je jetai un coup d'œil à ma montre-bracelet d'homme. 8 heures pile ; l'une des principales qualités qu'Alvah admire, c'est la ponctualité.

Quand elle ouvrit la porte, Alvah avait une mine épouvantable.

— Est-ce que ça va ? demandai-je involontairement.

Ses cheveux gris étaient emmêlés, manifestement pas peignés, défrisés, et son pantalon et son haut n'allaient pas ensemble.

— Oui, je vais bien, répondit-elle avec difficulté. Entrez. T.L. et moi venons de terminer notre petit déjeuner.

D'habitude, les York sont debout à 5 h 30 et, à 8 h 30, ils ont pris leur petit déjeuner, se sont préparés et partent faire leur balade habituelle.

— Quand êtes-vous rentrés ? demandai-je.

Je n'avais pas l'habitude de poser des questions, mais je cherchais à obtenir quelques réponses de la part d'Alvah. D'habitude, après l'un de leur voyage, Alvah se presse de faire l'éloge de sa fille et de ses petits-enfants, et même, de temps en temps, de cette personne sans importance, le père de ces petits-enfants et mari de cette fille ; mais aujourd'hui, Alvah se contenta de me précéder dans le salon d'un pas traînant, en silence.

T.L., assis autour de leur petite table à manger, semblait plus fidèle à lui-même, toujours aussi fanfaron. T.L. est l'une de ces personnes dont la conversation est faite à 75 % de banalités.

— Bonjour, Lily ! Toujours aussi jolie, je vois. Nous allons avoir une magnifique journée aujourd'hui.

Mais quelque chose n'allait pas non plus chez T.L. Son bavardage habituel sonnait faux, et il n'y avait aucun entrain dans son mouvement quand il se leva de table. Ce matin, il se servait de sa canne au pommeau argenté que lui avait offert sa fille pour Noël, et il semblait vraiment s'appuyer dessus.

— Laissez-moi juste aller me raser, mesdames, gronda-t-il vaillamment, et ensuite je vous libère le terrain.

Après avoir replié son journal et l'avoir posé sur la table, il disparut dans le couloir. T.L. est un homme grand et perspicace aux cheveux gris, qui a plutôt tendance à l'embonpoint, mais qu'une vie entière de travail physique et pénible avait maintenu en bonne forme. Je le regardai pénétrer dans la chambre à coucher. Il y avait quelque chose d'autre de différent chez lui. Et après quelques instants, je compris : ce matin, il marchait en silence. T.L. siffle tout le temps, généralement des chansons ou des hymnes country et western.

— Alvah, vous voulez que je repasse à un autre moment ?

Alvah sembla surprise par ma question.

— Non, Lily, mais c'est vraiment gentil de vous en préoccuper. Je ferais aussi bien de m'atteler à ce ménage de printemps.

J'avais l'impression qu'Alvah aurait mieux fait de retourner se coucher. Mais je commençai à rapporter les restes du petit déjeuner dans la cuisine, ce que je n'avais jamais fait chez les York jusque-là. Alvah avait toujours fait ce genre de choses elle-même.

Alvah ne fit aucune remarque quand je me mis à laver la vaisselle, à la sécher et à la ranger. Elle resta assise, les mains posées autour d'une tasse de café, le regard braqué sur le liquide noir comme s'il pouvait lui prédire l'avenir. T.L. émergea de la salle de bains, rasé de près et enjoué, en apparence, mais il ne sifflait toujours pas.

— Je vais chez le coiffeur, chérie, dit-il à sa femme. Ne travaillez pas trop dur, avec Lily.

Il lui déposa un baiser et sortit de l'appartement.

Je me trompais en pensant que le départ de son mari lui redonnerait un peu d'enthousiasme. Elle continua de boire son café. Je sentis l'inquiétude me dresser les poils sur la nuque. J'avais travaillé côte à côte avec Alvah de nombreuses fois, mais la femme qui était assise à la table devant moi était totalement différente.

Alvah souffre d'un nerf coincé dans le dos et rencontre des problèmes croissants un peu partout, mais c'est habituellement une femme pratique, facile à vivre, qui sait précisément ce qu'elle veut et sait clairement le faire savoir. Il arrive que sa franchise soit blessante, et j'avais vu l'occasion se produire, mais je n'ai moi-même jamais fait attention à ses manières. Il y a beaucoup de pensées inexprimées dans la tête d'Alvah, et très peu de tact, mais c'est une femme bien, honnête et généreuse.

Je remarquai alors que les provisions que j'avais achetées pour eux lundi après-midi se trouvaient exactement là où je les avais déposées. Le beurre était posé à la même place sur l'étagère du réfrigérateur, et la laitue n'avait pas été lavée. Au moins, les serviettes en papier, elles, avaient été déballées, placées dans le distributeur et utilisées, et le pain rangé dans la boîte prévue à cet effet.

Je ne pouvais rien dire de plus. Alvah n'allait pas me dire ce que je devais faire. J'entrepris donc de passer la serpillière dans la cuisine.

Alvah a sa manière à elle de faire le ménage de printemps, et il me semblait me souvenir qu'elle commençait par décrocher tous les rideaux ; en fait, la paire qui pendait à la fenêtre qui donne sur la rue avait déjà été retirée, laissant apparaître les stores nus. Jusqu'à très récemment, donc, Alvah avait agi de manière normale. Je nettoyais les stores. Ils étaient poussiéreux ; Alvah s'était arrêté à cet endroit, après avoir dépendu la première paire de rideaux.

— Quelque chose ne va pas ? demandai-je presque à contrecœur.

Alvah garda le silence si longtemps que je me surpris à espérer qu'elle ne me dirait rien. Mais finalement, elle prit la parole.

— Nous ne l'avons dit à personne par ici, dit-elle avec une grande lassitude. Mais cet homme de Creek County – ce Harley Don Murrel, celui qu'on a condamné pour viol – eh bien, cet homme… la fille qu'il a violée, c'est notre petite-fille Sarah.

Je pus sentir le sang quitter mon visage.

— Que s'est-il passé ? demandai-je en m'asseyant en face d'Alvah.

— Dieu merci ils ne publient pas le nom de la victime dans les journaux ou aux informations, dit Alvah. Elle n'est plus à l'hôpital, mais T.L. pense qu'elle devrait peut-être y retourner – à l'hôpital psychiatrique. Elle a seulement 17 ans. Et son mari n'est pas d'une grande aide – il est seulement furieux que ça lui soit arrivé à elle. Il dit que si elle n'avait pas porté ce justaucorps moulant, cet homme l'aurait laissée tranquille.

Alvah poussa un soupir, les yeux baissés sur sa tasse de café. Elle aurait certainement l'air d'une étrangère si elle avait relevé la tête, mais j'espérais qu'elle n'en ferait rien. Je gardai les yeux très grand ouverts pour ne pas qu'ils débordent.

— Mais ce n'est pas le cas, intervins-je. Il ne l'aurait pas laissée tranquille.

Absorbée par sa détresse, Alvah répondit :

— Je sais bien, sa mère aussi, et vous aussi. Mais les hommes se posent toujours la question, et certaines femmes, aussi. Vous auriez dû voir la femme de ce Murrell, assise au tribunal alors qu'elle aurait dû se cacher chez elle, de honte, et qui faisait comme si elle n'avait pas la moindre idée de ce que son mari trafiquait, et racontait aux journalistes que Sarah était... une mauvaise fille, que tout le monde le savait à Creek County, que Sarah avait dû lui faire des avances...

Alvah se mit à pleurer.

— Mais il a été condamné, dis-je.

— Oui, confirma Alvah. Il a pleuré, crié, et imploré le Seigneur. Ça ne lui a rien valu ; il a été condamné. Mais il sortira, à moins que quelqu'un le tue en prison, et c'est ce que j'espère, même si le Seigneur pourrait me condamner aussi pour ça. On dit que les autres prisonniers n'aiment pas les violeurs ou les agresseurs d'enfants. Peut-être que quelqu'un va l'assassiner un de ces jours.

Je reconnaissais le ton, les mots employés. Pendant une seconde, je luttais contre une vague de panique. J'étais soulagée qu'Alvah soit totalement absorbée dans ses propres soucis. Je levai la main sur ma poitrine et touchai mon tee-shirt jaune pâle pour sentir le relief de mes cicatrices en dessous.

— Alvah, tout ce que je peux faire pour vous, c'est nettoyer, dis-je.

— Eh bien, faisons ça, approuva-t-elle d'une voix incertaine. C'est aussi bien.

Pendant trois heures, nous nous activâmes dans le petit appartement, époussetant des objets qui n'avaient jamais été sales et rangeant des choses qui n'avaient jamais été en désordre. Alvah aimait vivre sa vie de manière fluide – j'ai toujours pensé qu'elle serait heureuse sur un bateau. Tout ce qui était superflu était jeté sans pitié ; tout le reste était organisé de manière logique et compacte. J'admirais ça chez elle, ayant moi-même tendance à faire la même chose, quoique loin des extrêmes d'Alvah. En premier lieu, songeai-je tandis que je nettoyais les placards de la salle de bains, Alvah a si peu de centres d'intérêt que le ménage constitue l'un de ses seuls exutoires, l'un de ses seuls moyens d'expression. Alvah fait un peu de broderie, d'un genre qui manque cruellement d'inspiration, mais elle ne lit pas, ne fait pas de couture et n'est pas particulièrement intéressée par la télévision ou la cuisine. Alors elle nettoie.

Alvah constitue un véritable avertissement pour moi.

— Et la caravane ? demandai-je quand j'estimai qu'on avait presque terminé.

— Comment ?

— D'habitude, on fait la caravane aussi, lui rappelai-je.

Les York possèdent une caravane qu'ils tirent derrière leur pick-up et, quand ils rendent visite à leur fille, ils se garent dans son allée et vivent dans la caravane. Ils peuvent se faire leur propre café le matin et aller au lit quand ils le veulent, m'ont-ils souvent dit. Je m'étais souvenue en travaillant combien les York m'avaient souvent parlé de leur petite-fille Sarah, la plus jeune des enfants de leur fille. Sarah avait été trop gâtée et venait, l'année dernière, de faire un mauvais mariage avec un garçon aussi jeune qu'elle. Mais les York ont toujours eu un faible pour elle.

— Vous vous souvenez de toutes les querelles avec Pardon au sujet de cette caravane ? demanda Alvah, de manière tout à fait inattendue.

Oui, je me souvenais. Au bout de la place de garage de chaque résident, il y a un espace de la largeur d'une voiture environ, entre le mur du garage et la clôture alentour. Les York avaient demandé la permission de garer leur caravane dans l'espace nord et, initialement, Pardon avait accepté. Mais plus tard, il était revenu sur sa parole en arguant que le véhicule dépassait et qu'il gênait les voisins.

Ça ne me regardait pas et je n'avais donc prêté que peu d'attention à tout ce brouhaha. Mais j'avais entendu les York continuer sur le sujet, et j'avais vu Pardon debout dans le parking, secouant la tête devant la caravane comme si c'était un enfant difficile, et traîner avec un mètre à la main. Pardon Albee était un maniaque, apparemment incapable de laisser passer quoi que ce soit.

C'était le genre à réveiller le chien qui dort.

Alvah pleurait de nouveau.

— Vous devriez y aller, Lily, dit-elle. Toute cette histoire m'a bouleversée, je ne sais plus trop où j'en suis. Ces derniers jours, quand nous étions là pour le procès, c'était tout simplement un enfer. Je ferai mieux la semaine prochaine.

— Bien sûr, Alvah, dis-je. Appelez-moi quand vous voudrez remettre les rideaux, ou si vous voulez nettoyer la caravane.

— D'accord, je vous appellerai, promit Alvah.

Je ne lui rappelai pas qu'elle ne m'avait pas payée ; c'était un autre signe, étant donné qu'Alvah est toujours très scrupuleuse sur ma paie.

Je peux toujours repasser demain, pensai-je. D'ici là, le choc du procès de Murrell se serait peut-être estompé.

Bien sûr, la souffrance de Sarah, elle, persisterait des semaines, des mois et des années…

Alors que je m'apprêtais à quitter l'immeuble, je réalisai que ce n'était vraiment pas mon jour. Deedra Dean arriva face à la porte d'entrée avant que j'aie pu sortir.

Je ne peux pas supporter Deedra, et surtout depuis notre conversation de la semaine passée. Nous nous trouvions dans l'escalier, au premier étage, devant la porte de son appartement, Deedra était revenue déjeuner chez elle et s'apprêtait à retourner à la mairie, où elle gagnait presque sa vie en tant que réceptionniste.

— Salut, la gouvernante ! avait-elle lancé d'une voix chantante. Écoutez, je voulais vous dire... la semaine dernière, je pense que vous avez oublié de fermer la porte derrière vous en partant.

— Non, répondis-je très fermement.

La fiabilité est très importante dans mon travail, peut-être même plus que de faire un ménage impeccable.

— Je n'oublie jamais, poursuivis-je. Vous, peut-être, mais pas moi.

— Mais vendredi dernier, quand je suis rentrée, ma porte n'était pas fermée à clé, avait insisté Deedra.

— Je l'ai verrouillée en partant, avais-je insisté à mon tour. Cependant, avais-je ajouté, frappée d'un souvenir soudain, Pardon était en train de monter quand je descendais et, bien sûr, il a un passe-partout.

— Pourquoi entrerait-il chez moi ? avait demandé Deedra, mais comme si cette idée n'était pas aussi ridicule qu'elle pouvait le paraître.

Alors qu'elle semblait y réfléchir, Deedra avait eu l'air assaillie par... eh bien, un curieux mélange de colère et de malaise. J'avais été intriguée par le spectacle, comme si j'avais pu entendre les idées résonner dans la tête vide de Deedra.

Deedra Dean, Deedra à la chevelure blonde et brillante, à la silhouette voluptueuse et au visage complètement miné par l'absence totale de menton. Elle était toujours maquillée de manière éclatante et frénétiquement agitée pour détourner l'œil et l'attention de cette absence accablante. Deedra avait emménagé ici trois ans auparavant et s'était envoyé chaque mâle qui ait jamais vécu dans l'immeuble, sauf (peut-être) Pardon Albee et (presque sans le moindre doute) T.L. York.

La tendre maman de Deedra, une veuve douce et aisée, récemment remariée, subventionne largement sa fille. Lacey Dean Knopp a apparemment l'impression que Deedra va de rencard en rencard jusqu'à trouver Le Bon. Pour Deedra, chaque homme semble chaque fois être Le Bon. Enfin, pour une nuit ou deux, en tout cas.

Je me suis souvent dit que ça ne me regardait absolument pas, et me suis demandé pourquoi les habitudes de Deedra m'exaspèrent autant. Au fur et à mesure, j'en suis arrivée à la conclusion que son manque total de dignité me consterne, que les risques qu'elle prend m'effraient, et que sa facilité à avoir des relations sexuelles me rend jalouse.

Mais tant que je suis payée par la maman de Deedra, je n'arrête pas de me rappeler, toutes les dix minutes, que Deedra est une adulte, nominalement du moins, qui peut organiser sa vie comme bon lui semble.

— Eh bien, essayez que ça ne se reproduise pas, m'avait sermonné Deedra la semaine passée, dans une piètre tentative de sévérité après m'avoir accusée d'avoir laissé sa porte ouverte.

Même son cerveau limité avait enregistré ma colère.

— Oh, je dois filer ! reprit-elle. Je devais repasser pour prendre ma carte d'assurance. Je dois aller faire contrôler ma voiture à l'heure du déjeuner et prendre l'avis de renouvellement dans le courrier.

Je voulais dire quelque chose à Deedra à propos de son mode de vie, quelque chose qui ferait une différence, mais je savais que rien de ce que je pourrais dire ne ferait impression. Et ce n'était vraiment pas mes affaires ; Deedra était censée être une adulte. Je la regardai par la fenêtre courir vers sa voiture de sport rouge qu'elle avait laissée sur le trottoir. C'était la mère de Deedra qui avait versé l'acompte pour cette voiture peu fiable mais tapageuse ; Deddra me l'avait avoué avec une totale désinvolture.

— Vous n'avez jamais réussi à savoir si Pardon était entré chez vous ? demandai-je.

Il n'y avait personne d'autre au rez-de-chaussée et je gardai la voix basse. J'avais suivi mon propre courant de pensées, avec tant de concentration, que j'avais oublié que Deedra pouvait penser à quelque chose de totalement différent, et elle me regarda comme si j'étais une personne très étrange.

— Non, répondit-elle avec rudesse.

Je haussai les sourcils et attendis.

— Et vous n'avez pas intérêt à dire à la police que vous m'avez parlé de ça, d'ailleurs !

— Oh ?

— Vous ne trouverez plus le moindre travail à Shakespeare, menaça Deedra. Je ne veux pas être impliquée dans la mort de ce vieux salaud.

— Vous pensez sérieusement, répliquai-je avec le début d'un sourire glacial, que qui que ce soit à Shakespeare laisserait tomber une excellente femme de ménage digne de confiance comme moi, pour vous protéger ?

Deedra écarquilla ses yeux bleus sous l'effet de surprise.

Une porte s'ouvrit au premier étage et le seul homme noir de la résidence, Marcus Jefferson, apparut dans l'escalier. Marcus, un homme séduisant qui approchait de la trentaine, nous adressa un regard surpris, avant de murmurer un salut et de passer la porte d'entrée, qui se referma derrière lui avec son lourd grincement familier.

Cet immeuble était rempli de gens qui agissaient de manière curieuse, aujourd'hui. Quand je reportai mon attention sur Deedra, elle avait le visage écarlate, la tête tournée vers la porte qui se refermait sur Marcus Jefferson.

Tiens tiens. J'eus une vision fulgurante de ce qui avait amené Pardon Albee à « faire quelque chose » au sujet de Deedra.

— Vous voulez que je revienne le jour habituel ? demandai-je.

Deedra ne voulait peut-être plus faire appel à mes services, désormais. Je nettoie son appartement le vendredi matin. C'est un moment de grosse demande, puisque tout le monde veut une maison propre pour le week-end, et j'espérais à moitié que Deedra me vire.

— Oh... oh, oui. Écoutez, vraiment, oublions toute cette conversation de la semaine dernière, à propos de la porte. C'est moi qui ai oublié de la fermer, d'accord ? C'est juste que je m'en suis souvenue après. Je suis désolée d'avoir seulement pensé que vous pouviez être responsable. Vous êtes vraiment la plus fiable...

La voix de Deedra s'estompa et elle plaqua un sourire factice sur son visage, là où il semblait bien à sa place.

Alors que je marchais sur le trottoir en direction de chez moi, je me demandai si Pardon avait effectivement pénétré dans l'appartement de Deedra la semaine passée. Pourquoi serait-il entré ? Et si c'était le cas, qu'y a-t-il trouvé ?

S'il cherchait des saletés sur la vie privée de Deedra, il en aurait trouvé un tas. Dans le tiroir du haut de sa commode, Deedra garde quelques photos pornos prises par un quelconque amant, en lingerie exotique, presque totalement nue. Je me serais certainement passée de ce détail, mais Deedra veut que je fasse sa lessive et que je la range par la suite, et ce tiroir en question est son tiroir à lingerie. Deedra possède également de la littérature érotique et des magazines épouvantables coincés sous son matelas (où je suis bien obligée de passer l'aspirateur), et bien évidemment, les draps sont toujours en pagaille. Il y a probablement d'autres choses « incriminantes » ici aussi, des choses qui pourraient intéresser la mère de Deedra.

Pardon Albee avait-il réellement eu le culot d'appeler la mère de Deedra, la très digne Lacey Dean Knopp ?

Ma parole, ça lui ressemblait bien.

Cinq minutes après que je fus rentrée chez moi, la sonnette de la porte retentit. Je jetai un coup d'œil dans mon judas et ouvris.

Mon visiteur était surprenant mais pas menaçant – mon voisin que je ne voyais que rarement, Carlton Cockroft. Je ne lui ai pas parlé plus de trois ou quatre fois depuis que j'ai acheté la maison.

Il y a quelque chose de très « comestible » chez Carlton. Il me fait toujours penser à un chocolat chaud et à des caramels en plein hiver, ou bien au parfum de crème solaire à la noix de coco et à l'odeur de barbecue en plein été. Carlton a une petite trentaine, comme moi. Il a des cheveux noirs et des yeux sombres, un menton fendu et d'épais sourcils arqués. Il sent bon. Il fait peut-être dix centimètres de plus que moi, environ un mètre quatre-vingts. Mon voisin est poli, actif et hétérosexuel – et voici tout ce que je sais de lui.

— Bonjour Lily, dit-il d'une voix agréable sans être enjouée.

— Carlton.

Je hochai la tête pour le saluer, avant d'ouvrir la porte pour le laisser entrer.

Il sembla très surpris, et je réalisai que je ne le lui avais jamais proposé. Il jeta un regard bref dans la pièce et sembla hésiter sur l'attitude à adopter, à l'inverse de mon visiteur plein d'assurance de la veille.

— Asseyez-vous, proposai-je en m'installant sur la bergère.

— Lily, je vais aller droit au but, commença Carlton après s'être installé sur la causeuse.

Il se pencha en avant et posa les coudes sur ses genoux. Il portait une banale chemise bleu marine et blanc, un jean froissé et des Reeboks ; un look prospère et confortable, mais sans cérémonie.

J'attendis qu'il aille droit au but. La plupart des gens semblent croire que l'on doit répondre quand ils vous exposent leur intention, mais j'ai toujours trouvé plus intéressant d'attendre et de voir s'ils le font effectivement.

Il garda le regard posé sur moi pendant un moment, comme s'il attendait effectivement quelque chose de ma part.

Je lui fis un signe ouvert de la main – donc, le but ?

— Je vous ai vue, marcher dehors, la nuit du meurtre.

Il attendit que je me mette à crier.

— Je me suis levé pour prendre un médicament.

Je haussai les épaules.

— Et alors ?

— Lily, ça vous met en mauvaise position. Je ne l'ai pas dit à Friedrich, mais il m'a posé un horrible tas de questions sur vous. Si quelqu'un d'autre vous a vue, j'ai bien peur qu'il vous suspecte d'avoir un rapport avec la mort de Pardon.

Je réfléchis un instant, les mains croisées sur mes genoux.

— Donc, pourquoi vous êtes là ? demandai-je.

— Je voulais juste vous prévenir, répondit Carlton en se raidissant, abandonnant sa pose résolue-mais-détendue. Je me suis toujours fait du souci pour vous.

Je haussai vivement les sourcils.

— Oui, oui, je sais, ajouta-t-il avec un petit sourire. Ça ne me regarde pas. Mais vous êtes une femme seule, une belle femme, et puisque j'habite à côté, je me sens un peu responsable... Je ne veux certainement pas qu'il vous arrive quelque chose de mal.

Je ressentis l'envie terrible de soulever mon tee-shirt et de le laisser jeter un bon coup d'œil. Ce quelque chose de mal, la pire des choses, m'était déjà arrivé. Mais je savais qu'il essayait de me protéger, de me défendre du mal. Je savais que Carlton voyait ça comme la bonne position à adopter pour un homme. Et je songeai, comme souvent quand j'échange avec eux, que les hommes apportent généralement plus d'ennuis qu'il n'en vaut la peine.

— Carlton, j'habite à côté de chez vous, et puisque vous êtes un beau type qui vit seul, je me sens responsable pour vous, déclarai-je.

Carlton vira écarlate. Il commença à se lever, mais retint son geste.

— J'imagine que c'est mérité. J'aurais dû me le répéter dans ma propre tête pour me rendre compte de l'effet avant de le dire. Mais bon sang, Lily, j'essaie d'être votre ami.

— Je vois ça, Carlton, mais pourquoi vous sentez-vous responsable de mes éventuels problèmes avec la police ? Comment savez-vous que je suis innocente dans la mort de Pardon ?

Mon beau voisin me regarda comme s'il m'était poussé une tête de serpent et que je m'étais mise à siffler. Il était vexé, stoppé dans son élan de noblesse.

— Eh bien... commença-t-il, raide, eh bien... j'ai perdu mon temps. Et le vôtre.

Je baissai les yeux sur ma main droite ; l'ongle de mon annulaire était légèrement arraché et ça m'agaçait. J'allais devoir le limer avant que ça empire.

Il reprit, avec incrédulité :

— J'essaie d'être sympa avec vous.

Je le regardai calmement, en essayant de décider si je devais dire quelque chose ou non.

— Carlton, vous êtes sorti avec trop de femmes qui pensaient que vous étiez exactement ce qu'elles recherchaient, dis-je.

J'avais eu l'occasion d'observer le défilé qui entrait et sortait de chez lui pendant quatre ans. Un beau mec sans vice apparent et un revenu régulier dans une ville de cette taille ? Un morceau de premier choix.

— Mais merci de ne pas avoir dit à la police que vous m'aviez vue. En l'occurrence, je ne sais pas qui a tué Pardon, et je préfère ne pas passer trop de temps à en convaincre la police.

Il me semblait avoir été assez agréable. Mais Carlton répondit :

— Au revoir, Lily.

Puis il sortit, raide et vexé. Il se souvint juste à temps de ne pas faire claquer la porte derrière lui.

Je secouai la tête tout en allant chercher ma lime à ongles. Il y avait un type bien quelque part en lui, sous les couches de fumier en croûte. Je me demandai comment Carlton s'était imaginé cette visite :

— Lily, je suis le beau mec qui vit dans la maison voisine, et par mon silence, je te prouve que je suis galant et sérieux. Tu devrais avoir le béguin pour moi.

— Merci, le beau mec qui ne m'avait jamais remarquée jusque-là. J'étais dehors, la nuit dernière, pour une balade mystérieuse, mais innocente. Je ne suis vraiment pas la personne étrange que j'ai l'air d'être parfois, je vous suis énormément reconnaissance de m'avoir protégée des méchants policiers. Je suis absolument innocente de tout, sauf de mon envie incontrôlable de me jeter au lit avec vous – ou de vous engager pour préparer ma prochaine déclaration fiscale.

J'eus un petit rire pour moi-même, et j'en avais bien besoin avant de me rendre à mon prochain boulot.

La secrétaire de l'Église Réunie de Shakespeare m'avait appelée quelques jours plus tôt pour me demander de venir faire le service pendant une réunion du conseil pour la garderie de l'ERS, alors je quittai ma maison à pied à 16 h 55 précises. Après avoir dépassé l'immeuble voisin, je longeai le large parking situé au bout de Track Street. La garderie est une longue aile à un étage, qui abrite les cours de catéchisme le dimanche et qui se trouve au fond du parking. Une passerelle couverte en forme de L courait le long de la garderie et remontait sur le côté de l'église qui faisait face à Jamaïca Street. L'église blanche est construite en brique rouge traditionnelle, mais je ne connais pas grand-chose à cette partie de l'établissement. Les bureaux du pasteur et de son secrétaire se trouvent au premier étage de l'aile de l'école de catéchisme.

Si je dois un jour retourner à l'église, mon choix n'ira pas vers l'Église Réunie, ou la ERS comme les gens du coin l'appellent invariablement. La ERS fut formée quand un paquet de groupes dissidents conservateurs ont fusionné de manière surprenante pour combiner leurs revenus et engager un pasteur, puis construire une installation qui leur servirait à tous.

Ils avaient déniché le révérend Joel McCorkindale puis avaient soulevé et collecté des fonds jusqu'à pouvoir construire l'église ainsi que les salles de catéchisme. Le révérend McCorkindale est un super collecteur de fonds. Je l'ai vu à l'action. Il se souvient du prénom de *tout le monde*. Il connaît les liens familiaux de tout le monde, il s'enquiert des problèmes de santé, exprime ses condoléances au sujet des disparitions, ses félicitations quant aux succès. Si lui-même souffre de la perte d'un proche, il le confesse humblement. Il a une femme d'une propreté éclatante et deux garçons propres aux sourires pleins de dents et, même si je suis convaincue que Joel McCorkindale aime vraiment son travail, il me fait toujours dresser les poils sur ma nuque.

Et j'ai appris à ne pas ignorer les poils de la nuque.

Pour autant que je sache, Joel McCorkindale n'a jamais violé la loi. Il ne le ferait probablement jamais. Mais je sens son potentiel à faire quelque chose de vraiment terrible mijoter juste sous la surface. Pendant des années, j'ai vécu à deux doigts de perdre la tête. Je suis rapide et précise quand il s'agit de repérer les penchants instables chez les autres.

Jusqu'ici, cet étrange penchant ne s'est traduit qu'une fois quand il a engagé le concierge de l'église. Norvel Whitbread était apparu à la porte de l'église, un matin, bourré comme un coing. Joel McCorkindale l'avait emmené à l'intérieur et lui avait donné une bonne dose d'Esprit (plutôt que des spiritueux) et l'avait engagé en tant qu'homme d'entretien de l'église. Comme son patron, Norvel présente bien, en apparence ; il est désormais censé être sobre, il possède un talent véritable pour réparer les choses et il a toujours un sourire sur le visage à l'attention des membres. Il est très volubile dans sa gratitude envers le pasteur et la congrégation, ce qui met tout le monde à l'aise.

Même si Joel McCorkindale a un monstre obscur qui sommeille en lui, il se peut qu'il ne fasse jamais surface ; jusqu'à présent, il est parvenu à le contenir à la perfection et à le garder immergé. Norvel, toutefois, est simplement pourri à l'intérieur, totalement. Sa joie apparente est totalement feinte et je suis certaine que c'est aussi le cas de sa sobriété. Le saint des saints des hypocrites.

L'Église Réunie paie le loyer de Norvel au Shakespeare Garden en plus d'un salaire, et les membres de l'Église l'invitent sans cesse à manger. En retour, Norvel entretient les toilettes de l'église et les sols, lave les vitres deux fois par an, vide les poubelles tous les jours, les sort sur le parking et s'essaie aux petites réparations. Il fait aussi quelques petits boulots pour les appartements de Pardon Albee. Mais il ne fait rien de domestique, comme charger l'énorme lave-vaisselle ou préparer et servir le café. Alors je me charge des tâches de l'Église, si par exemple aucune des sœurs n'est disponible pour rendre service gratuitement.

Cette réunion du conseil trimestrielle, qui comprend les membres élus au conseil d'administration de la garderie, est toujours un événement animé, et je suis presque chaque fois réquisitionnée pour préparer les plateaux de café et de gâteaux, car n'importe quelle sœur qui entendrait la teneur de cette réunion pourrait (selon son tempérament propre) soit mourir de rire, soit mourir d'exaspération.

Quand j'entrai dans la cuisine de l'église, située à l'extrémité de la garderie la plus éloignée de l'église, Norvel Whitbread était en train de flemmarder. Un grand balai et une pelle à poussière étaient appuyés contre le comptoir, prouvant sa bonne foi.

— Comment ça va (C'ment qu'ça va) aujourd'hui, sœur Lily ? demanda-t-il d'une voix traînante en sirotant une canette de soda.

— Je ne suis pas votre putain de sœur, Norvel.

— Si vous voulez ce boulot, feriez mieux de surveiller votre bouche, femme.

— Si vous voulez garder ce boulot, vous feriez mieux d'arrêter de trafiquer vos Coca.

Je pouvais sentir les relents de bourbon à près de deux mètres. Son visage maigre, sous-alimenté et au nez protubérant, exprima une surprise pure. Je peux dire que ça faisait un moment que personne n'avait parlé au chouchou reconverti de l'Église en termes clairs. Norvel portait des vêtements prêtés par un membre de la congrégation : le baggy marron et la chemise large à rayures n'avaient jamais été les choix de Norvel.

Norvel se reprit tandis que je sortais la grande cafetière d'une contenance de vingt tasses.

— Je suis membre de cette Église, et pas vous, reprit-il d'une voix basse et mesquine. Ils me croiront sur parole.

— Je vais vous dire, Norvel. Allez leur dire ce que vous voulez. Soit ils vous croiront et ils me vireront – auquel cas, la prochaine qu'ils engageront sera plus que ravie de leur parler de votre consommation d'alcool – soit ils vous vireront, vous, ou au moins ils garderont un œil plus attentif sur vous. À mon avis, Norvel, dans un cas comme dans l'autre, vous perdez.

Ma politique avait toujours été d'éviter Norvel, ou de l'ignorer, mais aujourd'hui, j'étais résolue à le confronter. Peut-être que la retenue dont j'avais fait preuve avec Carlton avait épuisé mon quota de « sympathie » pour la journée ; peut-être que ce face-à-face était de trop. Il m'arrive souvent de parler à moins de personnes en une semaine que je l'avais fait aujourd'hui.

Novel lutta avec ses réflexions tandis que je faisais passer le café et trouvai un plateau pour mon assortiment de pâtisseries que j'avais laissées dans leur boîte blanche sur le comptoir.

— Tu me le paieras, garce.

— Ça m'étonnerait, répondis-je avec une certitude absolue.

Inspiré par l'alcool, ou le diable, ou même les deux, Norvel passa à l'action. Il attrapa son balai à deux mains et essaya de me frapper. Je m'emparai du manche, plongeai sous son bras, tordis le balai et me penchai. Le bras de Norvel était tendu sur le manche. C'était atrocement douloureux, comme j'avais pu m'en rendre compte quand Marshall m'avait appris cette prise spéciale, et Norvel finit par pousser un cri aigu digne d'une chauve-souris.

Évidemment, le révérend Joel McCorkindale fit irruption dans la cuisine à cet instant précis. Je sus à l'odeur de son après-rasage qui était là avant même de le voir, tant il aimait avoir une odeur sucrée. Je glissai mon pied droit derrière la jambe de Norvel, la levai légèrement et lui donnai un coup à l'arrière du genou. Il se replia sur lui-même en haletant et s'effondra sur le sol propre de la cuisine.

Je croisai les bras sur ma poitrine et me tournai pour faire face au pasteur.

Dans les rares occasions où je le vois avec la bouche fermée, Joel McCorkindale ne semble jamais lui-même. Ses lèvres étaient pressées de dégoût tandis qu'il baissait les yeux sur Norvel, avant de les reposer sur moi. Je songeai que, quand il était adolescent, McCorkindale avait dû se regarder dans le miroir et voir un homme totalement dénué d'intérêt, et se jurer ce jour-là d'utiliser une force de personnalité et une voix remarquables pour surmonter son manque total de distinction physique. Il est de taille et de poids moyens, et d'un teint banal. Il n'est ni très musclé ni très flasque. Mais c'est un homme assez écrasant, capable de remplir une pièce avec son plaisir, ou son calme, ou encore sa conviction.

À cet instant précis, il la remplissait de son irritation.

— Que se passe-t-il ici ? demanda-t-il, avec la même voix merveilleuse que celle que Dieu aurait pu utiliser depuis son buisson ardent – même si j'espérais que Dieu n'aurait pas l'air aussi maussade.

Norvel gémit en se serrant le bras. Je savais qu'il ne tenterait rien contre moi en présence de son ticket repas. Je me retournai vers l'évier pour me laver les mains avant de retourner à mes pâtisseries.

— Mademoiselle Bard ! tonna la voix.

Je soupirai en me retournant. Il y avait toujours, toujours un retour de manivelle après que je me sois un peu amusée.

Les gens disaient tant de choses dont ils pouvaient se passer !

— Que s'est-il passé ici ? répéta sévèrement le révérend.

— Norvel s'est montré un peu trop vigoureux, alors je l'ai un peu refroidi.

J'imaginai que ça n'appellerait aucune explication.

Et le pasteur me crut sans hésiter, ce dont je m'étais également doutée. Je l'avais déjà surpris à me détailler des yeux une fois ou deux. J'avais comme l'impression qu'il n'avait aucun mal à imaginer qu'un homme puisse me faire des avances.

— Norvel, c'est vrai ?

Norvel se rendit à l'évidence (pour ainsi dire) et hocha la tête. Je me demandais si son discernement allait triompher de sa colère.

— Frère Norvel, nous aurons une discussion dans mon étude après la réunion.

De nouveau, Norvel hocha la tête.

— Maintenant, laissez-moi vous aider à vous relever et à sortir d'ici pour que sœur Lily puisse finir son travail, déclara McCorkindale de cette voix ample à la modulation hypnotique.

Une minute plus tard, j'avais l'immense cuisine pour moi toute seule.

Tandis que je cherchais des serviettes en papier, je songeai que les problèmes de boisson de Norvel n'avaient pu échapper à Pardon Albee, étant donné qu'il avait aussi vu ce dernier dans son immeuble, ainsi qu'ici à l'église. Je me demandai si Pardon avait menacé Norvel de le dénoncer, comme je venais de le faire. Norvel ferait le meurtrier parfait de Pardon. En tant que concierge, il aurait été très bien placé pour repérer mon chariot à poubelle quand je le plaçais sur le trottoir le jeudi et, par conséquent, il aurait très bien pu s'en souvenir quand il avait eu besoin de transporter un paquet volumineux.

Sans vraiment y croire, cette idée me plaisait de plus en plus. Norvel est répugnant, et ça me ferait plaisir qu'il disparaisse des appartements situés la porte à côté de la mienne. Mais je n'étais pas certaine que Norvel ait la capacité de se débarrasser du corps de la manière dont on l'avait fait. Le désespoir lui avait peut-être aiguisé l'esprit.

Je posai sur le plateau à café un bol d'édulcorant et un bol de vrai sucre. Je sortis deux thermos et y versai le café. Le temps que tous les membres du conseil se soient rassemblés dans la petite pièce de réunion située sur la droite de la salle associative, les Thermos de café, les tasses, soucoupes, petites assiettes, serviettes et pâtisseries étaient disposées sur la desserte de la salle de réunion. Je n'avais plus qu'à attendre la fin de la réunion, environ une heure et demie, pour débarrasser et laver la vaisselle. Ensuite je pourrais aller à mon cours d'art martial.

Je rangeai la cuisine pendant près d'une heure et quart. Ça incitait forcément à travailler un peu plus et ça m'évitait de m'ennuyer. Ensuite, j'entrai dans la salle associative. La pièce fait environ douze mètres sur six, et des tables sont installées sur les côtés, des chaises pliantes rangées dessous. La garderie se sert de ces tables toute la semaine et, malgré l'attention que portent les professeurs à ce que les enfants soient ordonnés, elles finissent toujours sales et les chaises ne sont même pas alignées. Je remis un peu d'ordre, à ma grande satisfaction, et bien que je me retrouvai près de la porte derrière laquelle se tenait la réunion, eh bien, je m'ennuyai. Je songeai que, pas plus que les choses qu'il m'arrive de voir chez les gens quand je fais le ménage, je ne répéterais jamais à quiconque les choses que je risquais d'entendre.

On avait laissé la porte de la salle de réunion entrouverte pour permettre à l'air de circuler. À cette époque de l'année, il vaut mieux aérer. Puisque je n'avais pas pensé à emporter un livre, voilà qui allait m'aider à me distraire jusqu'à ce qu'il soit l'heure de ranger.

L'une des enseignantes avait évoqué l'évolution au cours de la Semaine du Dinosaure, parvins-je à entendre au bout d'un moment. Je m'efforçai de comprendre ce que ça avait de si important, en vain. Quoi qu'il en soit, les membres du conseil trouvaient certainement que c'était tout bonnement horrible. Je commençai à me demander quel enfant zélé avait dénoncé son professeur, et quel message on donnerait à cet enfant en renvoyant son enseignant. Frère McCorkindale, comme ils le nommaient tous, était d'avis que l'enseignante entame un dialogue (en ces termes) et ils verraient à partir de là ; il recommandait fortement de donner à cette femme, qu'il décrivait comme « pieuse et dévouée aux enfants », une chance de s'expliquer et de se repentir.

Le membre du conseil Lacey Dean Knopp, la mère veuve et remariée de Deedra Dean, était du même avis, même si elle déclara tout de même que mentionner l'évolution avait été une grave erreur de la part de l'enseignante. Les six autres membres présents voulaient, eux, renvoyer la femme sommairement.

— Si ceci est typique des gens que nous employons, alors il nous faut sélectionner nos employés plus soigneusement, déclara une femme à la voix nasillarde.

Je reconnus cette voix : elle appartenait à Jenny O'Hagen, la moitié d'une équipe de mari-et-femme Yuppie qui s'occupe de l'ouverture locale d'un restaurant qui fait partie d'une chaîne nationale, Bippy. Jenny et Tom O'Hagen parviennent si bien à remplir leur vie de travail, de rendez-vous, de fonctions à l'Église et de coups de téléphone les reliant à diverses organisations auxquelles ils sont inscrits (et ils s'inscrivent à toutes celles qui veulent bien d'eux) qu'ils avaient trouvé le moyen parfait d'éviter le temps libre, et du même coup la conversation entre eux deux.

Jenny et Tom habitent dans l'appartement du rez-de-chaussée côté façade du Shakespeare Garden, celui juste à côté de Pardon Albee. Naturellement, ils n'ont pas une minute pour s'occuper de leur appartement, alors ce sont des clients. Je préfère toujours quand ni l'un ni l'autre n'est là quand je travaille. Mais la plupart du temps, quel que soit celui qui est de l'équipe de nuit, il se lève quand j'arrive.

Je ne savais pas que les O'Hagen faisaient partie de l'ERS, encore moins qu'ils occupaient un poste au conseil, mais j'aurais dû m'en douter. C'était typique de la philosophie des O'Hagen que Jenny, qui n'avait pas d'enfants, soit parvenue à se frayer un chemin jusqu'au conseil d'établissement, étant donné que cette garderie est la plus importante de Shakespeare et que la liste d'attente est longue. Jenny avait probablement pris rendez-vous avec Tom pour concevoir un enfant le 15 octobre, et consacrait son temps au conseil pour assurer à son enfant une place en crèche.

Étant donné que mes clients étaient concernés, je me mis à écouter avec une attention accrue la conversation échauffée qui emplissait la pièce. Ils semblaient si excités que je me demandais si je n'aurais pas dû faire du déca plutôt que du café noir.

Finalement, le conseil se mit d'accord pour accorder un blâme à la jeune femme malchanceuse plutôt que la renvoyer. Mon intérêt décrut lorsque le programme se poursuivit sur des choses plus terre à terre, comme le budget de l'école religieuse, les formulaires médicaux que les enfants devaient remplir… je bâillai. Mais je ne regrettai pas d'avoir abandonné mon ménage quelques instants, car j'entendis alors quelqu'un prononcer un autre nom que je connaissais.

— Maintenant je dois aborder un sujet tout aussi grave. Et je voudrais l'introduire en vous demandant ce soir, dans vos prières, de vous souvenir de votre sœur Thea Sedaka, qui subit une grosse tension chez elle en ce moment même.

Il y eut un silence de mort dans la salle de réunion, tandis que les membres (et moi-même) attendions, en retenant notre souffle, suspendus à ses lèvres, de découvrir ce qui se passait dans le ménage Sedaka. Je ressentis la curieuse sensation qu'il était arrivé quelque chose d'important à Marshall et j'allais devoir le découvrir de cette manière.

Frère McCorkindale savait très certainement comment et où placer des pauses pour faire son effet.

— Le mari de Thea n'est plus… ils se sont séparés. Je vous confie cette chose très personnelle pour que vous la preniez en considération quand je vais vous révéler que la mère de l'une des petites filles de la garderie a accusé Thea d'avoir giflé son enfant.

Je traduisis la phrase pour la réduire à l'essentiel. Je haussai les sourcils. Gifler un enfant était un gros sujet tabou dans cette garderie – et dans n'importe quelle crèche, j'espérais.

Je perçus clairement le murmure collectif de consternation.

— C'est bien, bien pire que mentionner l'évolution, dit Lacey Deene Knopp d'un ton triste. On ne peut pas laisser passer ça, Joel.

— Bien sûr que non. Dans ce cas précis, le bien-être de l'enfant doit être notre première préoccupation, déclara le révérend McCorkindale.

Même s'il s'exprimait comme s'il avait appris par cœur un passage de manuel scolaire, je pense qu'il était sincère.

— Mais je dois vous dire, chers coreligionnaires, que Thea regrette profondément d'avoir ne serait-ce que laissé penser à cet enfant qu'elle pouvait vraiment la gifler.

— Elle nie les faits ? s'exclama Jenny O'Hagen qui avait pensé à ça avant tout le monde.

— Ce que dit Thea, c'est que l'enfant lui a répondu, et que ce n'était pas la première fois, mais la septième ou huitième en une matinée. Évidemment, Thea sait que ça fait partie de son boulot de supporter et de corriger de tels comportements, mais comme elle est particulièrement sous pression, elle a perdu son sang-froid et donné une petite tape sur la joue de la petite pour que cette dernière fasse un peu attention. Comme ça, elle m'a montré.

Bien sûr, je ne pus ni voir ni entendre la démonstration du révérend McCorkindale.

— Il n'y avait aucun témoin ? demanda Jenny.

Je songeai que Jenny avait un sacré potentiel pour mener un interrogatoire.

— Non, malheureusement, Jenny. À ce moment-là, Thea et la petite étaient seules dans la pièce. Thea l'a gardée pendant la récréation pour lui parler de son comportement.

Il y eut un silence pendant lequel les membres du conseil devaient réfléchir à ce que le révérend venait de dire.

— Je pense que nous devrions lui demander des détails, Joel, gronda la voix d'un des plus vieux membres du conseil. Les punitions corporelles sont le choix des parents, pas des enseignants à l'école.

Je hochai la tête.

— Vous voulez donc qu'elle garde son emploi ? s'enquit le révérend d'une manière insistante. Nous devons prendre une décision ; elle l'attend. J'aimerais vous rappeler que Thea est une pratiquante régulière et qu'elle vit en ce moment une situation oppressante. Les parents de la petite fille ont dit qu'ils respecteraient notre décision.

Ils supplièrent pratiquement McCorkindale de se rendre directement chez Thea et de lui dire qu'elle était pardonnée – à condition qu'elle ne répète pas ce geste malheureux.

Le pasteur n'avait plus aucune surprise à annoncer et la réunion tirait manifestement à sa fin. Je pris bien soin d'être hors de vue, dans la cuisine, quand les membres sortirent de la salle. La possibilité que Joel McCorkindale vienne me retrouver dans la cuisine pour me demander des explications quant à ma confrontation avec Norvel me traversa l'esprit, mais, quand tous les membres furent partis, j'entendis ses pas monter à son bureau au premier étage.

Tandis que je lavais la vaisselle et fermais les sachets qui contenaient les restes de gâteaux, je me surpris à regretter de ne pas être restée dans la cuisine pendant toute la durée de la réunion. J'allais voir Marshall Sedaka dans quelques minutes, et j'étais mal à l'aise de savoir quelque chose au sujet de sa vie privée qu'il n'avait pas choisi de me dire lui-même. Je jetai un coup d'œil à ma grosse montre étanche et essorai l'éponge à la hâte avant de la ranger soigneusement sur le côté de l'évier. Il était déjà 18 h 40.

Puisque je n'avais que quelques minutes pour enfiler mon kimono, je ne fus vraiment pas enchantée de voir Claude Friedrich appuyé à sa voiture officielle, m'attendant manifestement. Il avait garé sa voiture juste devant chez moi, sur le trottoir. Était-ce censé m'énerver ?

— Bonjour, mademoiselle Bard, gronda-t-il.

Il avait les bras nonchalamment croisés sur la poitrine. Il était vêtu de manière décontractée, une chemise à rayures vert et brun et un pantalon de toile.

— Je suis vraiment pressée, dis-je en essayant de ne pas paraître brusque, puisque ça aurait signifié qu'il avait réussi à m'ennuyer.

— N'est-ce pas là l'avantage des petites villes, d'avoir un rythme plus lent ? observa-t-il d'une voix paresseuse.

Je m'arrêtai dans mon élan. Quelque chose de grave s'annonçait.

— Shakespeare est plus tranquille que Memphis, c'est sûr, dit-il.

Un pic de douleur violente me vrilla la tête. Même si je savais que c'était émotionnel, ça me faisait l'effet d'une migraine. Puis je ressentis une vague de rage si violente qu'elle me figea sur place.

— Ne parlez pas de ça, dis-je, en le pensant tellement fort que ma voix sembla étrange. *Ne me reparlez pas de ça.*

Je pénétrai ensuite dans ma maison sans même le regarder une dernière fois et je songeai que s'il comptait venir frapper à la porte, il allait devoir m'arrêter puisque je comptais bien lui faire sérieusement mal. Je m'appuyai contre la porte, le cœur martelant ma poitrine. J'entendis sa voiture s'éloigner. Mes mains transpiraient. Je dus les laver encore et encore avant de retirer mes vêtements de ménage et d'enfiler mon pantalon de kimono blanc et impeccable. Le haut ainsi que la ceinture étaient déjà roulés dans un petit sac ; j'allais me rendre chez Bony Time en simple tee-shirt blanc, et enfiler le reste de mon kimono là-bas. Je plongeai ma main dans le sac et effleurai la ceinture verte qui signifiait plus que tout pour moi. Puis je levai les yeux vers l'horloge, sortis de chez moi par la porte de la cuisine et me dirigeai vers ma voiture.

Je me garai sur le parking de Body Time à 19 h 30 pile, plus tard que jamais. Je passai les portes vitrées et traversai à la hâte la salle principale, la salle de musculation. À cette heure de la soirée, seuls quelques irréductibles s'activaient encore sur les poids ou les appareils. Je les connaissais suffisamment pour leur faire un signe de tête.

Je me dirigeai rapidement vers le fond de la salle et traversai un couloir bordé de portes qui menaient au bureau, à la salle de bains, à la salle de massage, à la salle d'UV et à un placard. À la vue des doubles portes fermées au fond du couloir, je ressentis une pointe de consternation. Si les portes étaient fermées, c'est que le cours avait commencé.

Je tournai précautionneusement la poignée en essayant de ne pas faire de bruit. Je m'inclinai sur le seuil, le sac calé sous mon bras. Quand je me redressai, je vis que la classe était déjà en position *shiko dachi*, les jambes fléchies, les visages sereins, les bras croisés sur leurs poitrines. Quelques yeux se tournèrent vers moi. Je me dirigeai vers l'une des chaises placées contre le mur, retirai mes chaussures et mes chaussettes, et me tournai face au mur pour finir de mettre mon kimono, comme il se doit. J'enroulai ma ceinture autour de ma taille et serrai le nœud en un temps record, avant de courir en silence à ma place dans la ligne, en deuxième. Raphael Roundtree et Janet Shook s'étaient discrètement décalés pour me faire de la place quand ils m'avaient vue entrer, et je leur en étais reconnaissante.

J'adressai un bref signe de tête à Marshall sans croiser son regard, avant de me mettre en position. Je régulai ma respiration pendant quelques secondes avant de lui jeter un coup d'œil furtif. Il haussa légèrement ses sourcils sombres. Le peu de sang oriental qui coule dans les veines de Marshall se traduit par les efforts qu'il fait pour paraître insondable. Son visage triangulaire, au teint qui se situe entre le rose d'un Caucasien et l'ivoire d'un Asiatique, demeura impassible. Mais ses sourcils en forme de virgule en disaient long – la surprise, la déception, la désapprobation.

Même après une longue pratique, la position *shiko dachi*, qui ressemble beaucoup à une position assise sur une chaise imaginaire, est douloureuse et demande beaucoup d'effort. Le meilleur moyen d'y parvenir est de se concentrer sur autre chose, du moins en ce qui me concerne. Mais j'étais trop bouleversée pour me plonger dans une méditation. Au lieu de ça, j'observai la rangée de mes compagnons d'infortune qui se reflétaient dans le miroir du mur opposé.

Les nouveaux arrivants se trouvent toujours au bout de cette rangée. Le nouvel homme avait la tête penchée, les jambes tremblantes – ce qui signifiait que la classe se trouvait probablement dans cette position depuis une minute et demie ou deux. Je n'avais pas manqué grand-chose.

Après quelques secondes, je commençai à me détendre. La douleur exigeait toute mon attention et l'angoisse qu'avait fait naître mon entrevue avec le policier commençait à s'effacer. Je débutai ma réflexion pour le *kata* que nous allions pratiquer un peu plus tard. Tout en essayant d'ignorer la douleur dans mes quadriceps, je visualisai dans ma tête les mouvements qui composeraient le kata *geiki sei* ; je me rappelai les erreurs que je faisais d'habitude et programmai à l'avance de peaufiner la grâce et le pouvoir du *kata*, une série de mouvements d'arts martiaux, blocages, coups et attaques qui, combinés tous ensemble, créaient presque une danse.

— Trois minutes, dit l'élève en première ligne, un homme noir et immense du nom de Raphael Roundtree.

— Encore une minute, précisa Marshall, et je perçus la consternation dans la salle bien que personne n'émît le moindre son. Assurez-vous bien que vos cuisses soient parallèles au sol.

Les élèves corrigèrent leur position dans un mouvement général. Quant à moi, je restai solide comme un roc ; mon *shiko dachi* était aussi parfait que possible. Mes pieds étaient écartés comme il le fallait, et pointés vers l'extérieur dans le bon angle ; mon dos était droit.

Je sortis un instant de ma rêverie pour jeter un œil vers la ligne dans le miroir. Le dernier de la rangée semblait éprouver de sérieuses difficultés. Malgré son short et son tee-shirt léger, la sueur dégoulinait sur son visage. Ses jambes tremblaient violemment. Je reconnus avec une certaine stupeur mon voisin, Carlton Cockroft, qui m'avait si généreusement fait savoir qu'il m'avait vue marcher dehors au milieu de la nuit.

Je fermai les yeux et tentai de me concentrer de nouveau sur mon kata, mais j'avais l'esprit occupé par la surprise et les conjectures.

Quand Raphael lança « quatre minutes ! », mon soulagement fut presque aussi grand que celui du reste de la classe.

Tout le monde se redressa et se balança d'une jambe sur l'autre pour soulager la douleur.

— Lily ! Étirements ! s'exclama Marshall, le regard glissant sur moi quand il balaya la rangée des yeux.

Il recula dans un coin, d'où il surveilla l'assemblée, à l'affût du moindre signe de relâchement.

Je m'inclinai et courus pour me mettre face au reste de la classe. Ils n'étaient que huit, ce soir. Janet et moi étions les seules femmes, et nous devions avoir à peu près le même âge, même si je soupçonnais Janet de n'avoir que 30 ans face à mes 31. Les hommes allaient de 20 à 55 ans, environ.

— *Kiotske* ! dis-je d'une voix vive pour qu'ils se concentrent de nouveau. *Rai*, intimai-je ensuite en m'inclinant.

Ils me saluèrent à leur tour, Carlton avec un léger temps de retard. Il gardait un œil sur l'homme posté à côté de lui dans la rangée, pour suivre ses mouvements. Je m'interrogeai une nouvelle fois quant à la raison de sa présence ici. Mais la classe attendait mes instructions, alors j'étirai ma jambe droite et me tins prudemment en équilibre sur la gauche.

— Levez le gros orteil... et baissez-le... dis-je.

Quelques minutes plus tard, je conclus en me penchant en avant pour changer de côté, les mains tendues devant moi pour garder mon équilibre.

Je saluai Marshall avant de reprendre rapidement ma place.

— Chouchou du prof, siffla Raphael entre ses lèvres. Et en retard, en plus.

Raphael et moi alternions souvent pour diriger les étirements. Raphael est professeur de mathématiques au lycée, et j'imagine donc que le karaté lui donne l'occasion de se défouler.

— C'est la première fois, murmurai-je pour me défendre, avant de le voir sourire furtivement.

Marshall nous conseilla de faire une petite pause. Après avoir bu une gorgée d'eau à la fontaine dans la salle de musculation, je m'approchai de Carlton. Il semblait désormais « trop cuit » plutôt que « comestible », le visage rouge et les cheveux trempés de sueur. Je ne l'avais jamais vu avec une telle apparence débraillée, et encore moins échevelée.

Raphael se glissa derrière moi avant que j'aie pu dire quoi que ce soit à mon voisin, et je les présentai. Je considérai Raphael comme un ami, même si je ne l'avais jamais côtoyé en dehors des cours. Maintenant, j'allais peut-être apprendre à mieux connaître Carlton après avoir vécu à côté de chez lui pendant quatre ans. Il avait apparemment repensé à quelque chose après notre épineuse conversation.

— Qu'est-ce qui vous a amené à participer à ce cours, Carlton ? demanda Raphael avec une curiosité non dissimulée.

Il était évident que Carlton n'avait rien d'un mordu de l'entraînement.

— Je fais la compta de Marshall, expliqua Carlton, ce que j'appris par la même occasion. Et ça fait maintenant quatre ans que je vois Lily venir ici, depuis que j'ai acheté la maison voisine de la sienne. Elle a toujours l'air heureuse de venir. J'ai appelé Marshall, aujourd'hui, et il m'a proposé de venir faire un essai. Qu'est-ce qu'on fait, ensuite ? J'ai à peine survécu à ce shigga... enfin ce truc.

— Ensuite, répondit Raphael avec un sourire franchement sadique, c'est la gym suédoise.

— Encore ? s'exclama Carlton, horrifié.

Je levai les yeux vers Raphael. Nous nous mîmes à rire simultanément.

J'étais encore en train de lacer mes chaussures quand le dernier élève quitta les lieux. J'avais fait exprès de traîner pour pouvoir parler à Marshall sans devoir lui demander de me réserver un moment, ce qui aurait bouleversé l'équilibre de notre relation, quelle qu'elle soit.

— Tu étais en retard, ce soir, remarqua Marshall en pliant soigneusement son haut de kimono avant de le ranger dans son sac de sport.

Son tee-shirt blanc et ses bras nus faisaient ressortir la teinte ivoire de sa peau. Je l'avais entendu dire à Raphael, un soir, que sa grand-mère était chinoise et son grand-père américain. Mis à part la couleur de sa peau et ses cheveux noirs et raides, ce n'était pas évident à deviner. Il est un peu plus âgé que moi – environ 35 ans, selon moi – et me dépasse de sept centimètres environ. Mais il est plus fort et plus dangereux que n'importe qui que j'ai pu rencontrer.

— C'est la police, répondis-je en guise d'explication.

— Comment… au sujet de Pardon ?

Marshall m'accorda toute son attention.

Je haussai les épaules.

— Tu semblais tracassée, ce soir, ajouta-t-il.

Marshall n'avait jamais dit quoi que ce soit de plus personnel que « joli coup de pied », ou « garde ta main et ton poignet dans l'alignement de ton bras », ou encore « tu as vraiment amélioré tes biceps ». À cause de notre camaraderie de longue date, je me sentis obligée de répondre.

— Oui, deux ou trois choses, répondis-je lentement.

Nous étions assis par terre à un bon mètre de distance. Marshall avait une chaussure au pied et desserrait les lacets de l'autre, avant de l'enfiler et de la nouer tandis que je mettais ma deuxième chaussette.

Marshall croisa les jambes et les regroupa en position de yoga, avant de pousser sur le sol de ses deux mains. Il se retrouva en suspens au-dessus du sol, portant le poids de son corps uniquement sur ses bras et ses mains. Il « marcha » vers moi de cette manière et j'essayai de sourire, mais notre nouvelle situation me mettait trop mal à l'aise.

— Eh bien, raconte, dit-il.

Je pris le plus de temps possible pour lacer ma chaussure, cherchant quoi répondre. Je profitai qu'il soit distrait par la sonnerie du téléphone qui retentit dans son bureau pour lui jeter un rapide coup d'œil. Le téléphone s'arrêta à la deuxième sonnerie quand l'un des employés décrocha.

Marshall a un visage en forme de triangle assez prononcé, avec des lèvres fines et un nez qu'on avait aplati plus d'une fois. Il a une apparence très nettement féline, mais sans la silhouette soignée qui correspond. Il est plutôt bâti comme un bulldog.

Bien, il fallait que je me décide entre tout lui raconter ou lui dire que je ne préférais pas, songeai-je. Il attendait patiemment, mais il attendait.

— Est-ce que Pardon Albee était ton associé ? finis-je par demander.

— Oui.

— Alors comment ça va se passer, maintenant ?

— Nous avions un contrat. Si l'un de nous mourait, l'autre récupérait l'entreprise tout entière. Pardon n'avait personne d'autre à prendre en compte. J'avais Thea, de mon côté, mais Pardon ne voulait pas avoir affaire à elle. Alors il a contracté une solide police d'assurance sur moi, et Thea n'obtiendra l'argent que s'il m'arrive quelque chose plutôt que d'obtenir une partie de notre affaire.

— Donc... Body Time est à toi, maintenant.

Il hocha la tête. Il avait les yeux rivés sur moi. Il était plus habitué à se trouver du côté de celui qui donne plutôt que de celui qui reçoit, d'être le sujet d'un regard fixe, et il lui fallait lutter pour cacher son malaise. De plus, Marshall était beaucoup plus proche de moi que les gens avaient l'habitude de l'être.

— C'est bien, ajoutai-je avec un effort.

Il hocha de nouveau la tête.

— Est-ce que la police est déjà venue te parler de Pardon ? lui demandai-je.

— Je vais m'entretenir avec Dolph Stafford demain au commissariat. Je ne veux pas qu'ils viennent ici.

— Bien sûr.

Il me semblait difficile d'évoquer Thea ; je n'étais pas censée être au courant de la gifle qu'elle avait donnée à la petite fille, quoique, tel que je connaissais le téléphone arabe de Shakespeare, tout le monde devait avoir entendu une version ou une autre de l'incident, à présent. Et je ne pouvais pas laisser échapper de question sur la raison de la séparation de Marshall et Thea.

L'air commençait à s'alourdir nettement, et je sentis ma nervosité grimper en flèche.

— Et... l'autre chose ? demanda-t-il calmement.

Je lui jetai un rapide coup d'œil, avant de baisser les yeux sur mes mains alors que je me débattais avec mes lacets.

— Rien d'autre dont je puisse parler, répondis-je d'un ton légèrement dédaigneux.

— J'ai quitté Thea.

— Oh.

Nous échangeâmes un regard et je sentis les prémices d'un rire hystérique monter dans ma gorge.

— Tu ne veux pas savoir pourquoi ?

— Quoi ? Pourquoi ça ?

Je savais que j'avais l'air stupide, mais je ne parvenais pas à me concentrer. Il me fallait faire un effort pour rester calme. Une conversation privée, une proximité physique, une discussion personnelle – voilà des choses déconcertantes.

Marshall secoua la tête.

— Pour rien, Lily. Est-ce que je peux te demander quelque chose à mon tour ?

Je hochai prudemment la tête. Je me demandai si on ne ressemblait pas à deux de ces oiseaux en bois posés sur un perchoir et qui picorent en basculant tour à tour.

— Où est-ce que tu t'es fait toutes ces cicatrices ? demanda-t-il avec douceur.

5

Soudain, la pièce n'avait plus d'oxygène.

— En réalité, tu n'as pas envie de savoir, dis-je.

— Bien sûr que si, répliqua-t-il. Nous n'irons jamais plus loin si je ne sais pas ça.

Je posai les yeux sur le miroir derrière l'épaule de Marshall. Je vis quelqu'un que je ne reconnus pas.

— Les gens n'éprouvent plus jamais la même chose pour moi, une fois qu'ils sont au courant, dis-je.

J'avais soudain la bouche tellement sèche que j'avais du mal à parler.

— Moi si, dit-il.

Non, ce ne serait pas le cas. Ça détruirait le lien tacite qu'il y avait entre nous – un lien qui, manifestement, ne le satisfaisait plus.

— Pourquoi est-ce que tu veux que je t'en parle ?

J'avais les mains serrées et je pouvais les voir trembler.

— Je ne pourrais jamais mieux te connaître sans savoir ça, répondit-il avec une calme certitude. Et je veux apprendre à mieux te connaître.

D'un mouvement rapide, je soulevai vivement mon tee-shirt. En dessous, je portais un soutien-gorge de sport blanc. Sans croiser le regard de Marshall, je me tournai légèrement pour qu'il voie les cicatrices qui traversaient mes épaules comme des bretelles de soutien-gorge ; puis je pivotai dans l'autre sens pour lui montrer celle qui barrait le haut de ma poitrine ; je me redressai ensuite face à lui pour qu'il voie les autres petites cicatrices blanches qui descendaient en arc de cercle sous la ceinture de mon pantalon.

Puis je le regardai dans les yeux.

Il ne cilla pas. Il avait la mâchoire serrée. Il menait une lutte héroïque pour garder une expression neutre.

— Je les ai senties quand je t'ai prise par les épaules en cours la semaine dernière, mais je ne savais pas qu'elles étaient aussi…

— Étendues ? le coupai-je sauvagement.

Je ne comptais pas le laisser détourner le regard.

— Tu en as aussi sur la poitrine ? demanda-t-il, en réussissant honorablement à garder une voix neutre.

— Non. Mais tout autour. En cercles. En *motif*.

— Qui t'a fait ça ?

Ce qui m'était arrivé avait coupé ma vie en deux, plus profondément et plus sûrement que les couteaux qui avaient inscrit des ornements sanglants sur ma peau. Incapable de m'en empêcher, je me remémorai une nouvelle fois, chutant dans un enfer familier. Il avait fait chaud, en ce mois de juin…

Il faisait déjà chaud depuis un mois. J'avais obtenu mon diplôme à l'université et je vivais à Memphis depuis trois ans. J'avais un bel appartement dans la partie est de la ville et un travail de bureau dans le plus grand service de femmes de ménage et de conciergerie du coin, la Pro du Propre. Malgré le nom stupide, c'était un bon travail. J'étais chargée de gérer le planning. Je faisais également des vérifications ponctuelles sur place et des visites de courtoisie à nos clients pour m'assurer de leur satisfaction. Je gagnais un salaire décent et j'achetais un tas de vêtements.

Quand j'avais quitté le travail ce mardi-là, je portais une robe bleu marine à manches courtes avec des boutons blancs sur le devant, et des chaussures à talons blanches en cuir. À cette époque, j'avais de longs cheveux châtains et je me vantais de mes ongles longs et brillants. Je sortais avec l'un des copropriétaires d'une société de distribution de bouteilles d'eau.

Mon pire problème, c'était la transmission de ma voiture, qui avait déjà nécessité de coûteuses réparations. En quittant le travail, je commençais à m'inquiéter de devoir y investir encore plus d'argent.

La voiture tint le coup sur l'autoroute et jusqu'à la sortie Goodwill Road avant que je doive m'arrêter. J'apercevais une station-service sur Goodwill ; il y avait beaucoup de trafic, du monde partout. Je descendis à pied la bretelle de sortie, réalisant avec nervosité à quel point elle était trop étroite pour accueillir à la fois une piétonne et des voitures. Contre toute attente, une fourgonnette qui descendait lentement la bretelle s'arrêta à côté de moi. Je pensais qu'ils allaient me proposer de me déposer à la station-service.

La porte passager fut ouverte à la volée par une personne assise à l'arrière et qui, immédiatement, s'accroupit de nouveau derrière le siège passager. L'homme qui conduisait tenait un pistolet.

Quand j'admis ce qui allait se passer, plutôt que d'essayer imaginer qu'il s'agissait d'autre chose, mon cœur se mit à battre la chamade, avec tant de violence que je comprenais à peine ce que l'homme me disait.

— Monte ou je te tue sur place.

Je pouvais sauter hors de la bretelle de sortie et me faire heurter par une voiture sur la route juste en dessous, ou bien je pouvais lui dire de tirer, ou je pouvais monter dans la fourgonnette.

Je pris la mauvaise décision. Je montai.

L'homme qui m'avait ramassée, comme je le découvris plus tard, était un ravisseur accompli nommé Louis Ferrier, que ses clients appelaient « M. Rapt » à cause de sa propension à enlever des femmes et des enfants, qui, pour la plupart, ne réapparaissaient jamais. Les victimes enlevées qui avaient refait surface étaient mortes, sans exception, que ce soit mentalement ou physiquement. M. Rapt avait fait de la prison, mais pas pour sa spécialité.

À la seconde où je pénétrai dans le van, je fus menottée par l'homme accroupi derrière le siège passager, un complice occasionnel de M. Rapt, Harry Wheeler. Harry contourna le fauteuil pour m'attraper les mains, les menotter et tirer sur la chaîne qui les retenait. Puis il me banda les yeux. Les vitres de la fourgonnette étaient opaques. Personne ne remarqua quoi que ce soit.

Pendant ce moment terrible où ils quittèrent Memphis, ils se mirent à parler comme si je n'étais pas là. J'étais dans un tel état de terreur que je parvenais à peine à comprendre ce qu'ils disaient. Je sentais la mort au-dessus de moi.

À la fin du trajet, qui nous avait menés au nord de Memphis, M. Rapt et Harry quittèrent l'autoroute et se rendirent à un rendez-vous arrangé avec le chef d'un gang de motards. M. Rapt m'avait louée au gang pour une nuit, bien que je ne le sache pas encore.

Quatre hommes et une femme m'emmenèrent dans une cabane abandonnée au milieu des champs. L'un des hommes avait grandi dans le coin et connaissait les lieux. Ils attachèrent la chaîne de mes menottes au barreau en métal à la tête d'un vieux lit de camp. J'avais toujours les yeux bandés. Les hommes mangèrent, burent et me violèrent. Quand ils en eurent assez, ils se servirent d'un couteau sur mon torse. Ils coupèrent un cercle autour de la base de chaque sein. Ils tracèrent des zigzags dans la chair qui recouvrait ma poitrine. Ils coupèrent une cible sur mon ventre, avec mon nombril pour centre. Ils riaient en le faisant, et moi, enchaînée à un lit délabré, je hurlais encore et encore, jusqu'à ce qu'ils me giflent et m'ordonnent de m'arrêter si je ne voulais pas que le couteau aille plus profond. Puis ils me violèrent de nouveau.

La femme ne dit pas grand-chose pendant tout ce temps. Je refusais de croire, au début, qu'une femme puisse être présente et ne fasse rien pour m'aider. Quand je réalisai que la voix la plus douce appartenait effectivement à une femme, je la suppliai pour qu'elle m'aide. Je n'obtins aucune réponse, mais, à un moment où les hommes semblaient dormir ou en train d'uriner à l'extérieur, j'entendis la voix de la femme près de mon oreille :

— J'y ai survécu. Tu peux aussi. Les entailles qu'ils te font ne sont pas graves. Tu n'as rien perdu d'autre qu'un petit peu de sang.

Je ne savais pas que M. Rapt était censé revenir me chercher, que j'avais été louée et non vendue. Je m'attendais à mourir quand les hommes en eurent assez de moi et qu'ils furent prêts à partir ; j'avais eu dix-huit heures pour anticiper ma mort.

J'avais donné le nom de Rooster à l'homme le plus imposant. Rooster eut une merveilleuse idée tandis qu'ils remballaient leurs affaires le jour suivant. Il possédait un petit revolver bon marché qu'il avait trouvé dans la rue, et il me le laissa, avec une seule balle.

— Maintenant, tu peux t'en servir sur toi, dit-il d'un ton affable, ou tu peux la garder pour M. Rapt quand il reviendra te chercher. J'imagine qu'il te faudra le temps qu'il arrive pour apprendre à t'en servir.

— Ce serait mieux si on la tuait nous-mêmes, intervint une voix que je n'avais associée à aucun nom ni aucun poids.

— Vois ça autrement, insista Rooster. Si elle tue M. Rapt, on pourra toujours dire qu'elle voulait coucher avec nous, si jamais elle nous retrouvait d'une manière ou d'une autre, même si c'est peu probable. Mais si on la tue, M. Rapt nous tombera dessus quand on s'y attendra le moins. Vous en avez pas marre de lui ? Moi si.

Le reste du groupe sembla convaincu. Me laisser avec une arme faisait appel à leur sens de l'humour, apparemment, car en partant, ils rirent de la surprise qu'allait avoir M. Rapt et lancèrent des paris sur ma décision, si j'allais me tuer moi, ou lui.

Pendant quelques minutes après avoir entendu le vrombissement des motos s'éloigner sur la route poussiéreuse pour rejoindre le bitume, je demeurai dans un état de stupeur. Je n'arrivais pas à croire que j'étais toujours en vie. Je ne savais pas si j'étais soulagée ou non. Je me demandai combien de temps j'allais pouvoir survivre avec de telles blessures. Ma zone vaginale était, au mieux, gravement meurtrie ; au pire, j'avais des déchirures internes. Mes entailles dégoulinaient de sang et la douleur était atroce, même si je savais que les coupures n'étaient pas profondes.

Petit à petit, je réalisai que j'étais vraiment toujours en vie, toujours seule, et la signification de ce qu'avait dit Rooster commença à s'insinuer en moi. Je levai mes mains menottées et retirai le bandeau.

L'homme qui m'avait enlevée allait venir me récupérer, pour me louer de nouveau, au même prix.

J'avais une arme et une balle. L'idée de me sortir de tout ça était tellement tentante ! Mais la pensée de mes parents me stoppa net. Ils étaient certainement au courant, à présent, que j'avais disparu ; des gens allaient se mettre à ma recherche. On pourrait ne pas me trouver avant des années dans cette cabane et pendant tout ce temps, ils se feraient du souci, ils prieraient pour moi et refuseraient de croire à ma mort.

Mais je préférais tuer l'homme qu'ils appelaient M. Rapt. Après un moment, je me mis à attendre cet instant avec impatience.

Chaque seconde me faisait souffrir, mais j'appris à charger le revolver malgré mes menottes qui me compliquaient la tâche ; au moins, il y avait assez de leste dans la chaîne pour me laisser bouger les bras. Je chargeai, éjectai la balle et rechargeai plusieurs fois d'affilée, jusqu'à être certaine qu'elle se trouvait dans la chambre qui allait faire feu. Puis je posai l'arme à côté de moi et attendis dans la cabane étouffante et puante que M. Rapt vienne me chercher. Je pouvais voir un bout de ciel par un trou dans le plafond ; quand le soleil fut presque au zénith, je perçus le bruit d'une fourgonnette qui approchait sur le sentier. Je me rappelai le deuxième homme et priai pour qu'il ne l'ait pas accompagné.

Je fermai les yeux quand les pas se rapprochèrent.

— Comment tu te sens ce matin, mon chou ? demanda M. Rapt d'une voix joviale. Où est-ce que Rooster a laissé la clé ? Merde, ils t'ont mis dans un sale état. Ça va te prendre un moment avant de t'en remettre...

Je compris qu'il était furieux que je sois trop amochée pour lui être utile pendant un certain temps. J'ouvris les yeux et le regardai, bien en face. Quand il voulut ramasser mon bandeau, ce qu'il vit l'arrêta net dans son élan.

Je levai l'arme et la pointai aussi précisément que possible, puis tirai.

Je touchai M. Rapt à l'œil.

Il mourut bien trop vite à mon goût.

Bien sûr, je n'avais aucune idée de l'endroit où se trouvait la clé des menottes. M. Rapt avait dit qu'il l'avait laissée à Rooster. Je glissai à bas du lit puis me traînai péniblement sur le sol en tirant le lit derrière moi. À grand-peine, je fouillai M. Rapt pour m'assurer qu'il ne l'avait pas sur lui. Elle n'y était pas.

Il me semblait qu'il devait y avoir un moyen de me sortir de cette cabane, mais il était difficile pour moi de tenter de passer la porte avec le lit. J'étais très affaiblie.

Je dus donc m'allonger dans la cabane avec le cadavre pendant un jour supplémentaire. Les insectes firent leur apparition et mes coupures s'infectèrent ; le corps commençait à sentir.

Le temps qu'un fermier qui travaillait dans le champ voisin vienne inspecter la fourgonnette de M. Rapt, peut-être vingt-quatre heures plus tard, j'avais une forte température, mais pas assez toutefois pour me faire délirer. J'aspirai à l'inconscience comme quelqu'un en enfer aurait envie d'eau glacée. Le fermier vit le corps de M. Rapt étendu sur le sol à travers la porte ouverte et se précipita pour appeler de l'aide. Le flot de gens qui arriva ensuite n'avait pas la moindre idée qu'une personne en vie se trouvait à l'intérieur de la cabane. À l'horreur sur le visage des hommes qui vinrent examiner le corps, je compris que j'étais allée au-delà de certaines limites.

J'avais franchi un cap ; j'étais devenue la chose qui m'était arrivée.

Personne, de ceux qui m'avait vue enchaînée à ce lit, n'aurait jamais été capable d'imaginer que j'avais eu un chien qui s'appelait Bolo quand j'étais petite, que j'aimais jouer avec des poupées, que j'avais eu trois augmentations au cours des deux dernières années, que je venais d'un foyer aussi propre et ordonné que n'importe lequel d'entre eux.

Durant les longues semaines de convalescence, après avoir subi des interrogatoires répétés de la part des autorités à plusieurs niveaux, après avoir supporté l'assaut des médias qui voulaient faire du sensationnel avec ce qui était déjà sensationnel, je réalisai qu'il m'était désormais impossible de retrouver mon ancienne vie. On me l'avait volée. Mon petit ami posait toujours pour les journaux en tant que mon petit ami, mais il ne l'était plus. Mes parents n'arrivaient pas à faire face au supplice que j'avais enduré ou au fait que j'aie exécuté le responsable.

Je commençai à soupçonner que, dans le secret de leur cœur, ils estimaient que j'avais mal utilisé mon unique balle.

Ma jeune sœur, Varena, était solide comme un roc, au début, mais progressivement, la lenteur de ma guérison physique et mentale épuisa peu à peu sa nature enjouée, avant de la vaincre totalement. Varena était prête à ce que je me lève de mon lit et que je marche. Varena était prête à faire référence à ma crise au passé, à avoir des conversations qui n'y faisaient aucune allusion, même en termes de rétablissement. Après quelques échanges de plus en plus acrimonieux, qui incluaient des déclarations telles que « Remonte tes bretelles et tourne la page » et « Tu ne peux pas continuer en vivant dans le passé », Varena était retournée à la routine de ses fonctions d'infirmière dans le petit hôpital de la ville, à ses cours de catéchisme et à sa relation avec un pharmacien du coin.

Je restai avec mes parents pendant un mois de plus ; mes affaires étaient stockées dans le grenier et dans la cabane à outils. Avec son grand porche, sa roseraie, ses voisins notoires, la maison était propice à la guérison. Mais la plupart des voisins en question semblèrent incapables d'être naturels en ma présence ; les meilleurs y parvinrent, mais l'horreur de ma victimisation eut raison du reste.

Je m'efforçais de ne pas paraître comme une figure tragique, je tentais désespérément de récupérer mon passé, mais je finis par admettre ma défaite. Il fallait que je quitte Bartley, que j'oublie Memphis, que je m'installe ailleurs.

— Et pourquoi tu as choisi Shakespeare ? me demanda Marshall.

— À cause du nom, répondis-je, presque surprise de réaliser que je me trouvais avec quelqu'un.

Je baissai mon tee-shirt.

— Je m'appelle Bard, comme le Barde d'Avon. Le surnom de Shakespeare.

— Tu l'as choisi comme ça, sur une carte ?

Je hochai la tête et me levai.

— J'ai essayé deux ou trois autres villes avant mais ça n'a pas marché, alors une sélection aléatoire m'a semblé être une méthode aussi bonne qu'une autre.

Je restai immobile pendant un instant. Bouger me demandait des efforts.

— On se voit plus tard, dis-je. Je n'ai plus envie de parler.

Je ramassai mon sac et quittai la pièce à grands pas, sans oublier de me retourner et de m'incliner avant de passer la porte.

Je rentrai chez moi comme un automate en essayant de garder l'esprit vide. Ça faisait plusieurs années que je n'avais pas évoqué mon histoire, des années que je ne l'avais pas revécue dans son intégralité. Ces années avaient été agréables, sachant que les gens me regardaient tout à fait normalement, comme si j'étais une vraie femme, et pas une chose, une victime.

Mais à présent, le chef Friedrich m'avait fait comprendre qu'il savait qui j'étais, et qu'il savait donc que j'avais tué quelqu'un. Peut-être pensait-il que j'avais eu une sorte de flash-back et aussi tué Pardon Albee. La question précise qu'il m'avait posée au sujet d'une relation personnelle pourrait signifier qu'il me soupçonnait d'avoir tué Pardon Albee car ce dernier me prêtait une attention indésirable. Quel étrange concept, quand on connaît Pardon.

En rentrant chez moi, je m'assis au bord de mon lit. J'essayai de m'imaginer comme une justicière, une sorte de – qui était-ce, cette fille qui avait été violée dans *Titus Andronicus* ? Lavinia... oui, Lavinia, à qui ses agresseurs avaient coupé les mains et la langue pour l'empêcher de pouvoir révéler leur identité. Mais Lavinia, je me souvenais, parvint toutefois à le dire à ses frères, et servit ses agresseurs à leur mère au déjeuner, puisque c'est la mère qui avait permis au viol de se produire.

Je n'étais pas décidée à me venger d'une quelconque manière de tous les hommes pour ce qui m'était arrivé. Mais ce qui était certain, c'est que je n'étais plus une personne qui faisait facilement confiance. Je n'attendais vraiment plus rien des gens et la perfidie ne me surprendrait plus jamais.

Je ne crois pas en la bienveillance sous-jacente des hommes ou en la solidarité tacite des femmes.

Je ne crois pas que les gens soient partout les mêmes, ou que si l'on traite les gens avec bonté, on obtient la bonté en retour.

Je ne crois pas au caractère sacré de la vie.

Si tous les hommes étaient alignés devant moi, les quatre violeurs et l'homme qui m'a menottée, et que j'avais un pistolet chargé... je pense que je les tuerais tous. Mais je n'écume pas tous les bars de motards de l'Amérique et je ne vais pas dans les bureaux de poste pour regarder les affiches de personnes recherchées pour voir s'ils ont fait quelque chose d'autre. Je n'ai engagé aucun détective privé pour les retrouver.

Est-ce que ça prouve ma bonne santé mentale, ou bien ça indique que je commettrais un meurtre uniquement pour une raison pratique ? Je ressentis des picotements dans tout le corps, comme une main endormie qui fourmillerait en se réveillant. J'avais déjà ressenti ça auparavant, à l'époque où je ne pouvais m'empêcher de me souvenir. C'était le reste de ma personnalité qui s'infiltrait dans la coquille que j'étais devenue quand je me plongeais dans le souvenir.

Je rabattis les couvertures, vérifiai que j'avais mis mon réveil et me glissai dans mon lit avec soulagement. Je tendis la main pour éteindre la lumière.

J'aurais tué la femme, également, songeai-je en sentant une vague de lassitude balayer mon corps tout entier. La femme que je n'avais jamais vue. Les motards que je n'avais jamais réellement vus, seulement entendus et sentis.

Mais Pardon Albee... Friedrich pensait-il vraiment que j'avais tué quelqu'un comme ça, quelqu'un que je fréquentais dans le cours ordinaire de ma vie ?

Bien sûr que oui.

Je me demandai quelle arme avait servi à tuer le propriétaire. Je n'avais pas vu beaucoup de sang, mais je n'avais pas examiné Pardon très attentivement. Étant donné que j'apprenais le karaté Goju avec Marshall depuis deux ans ou plus, je songeai que, si nécessaire, je pourrais tuer quelqu'un de mes mains – c'était, à l'origine, la raison pour laquelle je prenais des cours d'arts martiaux.

Cela aussi entrerait dans l'image que Friedrich se faisait de moi : une femme en forme physique... face à un homme d'âge moyen, fouineur, vraisemblablement hétérosexuel qui vivait tout près de moi... Vu comme ça, il me semblait assez évident que j'avais dû tuer Pardon dans mon sommeil.

En roulant sur le côté gauche, je pris la décision que, dès le lendemain, je devais trouver le meurtrier du propriétaire. Dans cet instant particulier qui précédait le sommeil, la chose semblait simple comme bonjour.

6

J'étais en train de rentrer chez moi, pressée d'aller prendre une douche après mon entraînement matinal chez Body Time – à mon grand soulagement, l'assistant de Marshall avait ouvert la salle ce matin – quand j'aperçus Marcus Jefferson accompagné d'un petit garçon. J'avais les cheveux humides de transpiration et de grosses taches sombres mouchetaient mon tee-shirt et mon short gris. J'étais sur le point de verrouiller ma porte d'entrée quand j'entendis quelqu'un m'appeler.

— Bonjour, Lily ! lança Marcus depuis le trottoir.

C'était la première fois que je le voyais sourire, et je compris soudain que Deedra puisse être attirée par lui. Marcus est grand et musclé, d'une couleur café avec un nuage de lait. Ses yeux sombres ont un reflet doré. Le petit garçon était encore plus charmant, souriant et vêtu de manière irréprochable, avec de longs cils recourbés et d'immenses yeux noirs.

Même si j'aspirais à rentrer chez moi pour prendre une douche, par courtoisie, je descendis mon allée vers le trottoir et m'accroupis devant l'enfant.

— Comment tu t'appelles ?

— Kenya, répondit le petit avec un sourire rayonnant.

— Kenya, c'est un joli prénom, dis-je. Quel âge as-tu ?

J'imaginai que je posais les bonnes questions, puisque Marcus et l'enfant semblaient tous deux ravis.

Le petit garçon leva trois doigts. Je dus réprimer un frisson en voyant ses mains minuscules. La terrible vulnérabilité des enfants m'effraie tellement que j'éprouve de la méfiance à les apprécier. Comment pourrais-je être assez vigilante pour protéger une chose aussi frêle et précieuse ? Pourtant les autres personnes ne semblent pas partager cette terreur et sont suffisamment stupides ou provocantes pour faire des enfants et s'attendre à ce que ces derniers vivent jusqu'à l'âge adulte sans qu'on leur fasse du mal.

Je compris que l'expression sur mon visage s'était modifiée : les yeux incertains du petit garçon et son sourire hésitant me ramenèrent à la raison.

Je lui adressai un sourire vif et lui tapotai l'épaule avec beaucoup de douceur.

— Tu vas devenir un très grand monsieur, Kenya, dis-je avant de me redresser. C'est votre fils, Marcus ?

— Oui, mon fils unique, répondit-il fièrement. Ma femme et moi sommes séparés depuis quelques mois, mais nous nous sommes mis d'accord pour que je passe autant de temps que possible avec Kenya.

— Vous avez dû travailler de 16 heures à minuit, dis-je, à cours de sujets de conversation.

Marcus hocha la tête.

— Je suis rentré et j'ai dormi un peu ; puis je suis allé chercher Kenya chez sa maman avant qu'elle parte travailler – elle travaille au bureau d'aide sociale.

— Et qu'est-ce que vous allez faire tous les deux, aujourd'hui ? demandai-je poliment en essayant de ne pas regarder ma montre.

Le jeudi matin, je dois être chez les Drinkwater à 8 h 30.

— Eh bien nous allons prendre le petit déjeuner au McDonald's, répondit Marcus, et puis je pense qu'on rentrera chez moi et qu'on jouera à Candy Land, et peut-être qu'on regardera Barney. Ça te dit, du sport ?

— McDonald's, McDonald's ! se mit à scander Kenya en tirant son père par la main.

— Je ferais mieux d'aller nourrir ce petit, dit Marcus en secouant la tête face à l'impatience du garçon.

Mais en même temps, il souriait.

— J'imagine, dis-je, que vous ne pouviez pas l'avoir ici, avec Pardon qui réservait les appartements exclusivement aux adultes.

— Kenya est déjà venu, une fois, et M. Albee m'a laissé faire, expliqua Marcus en observant l'enfant qui se mettait à courir sur le trottoir. Je me demande ce que fera le prochain propriétaire. Est-ce que vous savez qui ce sera ?

— Non, répondis-je lentement, en songeant que c'était la deuxième fois que ce sujet était évoqué. Non, je n'en ai aucune idée. Mais je vais essayer de savoir.

— Vous me direz, dit Marcus avant de lever la main en signe d'adieu.

— Le petit est adorable, dis-je en regardant le jeune homme rattraper son petit garçon, avant de me diriger de nouveau vers chez moi.

Mel et Helen Drinkwater m'embauchent une fois par semaine pour une matinée complète de ménage. Ils ont tous deux la cinquantaine, lui travaille comme contrôleur régional et elle dans une banque, et ce ne sont pas des gens désordonnés. Mais ils possèdent une grande et vieille maison et leurs petits-enfants, qui vivent plus bas dans la rue, font des allers-retours plusieurs fois par semaine.

Helen Drinkwater aime que l'on fasse les choses exactement selon son goût, et elle a une liste, pièce par pièce, des tâches que je dois accomplir pendant mes trois heures et demie imparties. Au début, Mme Drinkwater voulait, en réalité, essayer de me faire cocher chaque chose sur plusieurs listes et que j'en laisse une dans chaque pièce, mais c'était hors de question. En fait, au début, la liste m'avait aidée à bien connaître la maison, mais la remplir l'aurait fait ressembler à un jeu de coloriage.

Mme Drinkwater (j'ai juré de ne jamais l'appeler Helen) n'avait rien dit. J'avais laissé la liste exactement au centre de chaque pièce chaque fois que je nettoyais la maison pendant les premières visites.

Puis Mme Drinkwater avait laissé une pile de linge sale à côté de la machine à laver avec un mot demandant de « mettre tout ça à la machine et au séchoir pour moi ». La première fois que cela s'était produit, je m'étais mise en colère et m'étais exécutée ; la seconde fois, j'avais à mon tour laissé un mot qui disait « n'apparaît sur aucune de mes listes » et, après ça, Helen Drinkwater ne l'avait jamais plus rajouté à mes tâches.

La maison familiale à un étage, du début de siècle, apparaissait particulièrement belle dans la lumière chaude et claire du matin. La demeure, qui s'élève loin de la route, est peinte en jaune pâle, avec des ornements blancs et des volets vert foncé. Bien sûr, une maison comme celle-ci se trouve dans le quartier le plus ancien qui ait survécu de Shakespeare, et possède près de 2 000 m^2 de forêt à l'arrière, à laquelle les Drinkwater n'ont jamais touché.

Ce matin, j'avais beaucoup de choses en tête. Marshall m'avait confié être séparé de Thea, et il l'avait dit comme si ça devait avoir de l'importance pour moi. Tandis que je récurais la salle de bains du premier étage, je me demandai si Marshall éprouvait toujours cette étincelle pour moi depuis la nuit précédente. Les rares fois, par le passé, où j'avais ressenti plus qu'une calme acceptation de la part d'un homme, tout ce que j'avais à faire, pour qu'il s'enfuie en courant, c'était de lui raconter ce qui m'était arrivé. Sauf un que ça avait tellement excité qu'il avait essayé de me forcer. Je l'avais blessé, mais ça m'avait pris du temps et une longue lutte. Après ça, j'étais prête à essayer les arts martiaux, ce qui était ensuite devenu l'élément le plus jouissif de ma vie. Ces pensées taraudèrent ma conscience comme des gouttes de pluie qui heurtent le pavé, des pensées significatives, certes, mais pas totalement captivantes. Je pensais aussi aux résidus incrustés de la baignoire des Drinkwater et à ce que je devais faire de la BD que j'avais trouvée derrière les toilettes. Ce ne fut que lorsque le plancher craqua pour la seconde fois au rez-de-chaussée que mon attention fut attirée.

Je me figeai, l'éponge dans la main immobilisée à quelques centimètres de la surface du lavabo. Je regardai le miroir au-dessus, mais je ne me voyais pas. J'essayai de déchiffrer le craquement du plancher.

Les Drinkwater quittent toujours la cuisine, sans fermer la porte à clé, à 8 h 15, en sachant que j'arrive à 8 h 30. Je la verrouille moi-même derrière moi quand j'arrive, bien qu'il n'y ait jamais eu de cambriolage en pleine journée dans ce quartier de Shakespeare.

Quelqu'un s'était introduit dans la maison pendant cet intervalle de quinze minutes.

Je fermai les yeux pour écouter plus attentivement. Je tentai de retirer mes gants sans faire de bruit. Je les posai sur le bord du lavabo. L'inconnu n'avait pas encore commencé à monter l'escalier ; je pouvais changer de position.

Je n'avais pas le temps de retirer mes chaussures. Je sortis silencieusement de la salle de bains en essayant de me souvenir précisément des marches qui craquaient. Si je parvenais à m'aplatir contre le mur au début du couloir qui menait jusqu'à angle droit à l'escalier, je serais prête à frapper quand l'intrus arriverait en haut.

Je me glissai plus près de l'escalier en étirant les mains pour relâcher mes muscles. Mon cœur s'était mis à battre violemment et je me sentais légèrement étourdie, mais j'étais prête – je n'allais certainement pas avoir peur ; j'allais me battre.

Il fallait que je me détende ; je sentais la tension de mes muscles ; ça risquait de me ralentir... tant de choses à penser !

Il se trouvait dans l'escalier.

Je serrai les poings, les muscles des jambes fermes et tendus. Mon sang pulsait sourdement dans mon cœur.

Un petit bruit, comme du tissu qui frotte contre le mur. Tout près.

Puis il y eut un autre petit son que je ne sus interpréter. Je fronçai les sourcils.

Était-ce un bruit métallique ?

Nouveau craquement dans l'escalier.

Certainement... est-ce que le craquement provenait d'une marche plus basse ?

Je secouai la tête, perplexe.

Le bruit suivant venait d'encore plus loin, hors de l'escalier, et se dirigeait vers la cuisine...

Il s'en *allait*, ce fils de pute s'en allait !

Je volai à travers l'escalier et dans ma course, j'aperçus un objet blanc au coin de mon champ de vision. La rage me faisait tellement sortir de moi-même que je sentis à peine mes pieds toucher le sol. Mais j'entendis le claquement de la porte de la cuisine et, bien que je ne sois qu'à quelques secondes derrière lui, cela suffit à l'intrus pour se cacher dans les bois à l'arrière de la demeure de Drinkwater.

Je restai devant la porte pendant une minute ou plus, essoufflée. Pour la première fois, je compris l'expression « chercher la bagarre ». Puis mon bon sens triompha et je reculai, avant de verrouiller la porte de la cuisine derrière moi.

Immédiatement, j'éprouvai la réaction à l'adrénaline que mon corps avait pompée dans mon sang pour me préparer à l'action ; à chaque pas, je sentais ma chair appuyer contre mes os. Avec une terrible réticence, je me dirigeai vers l'escalier pour voir ce qu'on y avait laissé. Un mouchoir blanc immaculé était posé environ à mi-hauteur. Je tendis lentement la main pour le ramasser.

Brillant sous les rayons du soleil qui filtrait à travers les vitraux du palier, je découvris une paire de menottes en faux métal pour enfants. Et un pistolet en plastique.

Je me laissai tomber sur les marches et enfoui la tête entre mes mains.

Trois jours auparavant, mon passé avait été secret, ou du moins c'est ce que je pensais.

Maintenant, Claude Friedrich connaissait tous mes malheurs. Je l'avais dit à Marshall. Qui d'autre était au courant ?

La vie que je m'étais si prudemment construite partait en ruine. Je tentai de trouver une chose à laquelle me raccrocher.

Et je dus faire face, une fois de plus, à la vérité crue : je n'avais rien d'autre que moi-même.

Je fouillai la maison. Je me parlai à moi-même pendant tout ce temps et, après m'être assurée qu'elle était vide, je finis le ménage. Ce fut un immense soulagement de quitter la maison et de retourner chez moi. En route, j'appelai Helen Drinkwater à son travail pour lui signaler que sur le chemin du travail, j'avais aperçu un homme suspect aux abords du jardin.

— Je pense que vous ne devriez pas laisser la porte ouverte, même pendant les quinze minutes qui précèdent mon arrivée, déclarai-je. Alors soit il faut que j'arrive avant que vous partiez, soit il faut me donner une clé.

Je pus sentir les soupçons de Mme Drinkwater grésiller dans le fil du téléphone, suivis d'un tapotement. Helen Drinkwater se tapotait les dents avec un stylo. Mme Drinkwater, en réalité, n'aime pas vraiment me voir ; ce qu'elle aime, c'est profiter du résultat de ma présence chez elle. Avant ce matin, ça me convenait tout à fait.

— Je suppose, répondit-elle enfin, que vous feriez mieux de venir plus tôt, Lily. Vous pourrez simplement attendre dans la cuisine jusqu'à ce que nous partions.

— C'est d'accord, dis-je avant de raccrocher.

Il n'était pas question que le jeu vicieux qu'on avait joué avec moi aujourd'hui se reproduise. Je m'allongeai sur mon lit et repensai à l'incident. Ce qui était probable, c'est que l'intrus n'ait pas su que je pourrais entendre les marches craquer ; peut-être avait-il déjà prévu que je descendrais l'escalier tôt ou tard et que j'y trouverais les menottes et l'arme. Il n'avait manifestement pas compté sur la moindre confrontation ; c'était très clair, à la manière donc il avait détalé par la porte de derrière. Mais quoi qu'il en soit, le fait que l'intrus ait eu l'intention de m'avertir de sa présence avant de quitter la maison faisait une différence.

Il allait falloir que j'y réfléchisse. Peut-être demander à Marshall.

Et je me redressai comme un ressort sur mon lit. Je me donnai une tape sur la joue.

Marshall était à la lisière de ma vie ; il l'avait même probablement définitivement quittée après notre conversation de la nuit précédente. Je me fis la promesse de ne pas commencer à penser à lui comme une partie de mon existence. Il va retourner vers Thea. Ou il m'a totalement oubliée depuis que je lui ai parlé de mes cicatrices. Ou bien son bon sens lui dira qu'il n'a pas besoin de quelqu'un comme moi.

Ensuite, je chassai ces pensées pour le reste de la journée. Je mangeai rapidement un sandwich puis quittai la maison.

J'ai deux clients le jeudi après-midi et, quand je quittai le dernier, une agence de voyage, à 18 h 30, je sentis que la journée avait été longue. La dernière chose que j'avais envie de voir, c'était Claude Friedrich sur le pas de ma porte.

Tu vas finir par croire qu'il craque pour toi, pensai-je, sardonique.

Je garai la voiture dans le garage et fis le tour par la porte de devant plutôt que d'entrer par la cuisine, comme je le faisais d'habitude.

— Qu'est-ce que vous voulez ? demandai-je sèchement.

Il leva les sourcils.

— Pas très polie aujourd'hui, on dirait ?

— J'ai eu une longue journée. Je n'ai pas envie de parler du passé. Je veux dîner.

— Alors invitez-moi pendant que vous le préparez, dit-il assez gentiment.

Je fus tellement surprise que je ne parvins pas à réfléchir à une réponse. Je voulais rester seule, mais il serait brutal de lui demander de partir – et s'il n'en faisait rien ?

Sans répondre, je déverrouillai la porte et entrai. Après une minute, il entra derrière moi.

— Vous avez faim ou soif ? demandai-je, furieuse malgré tout.

— J'ai dîné, mais je veux bien une tasse de thé si vous en avez, dit Friedrich de sa voix grondante.

Seule dans la cuisine pendant un instant, je posai les bras sur le comptoir et y appuyai ma tête. J'entendis les pas de cet homme imposant déambuler à travers mon intérieur immaculé, faisant une pause sur le pas de ma salle de sport. Je me redressai et vis que Friedrich se trouvait dans la cuisine et me regardait. Il y avait à la fois de la compassion et de la prudence dans son regard. Je sortis un verre d'un placard et y versai du thé avec de la glace. Je le lui tendis sans un mot.

— Je ne suis pas ici pour parler de votre passé. Comme vous pouvez le comprendre, j'ai dû enquêter sur chaque personne connectée à Pardon. Votre nom me disait quelque chose... et je m'en suis souvenu, d'après les journaux. Mais ce dont je suis venu vous parler, aujourd'hui... un de vos clients est venu me voir, déclara Friedrich. Il dit que vous pouvez confirmer son histoire.

Je levai les sourcils.

— Tom O'Hagen dit qu'il est rentré du golf pendant son jour de congé, lundi, vers 15 heures.

Il attendit ma réaction, mais je n'en avais aucune à lui offrir.

— Il dit qu'ensuite, il est allé chez Albee pour payer son loyer, reprit-il, qu'il a trouvé la porte entrouverte ; il a jeté un coup d'œil à l'intérieur et vu que le tapis avait été repoussé, que le canapé était déplacé, et personne ne répondait. Il a déposé son chèque sur la table juste derrière la porte et il est parti.

— Donc vous pensez que Pardon était certainement déjà mort à 15 heures.

— Si Tom dit la vérité. Vous êtes son alibi.

— Comment ça ?

— Il dit qu'il vous a vue entrer dans l'appartement des York alors qu'il descendait l'escalier.

Je fouillai mes souvenirs pour me rappeler ce jour parfaitement ordinaire. Je ne savais pas, jusqu'à ce que je rentre de ma promenade nocturne, que je devrais par la suite me rappeler ce jour dans les moindres détails.

Je fermai les yeux, essayant de me repasser ce petit laps de temps au cours du lundi après-midi précédent. J'avais dans une main le sac de courses que les York m'avaient demandé d'acheter en prévision de leur retour. Non, deux sacs. J'ai dû les poser pour trouver la bonne clé – pas malin de ma part. Je me souviens de m'en être voulu pour ce manque de prévoyance.

— Je n'ai entendu personne dans le couloir, mais j'ai effectivement entendu quelqu'un descendre l'escalier, et il se peut que ce soit Tom, dis-je lentement. J'avais du mal à séparer la clé de l'énorme trousseau. Je suis entrée chez les York, j'ai posé les sacs... rangé deux ou trois choses au frigo. J'ai laissé le reste sur le comptoir de la cuisine. Je n'avais pas besoin d'arroser les plantes car elles étaient encore humides, et les volets dans la chambre étaient déjà ouverts – d'habitude c'est moi qui les ouvre – alors je suis partie.

Je me revoyais fermer la porte à clé, me tourner pour partir...

— Je l'ai vu ! Il sortait de chez Pardon pour aller chez lui, et il était pressé ! m'exclamai-je, contente de moi.

Tom O'Hagen n'est pas mon préféré, mais j'étais heureuse de pouvoir confirmer sa version, au moins dans une certaine mesure. Si c'était Tom que j'avais entendu descendre l'escalier, puis que j'avais revu quitter l'appartement de Pardon dans les deux ou trois minutes que j'avais passées chez les York, il n'avait certainement pas eu le temps de tuer Pardon. Mais pourquoi Tom était-il monté ? Il habite au rez-de-chaussée. Deedra ? Nan. Elle était au travail.

— J'ai entendu dire que vous connaissiez Marshall Sedaka, dit abruptement Friedrich.

Cette remarque fut tellement inattendue que je le regardai droit dans les yeux.

— Oui.

— Il est venu au commissariat ce matin, pour parler à Dolph Stafford. Dolph m'a dit que M. Sedaka hérite de cette affaire puisque Pardon Albee est mort. Pardon avait beaucoup de projets sur le feu, et sur beaucoup de feux.

Je levai les deux mains, les paumes vers le haut. Et alors ?

— Personne ici ne sait grand-chose sur Marshall, observa Friedrich. Il est seulement apparu d'un coup en ville et a épousé Thea Armstrong. Personne ne comprend pourquoi un homme n'a pas sauté sur Thea des années auparavant, tant elle est jolie et intelligente. Marshall a eu de la chance, j'imagine. Et maintenant j'entends qu'il a déménagé et qu'il s'est loué un appartement sur Farraday.

Je ne savais pas où vivait Marshall. Farraday se trouvait à environ trois pâtés de maisons. Je sortis du réfrigérateur une soupe que j'avais faite pendant le week-end, et la mis au micro-ondes.

Les deux minutes furent longues avant que le timer émette le *bip* de fin. Je m'accoudai au comptoir et attendis que le chef de la police se décide.

— Pardon Albee a été tué d'un coup violent à la nuque, déclara Friedrich. Il a d'abord été frappé à la mâchoire, puis un coup lui a écrasé la gorge.

Je songeai à la terrible force de Marshall.

— Et vous pensez donc, dis-je en versant de la soupe dans un bol, que Marshall a quitté Thea pour moi et tué Pardon Albee pour récupérer totalement l'entreprise, maintenant qu'il n'a plus le salaire de Thea du Centre Communal de douze mille dollars par an ?

Friedrich rougit.

— Je n'ai pas dit ça.

— C'est tout ce que je peux en déduire. Pourriez-vous me dire ce que ça peut impliquer d'autre ?

Je le dévisageai un long moment, les sourcils en points d'interrogation, puis repris :

— Bien. Maintenant, voici quelque chose de réel. Enquêtez *là-dessus*, dis-je en lui tendant le mouchoir, blanc immaculé, avec des rayures de diverses largeurs sur les bordures.

On distinguait les formes bosselées du pistolet et des menottes à l'intérieur.

— Vous voulez bien me donner des détails ? demanda Friedrich.

Brièvement et, je l'espère, sans émotion, je décrivis ce qui s'était passé chez les Drinkwater le matin même.

— Pourquoi ne nous avez-vous pas appelés ? Il y avait quelqu'un dans la maison avec vous et vous ne nous avez pas appelés ? Même si tout allait bien, et s'ils avaient pris quelque chose à Mel et Helen ?

— Je suis certaine qu'on n'a rien pris. Je connais cette maison par cœur, et rien n'avait été dérangé. Rien n'avait été cassé, ni déplacé, aucun tiroir laissé ouvert.

— Vous supposez que ces objets ont été laissés par quelqu'un qui sait ce qui vous est arrivé à Memphis.

— Ça ne vous semble pas logique, comme hypothèse ? Je sais que vous êtes au courant. Est-ce que vous l'avez dit à quelqu'un ?

— Non. Ça ne me regardait pas. J'ai bien appelé la préfecture de police il y a deux jours. Comme je vous l'ai dit, je me suis souvenu de l'endroit où j'avais entendu votre nom, après y avoir un peu réfléchi. Je dois dire que je suis surpris que vous n'en ayez pas changé.

— C'est mon nom. Pourquoi est-ce que je le changerais ?

— Seulement pour éviter que quiconque vous reconnaisse et ne veuille vous parler de ce qui s'est passé.

— J'y ai pensé pendant un temps, admis-je. Mais ils m'ont déjà trop pris. Je voulais au moins garder mon nom. Et puis… ç'aurait été comme d'avouer que j'avais fait quelque chose de mal.

Je lançai à Friedrich un regard qui l'intimait clairement de n'émettre aucun commentaire. Il sirota pensivement son thé.

Je me demandai si Pardon était au courant de mon passé. Il ne m'avait jamais glissé la moindre allusion, mais c'était un homme qui aimait être au courant de tout, comme pour posséder une petite partie des personnes autour de lui. Si Pardon avait été au courant, il me l'aurait certainement laissé entendre. Il aurait été incapable d'y résister.

— Et est-ce que la police de Memphis vous a envoyé un dossier particulier, quelque chose sur papier ? demandai-je.

— Oui, admit-il. Ils m'ont faxé votre dossier.

Il plongea la main dans sa poche et me demanda s'il pouvait fumer sa pipe.

— Non, répondis-je. Où avez-vous laissé le fax ?

— Vous pensez que c'est quelqu'un de mon bureau qui a répandu ça ? Vous-même, vous n'avez jamais dit à personne dans cette ville ce qui vous était arrivé ?

Je mentis.

— Je ne l'ai dit à personne. Et qui que soit celui qui a laissé ça chez les Drinkwater, il sait que j'ai été violée et connaît les circonstances. Alors l'information vient forcément de votre bureau, de mon point de vue.

Le visage de Claude Friedrich s'assombrit. Il semblait plus grand, plus épais, cruel.

— Lily, peut-être que quelqu'un est au courant depuis que vous avez emménagé. Peut-être qu'il a simplement eu le bon goût de ne pas vous le faire savoir.

— Alors il a perdu son bon goût tout d'un coup, dis-je. Vous devez partir. Je dois aller m'entraîner.

Il prit le mouchoir, les menottes et le pistolet en partant. J'étais soulagée de ne plus les avoir chez moi.

D'habitude, je ne m'entraîne pas le jeudi soir, surtout si je suis déjà allée chez Body Time le matin même. Mais ma journée avait été une longue accumulation de peur et de colère, en plus de l'ennui d'une journée de travail. Il fallait que je fasse quelque chose pour détendre mes épaules, mais le punching-ball ne m'attirait pas. Je voulais faire des poids.

J'enfilai un short et un soutien-gorge de sport, que je couvris d'un tee-shirt fleuri, attrapai mon sac de sport et me rendis en voiture à Body Time. Heureusement, Marshall ne travaille pas le jeudi soir, et je n'allais donc subir aucune tension émotionnelle en le voyant toujours essayer de digérer ce que je lui avais raconté.

Derrick, l'étudiant noir qui remplace Marshall le soir, m'adressa un signe de la main quand j'entrai. Le bureau se trouve sur la gauche de la porte principale, et j'y fis une pause pour inscrire mon nom avant de me diriger vers les bancs de muscu, tout en ouvrant mon sac. Il n'y avait que deux autres personnes présentes, toutes deux de sérieux culturistes, et elles étaient occupées à faire des exercices de jambes sur les différentes presses. Je ne les connaissais que de vue et, après avoir répondu à mon signe de tête, elles m'ignorèrent.

Le reste du bâtiment était plongé dans le noir – aucune lumière dans le bureau de Marshall, les portes de la salle de karaté et d'aérobic fermées.

Je fis quelques étirements et soulevai quelques poids légers pour m'échauffer. Puis j'enfilai mes gants d'haltérophilie, rembourrés au niveau de la paume et qui s'arrêtaient aux articulations. Je serrai fermement la bande de Velcro.

— Tu as besoin de moi ? me demanda Derrick après mes trois séries.

J'avais fait les dix, les quinze et les vingt, et je m'emparai donc des haltères de vingt-cinq kilos sur le rack et m'allongeai prudemment sur un banc, avec un haltère dans chaque main. Quand je sentis la présence de Derrick au-dessus de ma tête, je vérifiai ma position. Les haltères étaient parallèles au sol et je les maintenais à hauteur d'épaule. Puis je les soulevai et les rapprochai jusqu'à ce qu'elles se rejoignent au-dessus de moi.

— Très bien, Lily ! dit Derrick.

Je baissai les haltères avant de les lever de nouveau en luttant pour garder le contrôle. La sueur commença à dégouliner sur mon visage. J'étais heureuse.

Au bout de la sixième répétition, je soulevai péniblement les poids. Derrick m'attrapa les poignets et m'aida juste assez pour me permettre de compléter le mouvement.

— Allez Lily, tu peux y arriver, murmura-t-il. Pousse, maintenant.

Et mes bras se levèrent une nouvelle fois.

Je reposai les vingt-cinq kilos sur le rack et saisis les vingt-sept. Avec un sacré effort, je m'allongeai de nouveau sur le banc et les soulevai avec difficulté ; ce qu'on dit souvent, en muscu, c'est que le premier est le plus dur, mais d'après mon expérience, si le premier est vraiment difficile, il est probable que les mouvements suivants le seront tout autant. Derrick me maintenait les poignets tandis que mes bras montaient et relâchait sa prise quand mes bras se baissaient. Je soulevai les vingt-sept kilos six fois de suite, les lèvres retroussées, grimaçante, concentrée.

— Encore un, haletai-je en sentant l'épuisement traître qui s'emparait de mes bras.

J'étais tellement concentrée sur mon effort que, jusqu'à ce que je brandisse triomphalement les poids en l'air, je n'avais pas réalisé que les doigts qui m'aidaient étaient désormais blancs, et non plus noirs.

Je maintins les poids en haut jusqu'à ce que mes bras s'effondrent brusquement.

— Je lâche ! lançai-je avec urgence.

Marshall s'éloigna du banc et les poids descendirent, même si je parvins de justesse à les empêcher de tomber de toute leur hauteur. Je les relâchai en les contrôlant, laissant mes bras pliés pendre de chaque côté du banc, avant de relâcher complètement les poids qui tombèrent sur le tapis sans rouler.

Je me redressai et pivotai à califourchon sur le banc, tellement contente de ma série que je parvins à surmonter l'angoisse de revoir Marshall pour la première fois depuis mes confessions. Marshall portait ce qui me semblait être sa tenue de travail, un marcel et un pantalon de muscu à motif exotique qui provenait de la ligne de vêtements que les clients pouvaient commander par la salle de sport.

— Où est passé Derrick ? demandai-je en tendant la main vers mon sac pour attraper ma serviette rose.

— J'ai fait le tour de la ville pour te trouver.

— Qu'est-ce qui se passe ?

— Tu étais ici toute la soirée ?

— Non. Je suis arrivée… oh, il y a trente ou quarante minutes.

— Et où étais-tu avant ça ?

— Chez moi, répondis-je avec un début de tension dans la voix.

Si c'était n'importe qui d'autre que Marshall qui m'avait posé cette question, j'aurais refusé de répondre. La grande salle était très silencieuse. Pour la première fois, je réalisai que nous étions seuls.

— Où est Derrick ? demandai-je de nouveau.

— Je l'ai renvoyé chez lui après ta série de vingt-cinq. Est-ce qu'il y avait quelqu'un chez toi ?

Je le dévisageai tout en me tamponnant le cou et le visage.

— Où veux-tu en venir ? demandai-je.

— Lily, il y a environ une heure et demie, quelqu'un est entré chez Thea pendant qu'elle était dans le salon et a laissé un rat mort sur la table de la cuisine.

— Beurk, dis-je de dégoût. Qui pourrait bien faire une chose pareille ?

Soudain, je fis le lien.

— Tu penses…

J'étais tellement outrée que je me mis à bredouiller et serrai les poings.

Marshall s'assit à califourchon à l'autre extrémité du banc ; il tendit la main pour poser un doigt sur mes lèvres.

— Non, dit-il d'un ton urgent. Non, je n'ai jamais pensé ça.

— Alors pourquoi toutes ces questions ?

— Thea… Elle a ce…

Je n'avais jamais entendu Marshall patauger comme ça auparavant. Il était extrêmement embarrassé.

— Thea pense que c'est moi qui ai fait ça ?

Marshall tourna les yeux vers les stores de l'immense fenêtre, fermés pour la nuit.

— Elle pense que ça pourrait être toi, oui, admit-il.

— Pourquoi ? m'exclamai-je, perplexe. Pourquoi est-ce que je ferais une chose pareille ?

Les joues de Marshall s'enflammèrent.

— Thea pense qu'on s'est séparés à cause de toi.

— Mais Marshall… c'est n'importe quoi !

— Parfois, Thea pense… n'importe quoi.

— Pourquoi elle penserait ça ?

Marshall ne répondit pas.

— Tu peux y retourner et dire à Thea – ou je serai plus que ravie de le faire moi-même – que j'ai eu une visite inattendue du chef de la police, chez moi, et que je l'ai quitté pour venir directement ici. Alors j'ai ce qu'on peut appeler un alibi en or.

Marshall laissa échapper un souffle de pur soulagement.

— Dieu merci. Peut-être qu'elle va me laisser tranquille, maintenant.

— Alors explique-moi. Pourquoi pense-t-elle que c'est à cause de moi que vous vous êtes séparés ?

— J'ai peut-être mentionné ton nom une fois de trop quand je parlais des cours de karaté, ou des gens qui s'entraînent ici.

Je croisai les yeux de Marshall. Je déglutis. J'eus soudain vivement conscience que nous étions seuls. Je ne me rappelais pas avoir jamais été seule avec Marshall auparavant, réellement seuls dans un bâtiment vide. Il tendit la main et appuya sur l'interrupteur, nous laissant pour seule lumière celle qui perçait à travers les stores depuis la rue. Elle créait des bandes de lumière sur son visage et son corps.

Nous étions toujours assis à califourchon sur le banc, l'un face à l'autre. Lentement, me donnant ainsi tout le loisir de m'y préparer, il se pencha vers moi jusqu'à ce que ses lèvres touchent les miennes. Je me crispai en attendant la vague de panique qui avait marqué chacune de mes tentatives d'avoir une relation proche avec un homme au cours des années précédentes.

Mais la panique ne vint pas.

Je bougeai les lèvres contre celles de Marshall, accueillante. Il se glissa plus près de moi et passa ses jambes sous les miennes ; je posai les pieds sur le banc derrière lui, puis passai les bras et les mains dans son dos pour le serrer contre moi.

Peut-être était-ce le côté inattendu de cette situation, peut-être était-ce le cadre rassurant, ou peut-être était-ce parce que je connaissais déjà Marshall en tant qu'ami, mais soudain, ce qui avait été si difficile devint facile et pressant.

Marshall souleva mon tee-shirt au-dessus de ma tête. Il avait déjà vu les cicatrices : je n'avais pas à craindre cet instant. Je retirai également son marcel, les mains tremblantes. Je sentais sa langue tourner dans ma bouche. Pour la première fois, je caressai son torse de mes mains. Il remonta mon soutien-gorge de sport et mes seins jaillirent ; sa langue trouva une nouvelle cible.

J'émis un petit bruit angoissé quand une partie de mon corps qui, je pense, avait été atrophiée, revint à la vie. Je communiquai mon urgence avec mes mains et, après un instant, je me levai, en chevauchant toujours le banc, pour baisser mon short. Il m'embrassa le ventre tandis que je me dressai devant lui, puis sa bouche glissa plus bas. Quelques secondes plus tard, je posai un genou sur le banc et me tournai légèrement pour retirer complètement mon short, et je perçus un frottement de vêtements dans le noir. Puis des rais de lumière tombèrent sur le corps nu et musclé de Marshall. En quelques instants, Marshall s'agenouilla au bout du banc tandis que je m'y allongeai, remplie de lui, et les mots qu'il me murmura me rendirent heureuse et tout se passa à merveille.

7

Je me réveillai pleine d'entrain, un état tellement rare que je faillis même ne pas le reconnaître. Je m'étirai dans le lit, légèrement endolorie, d'une manière plus qu'inhabituelle pour moi. Puisque j'avais fait un bon entraînement la veille (j'eus un petit sourire pour moi-même à cette pensée), je décidai de faire quelques pompes à la maison plutôt que d'aller chez Body Time. J'allumai la cafetière et me rendis dans la pièce où se trouvait le punching-ball, avant de me mettre en position et d'effectuer une rapide série de cinquante. Je pris une douche et enfilai un jean large et un tee-shirt, ma tenue de travail habituelle.

Je n'ai jamais compris comment les autres femmes peuvent penser pouvoir se battre – *ou* faire le ménage – en jean moulant.

Après avoir récupéré mon journal, je m'installai à table pour manger des céréales et boire mon café. J'étais totalement consciente d'être extraordinairement détendue et heureuse, une humeur tellement inhabituelle que je ne savais pas vraiment comment la gérer.

Je me surpris à contempler cette magnifique matinée, par la fenêtre de la cuisine, avec un sourire radieux. C'est vraiment incroyable ce qu'une bonne baise peut faire pour vos perspectives, songeai-je. Et ce n'était pas seulement la merveilleuse sensation physique ; c'était la réussite de l'acte sexuel sans crise de panique ou vague de répulsion de la part de mon partenaire.

Je me surpris à me demander si Marshall allait m'appeler, aujourd'hui. Qu'allait-il se passer ce soir, au cours ? Je chassai brusquement ces pensées. C'était ce que c'était, du sexe et du plaisir, rien de plus. Mais mince, c'est sûr que c'était un bon souvenir.

Je jetai un coup d'œil à ma montre. À contrecœur, je rassemblai mon chariot portable de produits ménagers et de chiffons pour mon premier ménage de la journée, l'appartement de Deedra Dean.

Deedra est censée commencer le travail à 8 heures, mais ce matin, elle était toujours en train de se préparer quand je frappai à la porte avant d'utiliser ma clé. Ce n'était pas la première fois que Deedra était en retard.

Elle avait des bigoudis dans les cheveux et portait un slip noir à dentelle. Marcus Jefferson sortit de chez lui quand Deedra ouvrit sa porte, et Deedra s'assura qu'il voie bien sa culotte. Je pénétrai dans l'appartement, me tournai pour fermer la porte, et eus tout le loisir d'observer le visage de Marcus. Il semblait un petit peu... dégoûté – mais excité.

Je secouai la tête. Deedra me tira la langue en retournant d'un pas affairé dans la salle de bains pour terminer de se maquiller. Je dus faire un gros effort pour ne pas lui coller une gifle en espérant faire rentrer un peu de bon sens dans sa tête ; il devait bien y avoir un peu d'intelligence, là-dedans, puisque Deedra est capable de garder un vrai boulot.

— Lily ! appela-t-elle depuis la salle de bains tandis que j'observais sinistrement le chaos qui régnait dans l'appartement. Êtes-vous raciste ?

— Non, Deedra, je ne crois pas, répondis-je en repensant avec plaisir au corps d'ivoire de Marshall. Mais vous ne faites que vous amuser – vous prenez Marcus à la légère. Et coucher avec un homme noir, c'est une chose tellement délicate qu'il vaut mieux que ça soit du sérieux si on veut pouvoir supporter toutes les merdes que ça entraîne.

— Lui aussi, il prend ça à la légère, répliqua Deedra en passant la tête une seconde pour me regarder, une joue rose et l'autre blanche, naturelle.

— Bon, faisons une chose totalement dénuée de sens, murmurai-je avant de commencer à empiler tous les magazines, lettres et factures éparpillés sur la table basse.

Je suspendis mon geste. Étais-je l'hôpital qui se fout de la charité ? Non, décidai-je avec un certain soulagement, ce que nous avions fait, avec Marshall, avait un sens. Je ne sais pas encore lequel. Mais ça voulait dire quelque chose.

Je me concentrai sur mon travail comme si Deedra n'était pas là, et j'aurais évidemment préféré que ce soit le cas. Deedra fredonnait, chantait et jacassait tout en terminant sa toilette, ce qui me tapait sur les nerfs à un degré incroyable.

— Que pensez-vous qu'il va nous arriver, maintenant que Pardon est mort ? demanda Deedra en boutonnant sa robe à rayures rouges et noires.

Elle glissa ses deux pieds simultanément dans des chaussures assorties.

— Vous êtes la troisième personne à me demander quel sera le sort de l'immeuble, répondis-je d'un ton irrité. Qu'est-ce que j'en sais ?

— Eh bien, parce que, Lily, nous pensons que vous savez tout, répondit Deedra comme une évidence. Et vous ne dites jamais rien ; c'est ce qu'on aime chez vous.

Je soupirai.

— Bon, maintenant, ce Pardon, quel fils de pute, poursuivit Deedra sur le même ton. C'est sûr que j'avais du mal avec lui. Tout le temps à rôder, à me demander des nouvelles de ma mère, comme si j'avais besoin qu'on me rappelle que c'est elle qui paie mon loyer. Il me disait tout le temps combien c'était sympa que je sorte avec un tel ou un tel, si c'était quelqu'un de blanc et de professionnel, un avocat ou un médecin ou encore un président de banque. Il essayait de me faire peur pour que je file droit.

Si j'avais pensé que ça pouvait marcher, j'aurais moi aussi fait ça, admis-je pour moi-même. Deedra était capable d'être désinvolte en parlant de Pardon maintenant qu'il était mort, mais la dernière fois que je lui avais parlé, elle avait eu la peur de sa vie à la seule idée qu'il ait pu fouiller son appartement.

Une fois le dernier bouton attaché, Deedra retourna dans la salle de bains pour ajouter les touches finales à ses cheveux blonds minutieusement ébouriffés.

Elle reprit, de sa voix nasale :

— Quand je suis allée lui remettre mon loyer lundi après-midi – mon attention fut piquée au vif –, j'allais implorer ce vieux schnock pour qu'il la ferme à propos de Marcus. Mais il était endormi sur le canapé.

— Quelle heure était-il ? demandai-je d'une voix forte en tentant d'avoir l'air insouciante.

— Hum... vers les 4 h 30, répondit-elle distraitement. J'avais quitté le travail quelques minutes. J'avais oublié de lui porter le chèque à l'heure du déjeuner, et vous savez comment il était, il voulait qu'on le paie avant 5 heures.

Je me dirigeai vers le couloir pour voir son reflet dans le miroir. Deedra terminait de souligner un sourcil.

— Est-ce que l'appartement semblait en ordre ?

— Pourquoi, vous faites aussi le ménage là-bas ? lança Deedra avec curiosité en reposant son pinceau.

Elle s'activa pour rassembler ses affaires maintenant que son visage et ses cheveux étaient parfaits.

— En fait, le canapé, avec le dos à la porte, était déplacé. Vous savez, il est sur roulettes. Il avait un bout contre la table basse, et le tapis qui est devant était tout plié.

— Vous êtes entrée et vous avez jeté un petit coup d'œil, hein ?

Deedra, qui tendait la main pour attraper son sac sur la table basse, se figea telle une morte.

— Hé, attendez une minute, dit-elle. Hé, Lily, j'ai juste passé la tête quand j'ai vu qu'il ne répondait pas. J'ai pensé qu'il était peut-être au fond de l'appartement, puisque la porte n'était pas fermée à clé. Vous savez qu'il est toujours chez lui le jour du loyer, et je me suis dit que c'était un bon jour pour lui parler. J'aurais dû m'en garder. C'était déjà une journée de merde – ma voiture ne démarrait pas, mon boss m'avait hurlé dessus, et en rentrant du travail, j'ai failli rentrer dans la caravane. Mais bref, j'ai cru entendre un bruit dans l'appartement alors j'ai ouvert la porte et je l'ai vu, totalement inconscient, endormi comme un pacha. J'ai donc laissé mon chèque sur la table, puisqu'il y en avait déjà d'autres, et j'ai essayé de parler fort deux ou trois fois de plus pour le réveiller, avant de partir.

— Il n'était pas endormi, dis-je. Il était mort.

La mâchoire de Deedra tomba, dissimulant totalement son minuscule menton.

— Oh, non, murmura-t-elle. Je n'ai jamais pensé... je croyais seulement qu'il dormait. Vous êtes sûre ?

— Certaine.

Mais comment concilier ceci avec l'histoire de Tom O'Hagen – le tapis froissé, le canapé de travers, mais pas de corps, une heure plus tôt, ou plus ? Je ne comprenais pas.

— Vous devez le dire à la police, dis-je à Deedra, qui restait là, frappée de stupeur.

— Oh, je l'ai déjà fait, répondit-elle d'un air absent. Mais ils ne m'ont pas dit... vous êtes sûre ?

— Tout à fait.

— C'est pour ça qu'il ne m'a pas entendue. Je parlais vraiment fort.

— Et leur avez-vous dit de quoi vous vouliez parler à Pardon ?

Un regard jeté à sa minuscule montre et un feu sembla s'allumer sous Deedra.

— Bon sang non ! J'ai seulement dit que j'étais descendue pour déposer mon loyer.

Elle attrapa ses clés et se regarda une dernière fois dans le miroir au-dessus du canapé.

— Et ne vous avisez pas de leur dire non plus, Lily Bard ! Ils n'ont pas besoin de savoir quoi que ce soit de ma vie privée.

Après le départ de Deedra, j'eus matière à méditer.

Le corps de Pardon Albee se trouvait sur le canapé de son appartement à 16 h 30, à quinze minutes près. Il n'y était pas à 15 heures. Mais à 15 heures, quand Tom était passé, la pièce était en désordre et la porte entrouverte, comme s'il y avait eu une bagarre.

Mais où était passé le corps pendant les heures avant que je le voie se faire pousser péniblement dans la rue jusqu'au jardin botanique ?

Quand l'appartement de Deedra fut de nouveau habitable, je rassemblai mes produits d'entretien puis verrouillai avec précaution la porte derrière moi. Je ne voulais plus jamais entendre le genre d'accusation qu'avait fait Deedra la semaine passée. Je descendis lentement l'escalier jusqu'à l'appartement des O'Hagen. J'allais passer la fin de la matinée à y faire le ménage.

Jenny répondit à mon coup de sonnette, et je sus donc qu'elle avait été de l'équipe de 2 heures à 10 heures chez Bippy la nuit précédente. Après la fermeture, l'O'Hagen qui faisait le service de nuit rentrait habituellement vers 23 heures ou minuit et dormait tard le lendemain matin, tandis que l'autre devait se lever à 5 heures pour faire l'ouverture à 6 heures. Shakespeare est une ville où on se lève tôt et se couche tôt.

Jenny a des cheveux roux et des taches de rousseur, une poitrine plate et de larges hanches, et elle s'habille avec élégance pour le camoufler. Mais aujourd'hui, dans son peignoir à fleurs, elle ne visait pas à m'impressionner. Jenny aime me considérer comme faisant partie des meubles, de toute façon. Après m'avoir saluée avec indifférence, Jenny retourna s'asseoir dans son fauteuil inclinable et s'alluma une cigarette en posant de nouveau les yeux sur un talk-show que je n'aurais jamais eu l'idée de regarder.

Jenny était la seule personne que j'avais fréquentée durant ces cinq dernières années qui se comportait de manière totalement normale.

Les O'Hagen font leur propre lessive, mais Jenny et Tom détestent nettoyer leur cuisine ; pas étonnant quand on sait qu'ils dirigent un restaurant. J'ai donc souvent beaucoup de choses à mettre au lave-vaisselle, parfois ce que j'estime être une semaine entière de travail, et la poubelle est toujours remplie de plats tout prêts qu'on réchauffe au micro-ondes et de boîtes de conserve. Ce n'est pas surprenant non plus, songeai-je, qu'ils n'aient pas envie de cuisiner quand ils rentrent chez eux.

Jenny m'ignora totalement tandis que je m'activais dans l'appartement, au point de ne pas réagir du tout quand je pris tout ce qui se trouvait sur la petite table d'appoint à côté de son fauteuil pour la nettoyer, avant de reposer les objets en ordre ensuite. Je déteste la fumée des cigarettes de Jenny ; c'est la seule de mes clientes qui fume, réalisai-je avec surprise.

Au bout d'une heure de travail, le téléphone sonna. J'entendis Jenny décrocher et baisser le son de la télévision. Sans même essayer, je l'entendis murmurer dans le récepteur pendant quelques minutes, avant de le reposer sur son socle.

Je me trouvais maintenant dans la chambre principale, où je changeai les draps en un éclair et remis le couvre-lit en place. Je vidai le cendrier qui se trouvait du côté du lit de Jenny (là où il y a des cheveux roux), et je faisais le tour du lit pour vider celui de Tom quand Jenny apparut dans l'encadrement de la porte.

— Merci d'avoir soutenu la version de Tom, dit-elle d'un ton abrupt.

Je relevai les yeux pour tenter de déchiffrer son visage rond et couvert de taches de rousseur. Je ne vis que de la réticence. Jenny n'aimait pas se sentir redevable.

— J'ai seulement dit la vérité, répondis-je en vidant les mégots dans la poubelle et en donnant un coup de chiffon dans le cendrier.

Je le reposai avec un petit bruit sur la table de nuit. J'aperçus un stylo par terre, m'arrêtai pour le ramasser et le rangeai dans le tiroir de la table de chevet.

— Je sais que l'histoire de Tom a l'air un peu bizarre, reprit-elle timidement, comme si elle attendait ma réaction.

— Non, pas pour moi, répliquai-je d'un ton cassant.

Je parcourus la pièce des yeux pour vérifier que je n'avais rien oublié, et me dirigeai vers la deuxième chambre, celle que les O'Hagen avaient transformée en bureau. Jenny recula pour me laisser passer.

Je m'emparai du chiffon que j'avais coincé à ma ceinture pour nettoyer le bureau. À ma grande surprise, Jenny me suivit. Je jetai un coup d'œil à ma montre et continuai mon travail. J'étais attendue chez les Winthrop à 13 heures, et je voulais avoir le temps de manger avant d'y aller.

Le geste n'échappa pas à Jenny.

— Continuez votre travail, dit-elle d'un air engageant, comme si ce n'était pas déjà ce que j'étais en train de faire. Je voulais seulement vous dire que nous vous sommes reconnaissants pour votre mémoire. Tom était soulagé de ne plus devoir répondre à des questions.

Une question m'était justement venue à l'esprit ce matin. Dans le cours normal des choses, j'aurais pensé à lui poser, mais j'en avais marre de Jenny qui tour à tour m'ignorait ou me suivait partout.

— Et est-ce que la police lui a demandé pourquoi il venait de l'étage alors qu'il habite au rez-de-chaussée ? demandai-je.

Je tournai le dos à Jenny, mais je l'entendis inspirer une brusque bouffée d'air qui trahissait son choc.

— Oui, Claude lui a demandé, tout à l'heure, expliqua-t-elle, il voulait lui poser la question puisque Tom n'en a pas parlé plus tôt.

Je voyais pourquoi Claude Friedrich avait pensé à demander : son propre appartement se trouve au premier étage, en face de celui de Norvel Whitbread.

— Et qu'a répondu Tom ?

— Ça ne vous regarde pas, lança Jenny, furieuse.

Ah, revoilà la vraie Jenny O'Hagen.

— Oui, j'imagine, dis-je.

Je passai le chiffon sur les parties métalliques de la chaise à roulettes devant le bureau, en fermant fermement la porte derrière elle.

Elle réapparut tout juste quand je finissais – ce qui n'était pas exactement ce que j'appelle une coïncidence –, vêtue d'une chemisette vert vif et d'un pantalon sombre.

— Ça m'a l'air très bien, Lily, déclara Jenny sans même regarder autour d'elle.

Elle était donc revenue à la nouvelle Jenny. Je préférais la Jenny malpolie habituelle ; mais au moins je savais à quoi m'en tenir.

— Hum-hum. Vous voulez me faire un chèque maintenant ou me l'envoyer par courrier ?

— Voilà votre salaire, en liquide.

— D'accord.

Je rédigeai un reçu, rangeai l'argent dans ma poche et pivotai pour partir.

Je sentis Jenny bouger derrière moi, et je fis brusquement volte-face, pour découvrir qu'elle se tenait tout près.

— C'est bon ! dit Jenny à la hâte en reculant. Je voulais juste vous dire que Tom ne faisait rien de mal au premier étage, d'accord ? Il était là-haut, mais tout allait bien.

À ma grande stupéfaction, son nez et le contour de ses yeux se mirent à rougir, comme si elle était sur le point de pleurer.

J'espérais que Jenny n'allait pas réellement se mettre à pleurer ; il était hors de question que je la tapote dans le dos.

Évidemment, Jenny ressentit la même chose.

— À la semaine prochaine, dit-elle d'une voix sourde.

Je haussai les épaules, ramassai mon petit chariot de produits et partis.

— Au revoir, lançai-je par-dessus mon épaule pour prouver que je n'étais pas grossière.

Je claquai vivement la porte derrière moi comme si j'avais l'intention de quitter l'immeuble le plus naturellement du monde. Mais je fis une pause et regardai à gauche et à droite dans le couloir. Personne en vue ; je ne percevais aucun mouvement dans l'immeuble. Il était environ midi un vendredi et, à part les York et Mme Hofstettler, tout le monde devait être au travail.

Il m'était venu à l'esprit que le placard sous l'escalier (dans lequel Pardon gardait des bricoles, comme des ampoules de rechange et le gros aspirateur qui sert pour les couloirs) aurait offert une excellente cachette temporaire pour le cadavre errant de Pardon.

Et il se trouve justement que j'avais la clé.

Pardon lui-même me l'avait donnée trois ans auparavant, quand il avait pris les seules vacances dont je puisse me souvenir. Il était parti à Cancun avec un circuit organisé en car, rempli majoritairement d'autres habitants de Shakespeare. Pendant son absence, j'avais eu pour mission de laver les couloirs et les panneaux de verre des portes de derrière, de m'assurer que le parking était propre ainsi que de diriger les plaintes de chaque résident vers le réparateur approprié. Pardon m'avait alors donné la clé et ne m'avait jamais demandé de la lui rendre, peut-être en prévision de futurs autres circuits organisés.

Mais il s'avérait que tout son tapage à propos de sa santé avait tout de même quelques fondements : un spécialiste de Little Rock a dit à Pardon que son cœur avait réellement quelques petits problèmes. Pardon avait juré d'abandonner à jamais les circuits organisés, de peur d'avoir une sorte de crise au milieu de nulle part, et il ne se lassait jamais de montrer aux gens ses photos de Cancun et de leur raconter combien il avait frôlé la mort.

J'avais marqué toutes les clés qu'on m'avait confiées avec mon propre code. Si jamais on me les volait, je ne voulais pas que le voleur puisse entrer au domicile de mes clients ou à leur bureau. Mon code n'était pas très compliqué ; je prenais juste la lettre qui suivait dans l'alphabet, et la clé du placard des Appartements de Shakespeare Garden avait donc une petite bande autocollante avec les initiales BTH écrites à l'encre noire.

Je fis rebondir les clés dans ma main le temps de me décider à regarder ou non.

Oui, décidai-je.

La disparition et la réapparition du corps de Pardon, et son évacuation définitive dans le parc à l'aide de mon chariot avait ouvert une vanne de curiosité et de colère en moi. En premier lieu, tout cela révélait des profondeurs inattendues chez l'une des personnes que je voyais souvent – car selon moi, il était impossible que le tueur puisse être quelqu'un d'autre qu'un habitant de la résidence.

Je ne savais pas que j'étais parvenue à cette conclusion avant d'enfoncer la clé dans la serrure et de la tourner.

J'observai l'intérieur du grand placard. Il s'ouvrit face à l'entrée et, puisqu'il est adapté à la hauteur de l'escalier, il est beaucoup plus haut du côté gauche que du côté droit. Je tendis la main pour tirer la longue ficelle qui pend de l'ampoule nue au-dessus de ma tête. Tout juste quand je la touchai, une voix résonna derrière moi.

— Qu'est-ce que vous cherchez, mademoiselle Lily ?

J'émis un hoquet involontaire, mais je reconnus instantanément la voix. Je pivotai pour faire face à Claude Friedrich.

— Je peux vous aider ? poursuivit-il tandis que je levais les yeux sur son large visage pour tenter de le déchiffrer.

— Bon sang, où étiez-vous ? demandai-je d'un ton féroce, furieuse contre moi-même de ne pas l'avoir entendu approcher, furieuse contre lui de m'avoir fait une telle peur.

— Dans l'appartement de Pardon.

— Vous rôdez ?

Je vis que je n'allais pas réussir à le provoquer suffisamment pour qu'il oublie de me poser de nouveau la question.

— J'examinais la scène de crime, expliqua-t-il d'un ton affable. Je me demandais, comme vous, j'imagine, comment une personne a pu voir un corps sur le canapé à 4 heures et demie alors qu'une autre a vu un canapé vide à 3 heures, alors qu'à 3 heures, il semblait déjà y avoir eu une bagarre dans l'appartement.

— Pardon a peut-être survécu un moment, dis-je, surprise de m'entendre révéler au policier ce que j'avais en tête.

Il sembla tout aussi surpris, et plutôt ravi.

— Oui, en effet, si ç'avait été un autre genre de blessure, dit Friedrich en hochant lentement sa tête pleine d'épais cheveux grisonnants. Mais avec ce coup sur la nuque, il a certainement suffoqué très vite.

Et il baissa les yeux sur mes mains, qui étaient désormais vides puisque j'avais posé mon chariot de produits pour ouvrir la porte. Mes mains étaient fines, osseuses et puissantes.

— J'aurais pu le tuer, déclarai-je, mais je ne l'ai pas fait. Je n'avais aucune raison de le faire.

— Et si Pardon vous avait dit qu'il comptait répandre vos malheurs passés dans toute la ville ?

— Il n'était pas au courant, répondis-je, car j'en étais venue à cette conclusion un peu plus tôt ce matin. Vous savez comment était Pardon. Il aimait tout savoir sur les gens, et il se serait empressé de dire à la personne concernée qu'il avait trouvé quelque chose sur elle. Il aurait adoré *compatir* avec moi au sujet de ce qui s'est passé. Personne n'était au courant jusqu'à ce que vous appeliez Memphis et que vous laissiez ce rapport traîner.

Voilà une autre chose que j'allais devoir faire par moi-même – découvrir qui avait parlé au commissariat, et à qui. Je trouvais tout à fait probable que la personne qui avait déposé les menottes et le pistolet sur l'escalier des Drinkwater ait appris la signification de ces objets de la langue trop pendue d'un employé du commissariat.

— Vous avez probablement raison, là-dessus, admit Friedrich, me donnant ainsi une agréable surprise en échange de celle que je lui avais donnée, et je me penche sur la question. Vous étiez donc en train de vérifier donc le placard pour voir si c'est là qu'on l'a caché ?

Je clignai des yeux face à ce changement de sujet. Friedrich était susceptible quant à mon allusion sur la piètre sécurité qui régnait au commissariat, et il pouvait l'être.

— Oui, répondis-je avant de lui expliquer comment j'avais eu la clé.

— Bon, voyons voir ça, suggéra Friedrich avec une cordialité qui me rendit méfiante.

— Vous avez déjà regardé, lui dis-je.

— En fait, non. On n'a pas retrouvé le porte-clés de Pardon. On ne voulait pas défoncer la porte. Un serrurier devait venir ce matin pour l'ouvrir, mais là, vous venez d'économiser un peu d'argent à la ville de Shakespeare. Je n'ai pas pensé à vous demander si vous aviez une clé.

Ça ne me semblait pas être le bon moment pour lui révéler que j'avais aussi les clés des portes de devant et de derrière.

— Pourquoi est-ce que vous n'avez pas demandé à Norvel Whitbred ? demandai-je. Il était censé travailler pour Pardon une matinée par semaine.

— Il a dit qu'il n'avait pas de clé. Et il me semble que Pardon ne lui aurait pas fait suffisamment confiance pour lui en donner une, qu'il aurait plutôt ouvert le placard pour lui si Norvel lui demandait.

J'ajoutai le mystère de la disparition du trousseau de clés de Pardon aux autres éléments associés à la mort étrange du propriétaire.

Friedrich passa devant moi, tira sur la ficelle et parcourut le placard des yeux quand la lumière inonda le moindre recoin. Pardon, malgré tous ses défauts, n'avait pas lésiné sur la puissance de l'ampoule.

— Tout est comme d'habitude, d'après vous ? me demanda Friedrich quand nous eûmes tous deux jeté un bon coup d'œil.

— Oui, répondis-je, légèrement déçue.

Les produits étaient soigneusement rangés sur les étagères du fond et du côté gauche du placard – sacs-poubelle, ampoules, produits d'entretien – et des bricoles que Pardon avait pensé pouvoir être utiles un jour – des souricières, des vases, une poignée de porte, un butoir dont Pardon se servait pour tenir la porte d'entrée ouverte quand il nettoyait le tapis et qu'il n'était pas encore sec. Le gros aspirateur occupait tout le côté droit du placard. Vieux, énorme, il était soigneusement rangé, avec le cordon minutieusement enroulé. Ça prouvait que Norvel n'avait pas passé l'aspirateur récemment ; il n'aurait jamais pu enrouler aussi bien le cordon, pensai-je, admirative.

Mais Norvel était censé s'occuper des travaux de concierge.

Friedrich observait attentivement les étagères d'un air songeur, faisant apparemment un inventaire détaillé des objets.

Je tendis la main pour toucher sa manche, avant d'y réfléchir à deux fois.

— Excusez-moi, dis-je.

— Oui ? répondit-il d'un ton distant.

— Regardez le cordon de l'aspirateur, déclarai-je en attendant qu'il l'observe bien. Quelqu'un d'autre que Norvel l'a rangé ici, alors que c'est Norvel qui est censé le faire.

Je lui expliquai ma déduction.

Friedrich sembla vaguement amusé.

— Et vous avez une idée de la personne qui a pu mettre l'aspirateur ici, d'après la façon dont le cordon est enroulé ? demanda-t-il, et je réalisai qu'il me faisait doucement marcher.

Oh oh.

— Oui, j'ai une idée. J'ai remarqué la manière dont Pardon range les choses. Et c'est sa façon de faire. Tous les lundis matin, avant d'aller à l'église, Norvel est censé passer l'aspirateur et nettoyer les vitres des portes, balayer l'allée et emmener les poubelles dans le parking. Je n'ai pas l'impression qu'il l'ait fait, lundi dernier.

— C'est une sacrée déduction d'après un simple aspirateur.

Je dus faire un effort pour hausser les épaules d'un air indifférent.

Je retirai la clé du placard de mon trousseau de clés et la tendis à Friedrich. Avant qu'il puisse dire quoi que ce soit, je soulevai mon petit chariot et m'éloignai à grands pas vers la porte d'entrée en chassant Friedrich de mes pensées. Je me demandai si j'avais besoin de repasser chez moi ; soudain, je n'avais plus faim du tout. J'avais peut-être plutôt intérêt à sauter dans ma voiture pour me rendre directement chez les Winthrop.

Mais il y eut un nouvel obstacle sur mon chemin – une voiture garée qui bloquait la mienne, dans mon allée, et quelqu'un qui se tenait dans mon garage, appuyé contre ma Skylark. Mon cœur bondit quand je reconnus Marshall. Je me figeai, embarrassée, ne sachant ni que faire ni que dire et sentant mes joues s'enflammer.

Il me prit le chariot des mains et le posa par terre. Il m'attira plus loin dans le garage et passa ses bras autour de moi. Après un instant, je passai à mon tour mes bras autour de son cou.

— Je ne pouvais pas t'appeler, dit-il dans mon oreille. Je n'aurais pas su quoi te dire, au téléphone. Et je ne sais pas quoi dire, maintenant.

S'il ne savait pas, il était certain que je n'allais pas non plus m'y risquer. Je parvenais à apprécier d'être dans ses bras, mais je n'aimais pas me trouver dans le garage ; je ne voulais pas qu'on me voie. Mais l'ivresse de la proximité, le souvenir de l'odeur de Marshall et de ses caresses commencèrent à entamer mon anxiété. Je me sentis légèrement étourdie. Je sentis sa langue toucher mes lèvres.

— Marshall, je dois aller travailler, parvins-je à dire.

Il s'écarta légèrement et m'adressa un regard tranchant.

— Lily, est-ce que tu me repousses parce que tu ne veux pas être avec moi ? Est-ce que tu regrettes pour l'autre nuit ?

— Non, répondis-je en secouant la tête pour insister. Non.

— Est-ce que ça te fait du mal, ça te rappelle ce qui t'est arrivé ?

— Non... hésitai-je. Mais tu sais, ce n'est pas parce que j'ai eu une relation sexuelle épanouie que je ne vivrai plus jamais dans l'ombre du viol. Je vais devoir y faire face pour le restant de ma vie.

Je ne suis pas une femme sans problèmes. Je ne suis pas une femme conviviale. S'il essayait de l'ignorer, il fallait qu'on le lui rappelle.

— Mais vraiment, et je suis désolée, je suis en retard pour mon prochain ménage, achevai-je prosaïquement.

— Lily, reprit-il, comme s'il aimait prononcer mon prénom.

J'avais les yeux rivés sur le point où nos poitrines se touchaient. Je relevai la tête pour croiser son regard. Sa bouche s'approcha de la mienne, et je sentis qu'il était prêt.

— Pas maintenant, murmurai-je d'un ton d'excuse.

— Ce soir, après le cours ?

— D'accord.

— Ne dîne pas ; on se fera quelque chose chez moi.

Je ne mangeais jamais avant la gym, de toute façon. Je hochai la tête en lui souriant. Une voiture rouge qui passa dans la rue me ramena à la réalité. Je regardai ma montre par-dessus l'épaule de Marshall, et regrettai de ne pas pouvoir me permettre d'appeler les Winthrop pour me faire porter malade. Mais Marshall était une anomalie, et mon travail, c'était la norme.

Je commençais à espérer que, avec Marshall, je puisse être exactement comme je pensais être. La Lily de Memphis, la Lily avec de longs cheveux bruns, qui crachait ses poumons au bout de vingt minutes sur le tapis roulant, n'aurait jamais fait ce que la Lily blonde et forte fit à Marshall juste après. Ma caresse le fit frissonner des pieds à la tête.

— Tu n'as pas idée de ce que ça a été, dit-il quand il put de nouveau parler.

Je compris que Marshall avait également son histoire à raconter.

— Si tu es certaine de ne pas avoir dix minutes de plus maintenant, dit-il, le souffle court, alors j'imagine que je vais devoir attendre ce soir. On ferait mieux de ne pas s'entraîner ensemble, d'ailleurs !

Je me surpris à sourire à la pensée de Marshall en train de bouillonner de plaisir en parant mes coups et, en me voyant sourire, il partit d'un grand éclat de rire.

— On se voit là-bas, dis-je avec une soudaine résurgence de timidité.

Je me dégageai doucement de ses bras et me dirigeai vers ma voiture. Quand il me dépassa pour rejoindre sa Toyota, j'eus une vue de choix sur ses larges épaules et ses petites fesses musclées.

Cela faisait tellement longtemps que mes projets n'avaient pas dépassé un emprunt de livres à la bibliothèque ou la location d'un film que je ne savais que penser tandis que je prenais la route habituelle qui me conduisait à mon prochain ménage. Après le cours, j'allais être en sueur. Est-ce que je pourrais prendre une douche chez lui ? Est-ce qu'il s'attendrait à ce que je passe la nuit chez lui, ou bien j'allais devoir rentrer dormir chez moi ? Où est-ce que j'allais garer ma voiture ? Ça ne regardait personne que je rende visite à Marshall chez lui. J'aimais que ma vie reste privée.

Alors que je sortais de ma voiture devant la porte de derrière de la maison des Winthrop, je tranchai et décidai que j'étais excitée, et effrayée. Mais je me sentais surtout perturbée, un sentiment que j'avais du mal à apprécier. Je n'ai pas l'habitude d'avoir tant de variables avec lesquelles composer, réalisai-je.

Mais il fallait que je repousse tout ça dans un coin de ma tête et que je me mette au travail. Je pénétrai dans la maison, verrouillai derrière moi et parcourus la cuisine des yeux. La cuisinière, Earline Poffard, avait travaillé aux fourneaux ; le comptoir était impeccable et il y avait un tas d'ordures sous l'évier. Earline vient deux fois par semaine et prépare aux Winthrop de quoi manger jusqu'à sa prochaine visite. Je n'avais jamais rencontré Earline face à face, mais je la connaissais à travers son travail ; Earline étiquette absolument tout ce qu'elle cuisine, elle met tous ses détritus à la poubelle et lave tous les plats elle-même, les sèche et les range. Je n'ai que l'extérieur du micro-ondes et la porte du lave-vaisselle à nettoyer de temps en temps, puis il ne me reste qu'à passer un petit coup de balai pour que la cuisine soit propre.

Pour la première fois, il me vint à l'esprit que j'aimerais rencontrer Earline. Peut-être qu'elle était tout aussi curieuse à mon sujet.

Les habitudes des années reprirent le dessus et je me mis au travail. Je ne voulais pas être en retard au cours, ce soir ; j'étais impatiente de voir Marshall, mon amant, et je ne voulais pas que Marshall, mon *sensei*, me jette le même regard désapprobateur que la dernière fois.

J'avais fini la poussière et je sortais le balai du placard quand j'entendis une clé dans la serrure.

— Salut, Lily, lança une voix familière.

— Salut, Bobo, répondis-je en notant mentalement de dire à Beanie qu'il lui fallait un nouveau balai.

— Hé, quoi de neuf au sujet du type qui s'est fait assassiner à côté de chez vous ? demanda Bobo tandis que sa voix se rapprochait.

Je jetai un coup d'œil par-dessus mon épaule. Le garçon – le garçon d'un mètre quatre-vingt-deux – se penchait au-dessus de l'évier de la cuisine, spectaculaire en bermuda et tee-shirt Umbro. Sa bouille trahissait son âge mais son corps avait grandi avant lui. Quand je travaille chez les Winthrop, je dois répondre au téléphone et, pendant l'été, la plupart des appels sont inévitablement pour Bobo. Il a sa propre ligne, bien sûr, mais il ne donne le numéro qu'à ses amis proches, au grand dam de sa mère.

— Il est mort, répondis-je.

— Ce n'est pas une réponse, Lily ! Allez quoi, tu dois tout savoir !

— Je suis certaine que tu en sais autant que moi à ce sujet.

— Est-ce que c'est vrai que quelqu'un a appelé le vieux Friedrich pendant qu'il était pieuté pour lui dire où était le corps ?

— Oui.

— Tu vois, voilà le genre de trucs que je veux que tu me dises.

— Tu le savais déjà, Bobo.

Ma patience était presque entièrement épuisée.

— Eh ben… donne-moi des infos de l'intérieur. Tu dois bien être au courant de choses qui sont pas dans le journal, Lily !

— J'en doute.

Bobo adorait bavarder, et je savais qu'il allait me suivre partout dans la maison si je lui donnais le moindre encouragement.

— Quel âge as-tu, Bobo ? demandai-je.

— Oh, je suis en dernière année au lycée. J'ai 17 ans, répondit-il. C'est pour ça que je suis sorti tôt des cours aujourd'hui. Je vais te manquer quand j'irai à la fac l'année prochaine, Lily ?

— Tu sais bien, Bobo.

Je m'emparai d'un produit d'entretien dans le placard et fis couler l'eau chaude dans l'évier.

— Pour commencer, repris-je, je vais devoir facturer moins cher à tes parents parce que je n'aurai plus à nettoyer ton bazar.

— Oh, d'ailleurs, Lily...

Étant donné qu'il ne terminait pas sa phrase, je tournai la tête et vis que Bobo était devenu écarlate.

Tout en haussant les sourcils pour lui signifier que j'attendais la fin de sa phrase, je versai une giclée de produit sur le sol. L'eau était devenue bien chaude ; j'essorai l'excédent et commençai à laver.

— Quand tu as nettoyé ma chambre, l'autre jour, est-ce que tu as trouvé... quelque chose... heu, de personnel ?

— Comme le préservatif ?

— Heu. Oui. C'est ça.

Bobo observait un point fascinant près de son pied droit.

— Hum-hum.

— Qu'est-ce que tu en as fait ?

— Comment ça ? Je l'ai jeté. Tu pensais que j'allais dormir avec sous mon oreiller ?

— Je veux dire... est-ce que tu l'as dit à ma mère ? Ou mon père ?

— Ça me regarde pas, répondis-je en notant que Howell Winthrop Jr est en deuxième position sur la liste de Bobo des gens qu'il craignait.

— Merci, Lily ! lança Bobo avec enthousiasme.

Il croisa brièvement mon regard, les épaules détendues : son horizon s'était dégagé.

— Continue de t'en servir.

— Quoi ? Oh. Oh, oui.

Bobo, si c'était possible, rougit encore un peu plus. Il quitta la pièce avec une grande représentation de nonchalance, en faisant tinter ses clés et en sifflant, pensant apparemment qu'il venait d'avoir une conversation sur le sexe avec une femme plus âgée. J'étais prête à parier qu'il allait faire plus attention à se débarrasser de ses objets personnels à l'avenir, comme il se devait.

Je me surpris à chantonner en travaillant, ce qui ne m'était pas arrivé depuis des années. Quand je suis seule, je chante des cantiques ; j'en connais tellement, à cause du nombre incalculable de dimanches que j'avais passés à l'église avec mes parents et Varena – toujours sur le même banc, le cinquième depuis l'autel, sur la gauche. Je me rappelai malgré moi les bonbons à la menthe que ma mère avait toujours dans son sac, le stylo de mon père et le calepin qu'il me tendait pour que je dessine quand j'étais trop agitée.

Mais penser à mon enfance me valait rarement autre chose que de la douleur. À l'époque, mes parents ne baissaient pas les yeux quand ils s'adressaient à moi. Ils étaient capables de tenir une conversation sans verbalement marcher sur des œufs sur des sujets qu'ils pensaient pouvoir bouleverser leur fille dévastée. J'étais capable de les enlacer sans avoir besoin de me préparer pour le contact.

Grâce à une longue pratique, j'étais capable de bloquer ce fil de pensée stérile et trop familier. Je me concentrai sur le plaisir de chanter. Je suis toujours étonnée d'entendre que j'ai une jolie voix. J'avais pris des cours pendant quelques mois ; j'avais chanté en solo à l'église et m'étais produite à des mariages de temps à autre. À cet instant précis, je chantai « Amazing Grace ». Quand j'eus fini de laver le sol, je levai la main pour balayer les cheveux de mon visage, et je reçus un choc en découvrant qu'ils étaient courts.

8

J'avais presque oublié la participation de mon voisin sédentaire au cours du vendredi soir. Il était certain qu'il n'avait pas eu l'air de passer un bon moment, et je fus donc surprise de voir Carlton en train de s'échauffer quand je m'inclinai à l'entrée de la classe. Il essayait de toucher ses orteils. À sa bouche tordue, je compris que c'était un mouvement douloureux.

— Alors les courbatures générales se sont déclarées, hein ? lançai-je en m'asseyant par terre pour retirer mes chaussures.

— J'ai même mal aux cheveux, répondit-il derrière ses dents serrées en s'étirant vers le bas.

Ses doigts ne parvinrent qu'à effleurer le haut de ses pieds.

— C'est ton pire jour, lui dis-je.

— C'est censé me réconforter ?

— Je me suis dit que ça t'aiderait de savoir que demain, ce sera beaucoup moins douloureux.

Je roulais soigneusement mes chaussettes et les fourrai dans ma chaussure droite. Je me relevai, tournai doucement le cou, puis me baissai au niveau de la taille et posai mes paumes à plat sur le sol. Je laissai échapper un soupir de plaisir en sentant mon dos s'étirer et la tension de la journée s'évacuer.

— Frimeuse, dit Carlton avec amertume.

Je me redressai et l'observai. Carlton portait un short et un tee-shirt. Pour l'œil non averti, il avait l'air plutôt pas mal, mais je pouvais voir le manque de définition et de développement dans ses bras et ses cuisses. Il n'était pas en surpoids, mais il n'était pas en forme.

Marshall entra et m'adressa un petit sourire privé avant que l'un des élèves s'approche pour lui poser une question. Je le suivis des yeux un moment avant d'observer de nouveau Carlton, qui était assis par terre, les jambes écartées, et essayait de toucher sa jambe droite avec sa poitrine, puis la gauche. Les cheveux noirs et épais de Carlton, d'habitude enduits de gel et coiffés derrière les oreilles, bougeaient dans tous les sens à mesure qu'il se penchait et se relevait, se penchait et se relevait. Je sortis mon kimono de mon sac de sport et l'enfilai avant de le nouer.

— Alors, Carlton. Tu te souviens de la prise de soumission à laquelle on s'est entraînés la dernière fois ? demandai-je.

Carlton se releva maladroitement.

— Ah... non. J'en ai appris tellement d'un coup, ce jour-là !

Marshall était en train de rire en attachant la ceinture de l'homme le plus jeune du cours.

— D'accord. Tends la main droite pour attraper mon kimono... voilà. Maintenant, agrippe-le fermement.

Manifestement effrayé de me faire perdre l'équilibre, Carlton saisit à peine le bout du tissu qui pendait.

— Non, Carlton. Tu dois vraiment me tenir, ou bien tu vas croire que j'ai réussi cette prise parce que tu n'utilisais pas toute ta force.

Carlton, tout en renforçant sa prise, sembla clairement inquiet.

— Oh, je ne penserais jamais ça ! protesta-t-il.

— Maintenant, tu te souviens ? Je tends la main droite, comme ça... j'enfonce mon pouce dans le trou entre ton pouce et ton index pour frapper le point de pression – voilà je l'ai – et puis je te tords la main pour que l'extérieur, le côté de ton petit doigt, pointe vers le plafond... Bien sûr, ça fait pivoter le bras entier, d'accord ?

Je peux vous dire que Carlton se souvenait.

— Ensuite j'appuie tes doigts sur ma poitrine en m'assurant que ton bras continue de tourner. J'enroule mes doigts autour de ta main pour garder la tension... mon pouce fait toujours pression... et maintenant je...

— Nooooon, gémit Carlton en tombant à genoux quand j'exerçai une contre-pression avec ma main gauche sur le haut de son bras avant de me pencher au niveau de la taille.

— Tu te souviens du signal de détresse que Marshall t'a montré la dernière fois ? demandai-je.

Carlton secoua la tête, profondément concentré sur sa douleur.

— Frappe ta cuisse avec ta main libre.

Il ne perdit pas de temps à frapper et je le lâchai immédiatement.

Il releva les yeux vers moi, avec un regard de cocker qui, j'en suis certaine, avait dû faire ses preuves sur d'autres femmes.

— Ça fait vraiment mal, dit-il après une pause significative.

— On ne s'excuse pas, Carlton, lui répondis-je gentiment. Je t'ai appris quelque chose ? On se fait tous mal.

Carlton se releva et se secoua. Il sembla lutter légèrement avec sa fierté ; son côté sensible l'emporta.

— Eh bien me voilà, j'apprends, dit-il d'un air piteux. Bon, j'imagine, pour te montrer que j'ai appris correctement, que je dois te le faire ?

Je tendis la main et attrapai son tee-shirt.

Il fallait que j'explique à Carlton comment me faire suffisamment mal pour que ça compte.

— Désolée, ce n'est pas à moi de me baisser... tords un peu plus ma main... maintenant vas-y doucement. Tu ne veux pas vraiment me casser le bras. Attends une vraie bagarre pour ça... Raphael, qu'est-ce que Carlton fait de travers ?

— Il ne te maintient pas assez près de lui, constata Raphael.

— Bon, Carlton, tu recules, ce qui veut dire que je peux me libérer, ou au moins te donner un coup et te forcer à lâcher...

Pour illustrer mon propos, je lançai soudainement mon pied, mais le retins à temps pour seulement effleurer l'aine de Carlton.

Avec un petit hoquet, Carlton lâcha sa prise.

— On s'entraînera plus tard, dis-je. Tu te sentiras peut-être plus à l'aise en le faisant avec Raphael ou un des autres mecs, car la plupart des hommes ont tellement peur de faire mal à leur partenaire féminine qu'ils ne donnent pas le meilleur d'eux-mêmes.

— Ça t'embête ? demanda-t-il.

— Ça m'embêtait. Maintenant, je pense que dans la vie réelle, ça jouerait à mon avantage, et puisque les femmes n'ont pas la même force que les hommes dans le haut du corps, j'ai besoin de toute la hargne que je peux trouver, expliquai-je en observant Carlton avec curiosité. Pourquoi as-tu commencé à venir ici, en réalité ?

— Je voulais voir ce qui te rendait si enthousiaste. Trois soirs par semaine, depuis des années... sans jamais en manquer un seul, jamais en retard. Je me suis dit que ça devait être très amusant.

— Ça l'est, dis-je, surprise qu'on puisse voir ça autrement.

— Pour l'instant, je ne vois pas encore le côté amusant, répondit Carlton.

Je n'avais pas imaginé qu'il puisse avoir un ton aussi sec.

— Oh, ça va le devenir. Tu dois seulement apprendre encore un peu et ce ne sera plus aussi confus.

Marshall était sur le point de commencer le cours et je rejoignis ma place dans la ligne. Je n'étais pas convaincue que Carlton me trouve suffisamment d'intérêt pour avoir envie de suivre mes horaires, surtout après notre petit échange chez moi plus tôt dans la semaine.

— *Kiotske* ! lança Marshall pour que la classe se concentre.

Pendant la pause, après la gymnastique suédoise, Marshall se dirigea vers moi. Je savais que c'est moi qu'il visait. J'étais consciente à chaque minute de ce qu'il faisait, tandis qu'il adressait un mot à un de ses élèves ou autre. J'étais excitée par sa proximité, mais je n'avais pas la moindre idée de ce que je pouvais lui dire.

— Tu as du nouveau à propos de ce qui est arrivé à Thea ? demandai-je après que nous nous soyons mutuellement salués d'un petit signe de tête.

— Non. La police a dit que le relevé d'empreinte sur la poignée n'a rien révélé d'étrange, et aucun de nos voisins n'a vu quoi que ce soit. Cette petite maison a un jardin trop développé, donc ça n'a rien de surprenant. Au moins, le rat a seulement été pris dans un piège, il n'a pas été torturé ou quoi que ce soit.

— Est-ce qu'elle était vraiment secouée ?

Marshall eut une expression étrange.

— Thea est très sensible, répondit-il.

Je me demandai si Thea l'avait imploré de revenir à la maison pour la protéger, une idée que je trouvais totalement déplaisante. Je ne voulais pas mettre le pied dans la situation entre Marshall et Thea. Mais évidemment, quand on couche avec un homme, me dis-je avec une ironie désabusée, on fait automatiquement partie de la situation entre sa femme et lui.

Tandis que je pratiquais le *buntai* avec Janet Shook, la seule autre femme qui venait constamment au cours, il me vint à l'esprit que l'horrible tour qu'on m'avait joué chez les Drinkwater pouvait être relié à la farce tout aussi horrible qu'on avait faite à Thea. Y avait-il une autre personne assez éprise de Marshall pour faire des choses affreuses aux femmes qu'elle pensait être impliquées avec lui ?

Même si cette pensée me fit frissonner, au moins, ça donnait un certain sens à l'incident autrement déconcertant.

— Lily ! appela Marshall.

Janet et moi interrompîmes notre entraînement de coups et parades, et je m'inclinai brièvement face à elle avant de courir vers Marshall. Il se tenait à côté de Carlton et semblait légèrement exaspéré.

— Tu es un bon prof, Lily. Carlton et moi, nous... Nous ne faisons pas les entraînements ensemble. Et je dois aider Davis avec son kata. Tu pourrais...

— Bien sûr, le coupai-je.

Marshall me tapota l'épaule avant de se diriger vers Davis, un gringalet d'une vingtaine d'années qui vendait des assurances.

— Désolé que tu sois coincée avec moi, me dit Carlton, bien qu'il ne paraissait pas réellement désolé.

— Quelle est la partie qui te pose problème dans cet exercice ?

— L'ensemble.

Je soupirai, pas très discrètement.

— D'accord, plus précisément, j'ai du mal à me souvenir de l'enchaînement.

— Très bien. Mets-toi en position *shiko dachi*... non, tourne les pieds... maintenant accroupis-toi un peu plus.

Carlton gémit.

Je me mis en position face à lui.

— Maintenant, *toi*, tu t'orientes de ce côté, lui dis-je en lui indiquant ma droite, et *moi*, je m'oriente de ce côté... Non, garde tes hanches en position ; tourne seulement le haut de ton torse...

— Explique-moi encore pourquoi on s'entrechoque les os du bras ensemble, dit Carlton d'un ton pathétique.

— Pour les solidifier. Pour qu'on ne sente pas autant la douleur quand on se bat.

— On le supporte maintenant pour ne pas le sentir plus tard ?

— Heu... c'est ça. Maintenant, les avant-bras en bas, puis en haut... change de côté ! Avant-bras en bas, en haut, échange !

— Bon, souffla-t-il après quelques secondes, qu'est-ce que tu ferais, là maintenant, si je me penchais et que je t'embrassais dans le cou ?

— Eh bien, là tu es en position jambes écartées. Donc je pense que je te donnerais un bon *seiken*, c'est-à-dire un coup puissant, à l'entrejambe, et quand tu te pencherais en avant, je te frapperais la base du cou avec mon coude et, quand tu serais affalé par terre, je te frapperais encore à plusieurs reprises.

— Je ferais mieux de pas le tenter, alors.

— Oui, tu ferais mieux.

— Je voulais juste savoir.

— Il y a autre chose que je voudrais savoir, moi.

— Dis-moi.

— Je voudrais savoir qui hérite des appartements de Pardon et de ses autres biens fonciers, s'il en a.

Carlton émit un grognement quand je lui donnai accidentellement un coup de coude.

— Une nièce de Pardon, la fille de la sœur défunte de Pardon. Elle a appelé l'avocat de Pardon, hier, qui m'a appelé ensuite puisqu'elle arrive en ville demain pour s'occuper de l'enterrement de Pardon. Aïe, Lily ! Pas si fort ! Et elle va passer les comptes en revue avec moi, aussi. La fille vit à Austin, au Texas. Je suis sûr que tu vas l'adorer. Elle est professeur de taekwondo. Pardon m'en avait déjà parlé une fois.

— Ce n'est pas plutôt pour ça que ça t'a soudain intéressé de venir ici, plutôt que la curiosité à propos de moi ?

— Cinquante-cinquante, je dirais.

— Je préfère te prévenir, le goju est vraiment très différent du taekwondo. La philosophie, la technique de combat, les positions.

Je me tus et accélérai l'entraînement jusqu'à ce que Carlton abandonne soudainement. J'avais détecté les signes (les jambes qui tremblent, la sueur croissante, une moue désespérément déterminée sur le visage) mais les avais impitoyablement ignorés.

— Accorde-moi une pause ! dit Carlton, et j'éprouvai une légère honte de lui faire subir un entraînement si rude.

— Ne lui fais pas peur, Lily, dit Marshall derrière moi.

— Non, monsieur, répondis-je en essayant d'avoir l'air confus.

— Remettez-vous en ligne, lança Marshall aux étudiants qui s'entraînaient par paires, et nous nous mîmes en place en trottinant (en boitillant pour certains).

— *Kiotske* !

Tout le monde se concentra.

— *Rai* !

Tout le monde salua.

— Fin du cours !

— Mes mots préférés, murmura Carlton à Janet, qui se mit à rire – beaucoup trop pour une blague aussi débile, songeai-je.

Marshall se dirigea vers moi et me dit, très rapidement :

— Je passe te prendre chez toi, ce qui répondit à toutes mes questions.

Je m'assis par terre pour remettre mes chaussures. Après les avoir lacées, je dus faire un effort pour me relever en douceur, également par fierté. Carlton était assis sur l'une des chaises pliantes alignées contre le mur de la salle, la tête haute. Il me regardait comme s'il examinait un billet suspect de cent dollars.

— Bonne nuit, lui adressai-je brièvement.

— Bonne nuit, répondit-il avant de se pencher pour lacer ses baskets, une moue renfrognée sur son beau visage.

Je haussai les épaules avant de sortir, puis passai devant le bureau de Marshall et lui fis un signe. Il était en train d'observer les feuilles de présence des employés. La salle principale était vide, à l'exception de Stephanie Miller, l'une des employés de Marshall qui donnait quelques-uns des cours d'aérobic. Stephanie était en train de passer le gros aspirateur industriel sur le tapis vert et usé. Je lui adressai un signe de tête désinvolte avant de sortir du bâtiment et de me diriger vers ma Skylark, l'une des quatre dernières voitures qui restaient sur le parking. Quelque chose était posé sur le capot de ma voiture.

Je n'allais pas m'arrêter, mais je ralentis pour mieux voir. C'était... une poupée ?

Puis je m'approchai à un pas du capot et laissai tomber mon sac de sport. C'était bien une poupée, une poupée Ken.

Le visage avait été défiguré avec un vernis à ongles rouge. Il était encore frais. Je le sentais d'où je me tenais. On l'avait utilisé pour créer des gouttes de sang sur le visage de la poupée. Quelqu'un avait voulu donner l'impression que la poupée s'était pris une balle dans l'œil gauche, l'œil que j'avais touché quand j'avais tiré sur M. Rapt.

Je me souvenais exactement de cette vision, du son que l'homme avait émis, la façon dont il avait heurté le sol. Il n'avait absolument pas l'air d'une poupée Ken…

— Qu'est-ce qui ne va pas ? demanda Carlton. Un problème avec ta voiture ?

Je fus soulagée d'être tirée de mon cauchemar. Je reculai pour que Carlton puisse voir.

— C'était sur ton capot ?

— Oui. J'avais verrouillé la voiture, alors on l'a laissée sur le capot.

La malveillance de ce « cadeau » me fit frissonner.

— Qu'est-ce qui se passe ? demanda Marshall à son tour.

Il venait de verrouiller les portes de la salle. De l'autre côté du parking, Stephanie monta dans sa voiture et s'éloigna en direction de chez elle.

Je pointai la poupée du doigt. Je ne pouvais me résigner à la toucher.

— Oh, Lily, je suis désolé, dit-il après un instant.

— J'ai comme l'impression que je ne suis pas au courant de tout, là, s'exclama Carlton.

Je soupirai en gonflant les joues. J'étais tellement fatiguée !

— J'imagine que je ferais mieux d'emmener ça au commissariat, déclarai-je.

— Lily, ça peut attendre demain, dit Marshall. Rentre chez toi, maintenant. Je te rejoins dans pas longtemps.

— Non. Je veux m'en débarrasser. Je t'appelle quand je suis chez moi.

— Lily, tu veux que je t'accompagne au commissariat ? demanda Carlton.

J'avais presque oublié Carlton. Je me surpris à éprouver une chaleur et une gratitude inhabituelles envers mon voisin.

— C'est très gentil de ta part, dis-je, raide, en regrettant de ne pas avoir l'air plus gracieuse. Mais je pense que je préfère y aller seule. Merci pour ton offre.

— OK. Si tu as besoin, tu peux m'appeler.

Carlton boitilla vers son Audi et s'éloigna, prévoyant sans aucun doute de prendre un bain chaud et de retrouver son lit accueillant.

Je le regardai s'éloigner pour ne pas avoir à me tourner et à croiser le regard de Marshall.

— Je me demande, dis-je, les yeux toujours dans le vide, si tu n'as pas un admirateur secret – quelqu'un qui a pu découvrir mon passé et laissé ces petits cadeaux pour moi, quelqu'un qui pourrait tuer un rat et le déposer sur la table de Thea.

— Donc, ça te fait peur, et tu voudrais qu'on oublie notre relation ? s'empressa de conclure Marshall.

Il semblait vexé et fâché.

Bon, je n'étais pas non plus réellement ravie, songeai-je, furieuse.

— Non, je ne dis pas ça.

— Est-ce que tu dis que tu ne veux pas me voir ce soir ?

— Je ne sais pas. Non, ce n'est pas ça non plus. J'étais aussi impatiente que toi à cette idée.

Je levai les mains, les paumes vers le haut, dans un geste de frustration.

— Mais c'est sérieux, non ? De penser que quelqu'un m'observe ? Qu'il rôde dans le coin avec ce genre de choses ? déclarai-je en tendant la main vers la poupée. En train de penser à ce qu'il va me faire ensuite ?

— Alors tu vas laisser cette personne rendre ta vie encore plus malheureuse ?

Je fis volte-face vers Marshall de manière tellement soudaine que je vis ses épaules se raidir. Mes pensées tourbillonnaient et c'était à laquelle allait s'exprimer en premier.

— Je crois que j'ai abandonné ça il y a un paquet d'années, dis-je.

La fureur raidissait mes épaules et j'avais envie de lui faire du mal. Je repris :

— Et même si je me réjouissais de m'envoyer en l'air avec toi ce soir, ce n'est pas parce qu'on annule que ça me rend malheureuse.

— Je voulais coucher avec toi, aussi, répondit Marshall, sa colère égalant maintenant la mienne. Mais je voulais aussi simplement être avec toi. Te parler. Qu'on ait une conversation normale – si c'est possible.

Je lançai le poing en visant son diaphragme. Comme une personne insensée qui ne voulait plus avoir de dents, pensai-je plus tard. Trop rapidement pour que je puisse la bloquer avec mon bras gauche, la main de Marshall jaillit et arrêta mon poing à quelques millimètres de son ventre en m'agrippant le poignet. De son autre main, il simula un couteau qu'il posa sur mon cou. On se dévisagea pendant un long moment, les yeux écarquillés, en colère, avant de reprendre nos esprits. Sa main et ses doigts se détendirent autour de ma gorge pour sentir mon pouls rapide. Je desserrai le poing et le laissai retomber.

— J'ai failli t'avoir, dis-je, embarrassée en entendant ma voix trembler.

— Failli, admit-il. Mais c'est toi qui serais tombée la première.

— Pas comme ça, insistai-je. Le coup au diaphragme t'aurait fait te pencher en avant et tu aurais manqué mon cou.

— Mais le coup aurait bien atterri quelque part, argumenta-t-il à son tour, et la violence t'aurait fait reculer. Certes, après que tu m'aurais déjà frappé…

Sa voix s'estompa et nous nous regardâmes timidement.

— Peut-être, dis-je, que je ne suis pas la seule qui a du mal à avoir une conversation « normale » ?

— Tu as raison. C'est certainement assez bizarre.

Très prudemment, comme si nous étions couverts d'épines, nous finîmes par nous détendre dans les bras l'un de l'autre.

— Détends-toi, murmura Marshall. Tu as les muscles du cou complètement raides.

Je posai brièvement la tête sur l'épaule de Marshall. Je tournai la bouche vers son cou.

— Ce que je vais faire, dis-je doucement, c'est que je vais apporter cette poupée au commissariat, leur dire où je l'ai trouvée, et rentrer. Quand j'arrive, je t'appelle et tu viens me chercher. On mangera chez toi, et puis on fera des trucs sympas tous les deux.

Il me massait le cou.

— J'essaie même pas de te faire changer l'ordre ?

— On se voit tout à l'heure, promis-je avant de m'écarter et de me glisser dans ma voiture, posant la poupée grotesque sur le siège passager.

Je pris la route du commissariat, qui est installé dans une ancienne pharmacie à deux pâtés de maisons du centre-ville. Je ne vis qu'un seul véhicule de police sur le parking, une voiture bleu sombre de la ville de Shakespeare avec un gros chiffre 3 peint sur le côté.

Tom David Meiklejohn était assis à l'intérieur du bâtiment, les pieds nonchalamment posés sur un bureau. Il tenait un RC Cola dans une main et une cigarette dans l'autre. Tom David, que je connais de vue, est un homme beau, mais avec ce côté que je qualifierais d'un peu beauf. Il a des cheveux courts et bouclés, des yeux brillants et cruels qui flanquent un nez pointu, des lèvres fines et, pendant ses jours de congés, il s'habille à la mode western. Il couchait avec Deedra aux alentours du Noël précédent et, au cours de ce mois et du précédent, je l'avais régulièrement vu entrer et sortir des appartements de Shakespeare Garden.

À cette époque, j'avais entendu dire par un agent de voyage chez qui je faisais le ménage, qu'il était marié à une femme aussi froide et dure que lui-même, en gros. Quelques mois plus tard, j'avais vu l'annonce de divorce des Meiklejohn dans le journal local.

À cet instant précis, Tom David, que j'avais souvent vu patrouiller au cours de mes nuits de vagabondage, me regardait lentement de haut en bas, montrant clairement qu'il essayait de décrypter ma tenue totalement blanche.

— Vous allez à une soirée pyjama ? demanda-t-il.

Au temps pour la courtoisie envers le public duquel il est supposé être au service, songeai-je, bien que je me sois attendue à ce genre de réflexion. Tous les policiers n'étaient pas des Claude Friedrich. Friedrich fait peut-être des erreurs, mais il n'a aucun mal à les admettre.

— On a déposé ça sur le capot de ma voiture devant Body Time, déclarai-je brièvement en posant la poupée sur le bureau devant ses pieds.

Je l'avais enveloppée dans une serviette en papier de mon kit de ménagère. Je la déballai.

Tom David se redressa progressivement et posa sa canette de RC Cola. Il retira la cigarette de sa bouche, le regard braqué sur la poupée Ken.

— C'est répugnant, dit-il. Vraiment répugnant. Est-ce que vous avez vu quelqu'un rôder autour de votre voiture ?

— Non. J'étais chez Body Time pendant plus d'une heure. N'importe qui aurait pu s'arrêter sur le parking, déposer la poupée sur ma voiture et repartir sans que personne le voie. Il n'y avait pas grand monde là-bas, ce soir – la plupart des gens ne s'entraînent pas le vendredi soir.

— Vous étiez au cours d'arts martiaux de Marshall Sedaka ?

Il y avait quelque chose à propos de sa manière de prononcer le nom de Marshall... pas seulement un dégoût, mais une aversion personnelle. Mes sens se mirent en alerte.

— C'est ça.

— Il croit que c'est un dur, observa Tom David, avec une lueur froide dans ses yeux méchants. Les Orientaux croient qu'ils peuvent donner des ordres aux femmes comme si c'étaient des brebis ou quelque chose comme ça.

Je levai les sourcils. Si quelqu'un voyait les femmes comme des pièces interchangeables, c'était bien Tom David Meiklejohn.

— Est-ce que Sedaka a vu ça ?

— Oui, répondis-je.

— Est-il possible que ce soit lui qui l'ait posée sur votre voiture ? Est-ce que vous avez une relation personnelle, tous les deux ?

— Il est impossible que ce soit lui qui l'ait déposée sur ma voiture. Il était à l'intérieur de Body Time quand j'y étais, et il est sorti après moi.

— Écoutez, je suis seul ici pour le moment, et quand Lottie va revenir avec ses McNuggets, je vais devoir partir en patrouille. Vous voulez revenir demain pour faire une déposition ?

— D'accord.

— Je vais essayer de relever des empreintes là-dessus, et on verra bien.

Je hochai la tête et pivotai pour partir. Alors que je posais la main sur la poignée de la porte, Tom David lança assez brusquement :

— Ça m'étonne pas que vous soyez intéressée par l'autodéfense.

Je sentis le sang quitter mon visage.

Je gardais les yeux rivés de l'autre côté de la porte, dans l'obscurité.

— Toutes les femmes devraient s'intéresser à l'autodéfense, répondis-je avant de sortir dans la nuit.

Je rentrai chez moi tendue de rage et de peur en repensant à la poupée Ken ensanglantée, en imaginant Tom David Meiklejohn ressasser ce qui m'était arrivé avec ses potes autour de quelques bières. J'étais presque certaine d'avoir trouvé la fuite au commissariat.

Je garai la voiture sur son emplacement, déverrouillai la porte de derrière et jetai tout ce que j'avais dans la maison à l'exception de mes clés et de mon permis de conduire, que j'avais calés sous mon tee-shirt et qui faisaient une drôle de bosse au-dessus de mes seins. Il fallait que je marche. C'était la seule chose qui pouvait m'aider.

À cet instant, la rue était déserte. Il était environ 21 heures. La nuit était beaucoup plus chaude que la dernière fois que j'étais partie marcher, plus humide, un signe précurseur de la terrible chaleur des soirées d'été. Il faisait un noir d'encre et je me glissai à travers les ombres de la rue, marchant d'un pas silencieux vers le chemin qui traversait le jardin botanique. La maison de Marshall, sur Farraday, n'était pas très loin. Je ne connaissais pas le numéro, mais je reconnaîtrais sa voiture.

Me déplacer dans la nuit, invisible, me détendit. Je redevenais un peu la Lily qui avait une existence stable avant le meurtre de Pardon Albee. À cette époque, mes seuls problèmes consistaient en des nuits sans sommeil, qui survenaient environ deux fois par semaine ; sinon, j'avais les choses sous contrôle.

Debout, cachée dans les sous-bois du jardin botanique, j'attendis qu'une voiture passe sur Jamaica Street pour pouvoir la traverser discrètement.

Je n'avais pas du tout étudié ma route, mais à présent, la curiosité me guidait, à la dérive, vers la demeure que Marshall avait appelée, jusqu'à récemment, sa maison.

Il y a très peu d'abri sur Celia Street, qui est une rue bordée de maisons blanches modestes mais impeccables, flanquées de jardins méticuleusement entretenus. Je préparai mon approche. Il était plus tôt que d'habitude pour l'une de mes marches nocturnes et il y avait plus de personnes en mouvement, ce qui, ici à Shakespeare, ne veut toutefois pas dire grand monde ; une voiture allait passer à l'occasion, et je ne verrais probablement qu'une seule personne sortir furtivement de sa maison pour récupérer quelque chose dans un pick-up ou une jeep avant de se ruer de nouveau à l'intérieur.

Pendant l'été, des enfants jouaient dehors jusque tard, mais en cette nuit de printemps, ils semblaient tous être enfermés. Je descendis la rue en essayant d'être discrète, mais pas suspecte, puisqu'il y avait encore des gens debout et en activité. Ce n'était pas un compromis possible. Je préférais être vue que signalée, et me déplaçai donc à un pas régulier plutôt que de courir d'une cachette à une autre. Après tout, je portais du blanc des pieds à la tête, une couleur difficile à camoufler. Quoi qu'il en soit, personne ne sembla me remarquer, et les volets de la rue, en haut comme en bas, étaient tous fermés pour la nuit.

Je ne vis la voiture de police qu'une fois bien en face de l'ancienne maison de Marshall. Elle était garée contre la haie des voisins de Thea, qui divise leurs jardins depuis la rue jusqu'au bout du terrain. Le véhicule était garé juste derrière une autre voiture que je supposais être celle de Thea ; sous la faible lumière des réverbères, elle semblait rouge foncé ou brune. La visite que le conducteur rendait ne semblait pas tout à fait officielle ; en fait, conclus-je, Tom David Meiklejohn, dont la voiture numéro 3 était stationnée dans l'allée, était en train de bavarder à l'intérieur avec Thea, la victime du rat, alors qu'il était censé patrouiller dans les rues de Shakespeare pour protéger les veuves et les orphelins.

Au lieu de ça, il semblait que Tom David Meiklejohn jouait le garde du corps personnel d'une femme à deux doigts du divorce.

J'éprouvai le désir fugace de passer un nouvel appel anonyme à Claude Friedrich, avant de me dire qu'il serait non seulement sournois et déshonorant de le prévenir, mais aussi que la possibilité que Thea et David entretiennent une relation ne me regardait absolument pas.

Je me mis de nouveau en marche, en silence, tel un fantôme dans la rue sombre et silencieuse, passant d'ombre en ombre, perdue dans mes pensées.

Cinq minutes plus tard, je me trouvais sur Farraday. La voiture de Marshall était garée dans l'allée en gravier au coin de la maison, une petite maison plantée au milieu d'un petit terrain qui avait grand besoin de travaux de jardinage. Le loyer était définitivement un niveau en dessous de Celia Street.

Je me demandai s'il avait été difficile pour Marshall de laisser la maison Sedaka en possession de Thea.

La lumière du porche était allumée et diffusait un halo jaune, mais je traversai le jardin, contournai la maison et m'approchai de la porte de derrière, tandis que mes yeux s'adaptaient rapidement à la pénombre. Je frappai trois petits coups secs et entendis les pas rapides de Marshall.

— Qui est là ? demanda-t-il.

Lui non plus n'est pas un homme qui aime les surprises.

— C'est Lily.

Il ouvrit promptement la porte. Je montai la marche et entrai chez lui. Et malgré son discours quant à passer une soirée simplement à discuter, à la seconde où la porte se referma, il passa ses bras autour de moi et posa sa bouche sur la mienne. Je glissai mes mains sous son tee-shirt, impatiente de toucher son corps de nouveau.

Je n'eus pas le temps de m'émerveiller de ma capacité à m'envoyer en l'air sans crainte ; je n'eus pas le temps de me demander si ce que je faisais était très judicieux étant donné que je portais assez de fardeau pour deux et que Marshall n'était pas exactement ce qu'on appelle un homme libre. Mais nous prîmes le temps de mettre une protection cette fois, et j'espérai que nous n'aurions pas à payer pour cette précédente stupidité.

Par la suite, il devint pénible de ressentir les limites de ma propre peau, de me voir retourner à l'intérieur du moule dans lequel je m'étais jetée avant de venir à Shakespeare. Pour la première fois depuis des années, il était devenu étouffant plutôt que confortable.

Et pourtant, tandis que j'observais la chambre spartiate de Marshall – le matelas queen size et le sommier sur un cadre, ni tête de lit ni marchepied, la commode et la table de nuit très clairement récupérées dans un grenier –, je me sentais mal à l'aise de ne pas être dans ma propre chambre. Depuis plusieurs mois, je ne m'étais trouvée chez quelqu'un d'autre que pour y faire le ménage.

Nous étions tranquillement allongés après avoir fait l'amour, mon dos face à lui, son bras enroulé autour de moi. De temps en temps, Marshall m'embrassait dans le cou ou me caressait sur le côté. Je me sentais à la fois excitée et menacée par l'intimité de cet instant.

— Tu sais que Thea voit quelqu'un d'autre, dis-je calmement.

S'il voulait divorcer, il fallait qu'il le sache. S'il voulait se réconcilier avec Thea, il fallait qu'il le sache aussi.

— Je m'en doutais, dit-il après un long moment. Tu sais qui c'est ?

— Qu'est-ce que tu feras si je te donne un nom ?

Je me tournai pour lui faire face, tendant automatiquement la main pour remonter le drap sur ma poitrine. Avant de répondre, il tira de nouveau le drap vers le bas et m'embrassa la poitrine.

— Ne te cache pas de moi, Lily, murmura-t-il.

Je me tortillai les mains pour m'empêcher d'attraper de nouveau le drap. Marshall s'approcha encore de moi pour recouvrir les cicatrices avec son corps et, progressivement, je me détendis contre lui.

— Tu crois que je vais le traquer et le tabasser pour l'honneur de Thea ? demanda-t-il après avoir laissé passé suffisamment de temps pour me faire comprendre qu'il ne considérait pas la liaison de Thea comme une chose personnelle.

— Je ne te connais pas assez bien pour savoir ce que tu ferais.

— Thea est une bien-aimée de sa ville natale, parce qu'elle est jolie, qu'elle est née et a été élevée ici. Elle sait quand il faut se montrer charmante et rayonnante. Elle est bonne avec les enfants. Mais s'il y a des personnes que tu n'entendras pas parler de Thea avec ce respect exagéré, ce sont les hommes qu'elle a fréquentés pendant un temps – suffisamment longtemps pour coucher avec eux.

Je m'écartai légèrement pour regarder le visage de Marshall. On aurait dit qu'il avait un mauvais goût dans la bouche.

— Lily, au moment où je suis arrivé en ville, Thea avait fait le tour du peu de types du coin qu'elle avait jugés dignes d'elle. Je pense qu'elle a compris que les gens commençaient à se demander pourquoi la jolie et gentille Thea ne parvenait pas à former un couple durable avec qui que ce soit, alors elle est sortie avec moi et m'a épousé rapidement. Je n'avais pas couché avec Thea avant le mariage. Elle avait dit qu'elle voulait attendre et je respectais sa décision, mais j'ai découvert, peut-être un mois plus tard, que c'était seulement parce qu'elle ne voulait pas que je m'en aille comme les autres.

— Elle n'aime pas le sexe ? demandai-je, hésitante.

J'aurais dû être la dernière à critiquer une femme qui a des problèmes avec les hommes.

Marshall se mit à rire d'une manière qui ne semblait pas du tout amusée.

— Oh, non. Elle aime ça. Mais elle n'aime pas comme nous, on le fait, précisa-t-il en passant une main dans mon dos avant de caresser mes hanches. Elle aime faire… des trucs malsains, des trucs qui font mal. Parce que je l'aimais, j'ai essayé de me forcer, mais au final, je me sentais mal. Malheureux.

Dégradé, pensai-je.

— Et puis elle a décidé qu'elle voulait un bébé, et je me suis demandé si ça pourrait sauver notre mariage, alors j'ai essayé de le faire. Mais j'avais perdu mon intérêt, d'ici là, et… je ne pouvais pas.

Il fut pénible pour Marshall de dire la suite :

— Alors elle a commencé à m'insulter, à me ridiculiser et à se moquer de moi, toujours uniquement en privé, seulement quand personne ne pouvait l'entendre. Pas parce qu'elle se souciait de moi, mais parce qu'elle ne voulait pas que quiconque sache qu'elle était capable de dire ce genre de choses. Rentrer à la maison, c'était comme aller en enfer. Je ne pouvais plus le supporter. Je n'ai pas eu de relation sexuelle depuis six mois, Lily, mais ce n'est pas le pire, loin de là. Alors me voilà, dans ce dépotoir, à me demander comment classer ce divorce sans que Thea me prenne mon entreprise.

Je n'avais aucune réponse à lui fournir pour ses soucis d'argent. J'avais moi-même très peu d'argent disponible car j'économise sauvagement pour le jour où j'aurai besoin d'une nouvelle voiture, ou d'un nouveau toit, ou pour faire face à n'importe quelle catastrophe subite qui peut engloutir la totalité des revenus d'un ménage quand il n'est composé que d'une seule personne. Mais au moins mes finances, qu'elles soient bonnes ou mauvaises, ne dépendent que de moi, et de moi seulement. Je n'imagine pas ce que je ressentirais si je devais donner la moitié de mon affaire à quelqu'un qui avait trouvé du plaisir à me dégrader et à m'humilier.

— Tom David Meiklejohn.

Son regard était concentré sur un point très loin derrière mon épaule, vers l'horizon lugubre. Puis il tourna les yeux vers moi.

— Le flic, dit-il en plongeant ses yeux sombres dans les miens, et je hochai légèrement la tête. Je parie qu'elle adore les menottes.

J'essayai de ne pas me braquer à l'idée d'une femme menottée, mais je laissai échapper un souffle qui se transforma en petit gémissement, et qui attira instantanément l'attention de Marshall sur moi.

— N'y pense pas, Lily, dit-il paisiblement. N'y pense pas ; pense à ça.

Et sa main glissa doucement entre mes jambes, sa bouche se posa sur ma poitrine et, en effet, je pensai à tout autre chose.

— Marshall, dis-je par la suite, si tu ne l'avais pas déjà remarqué, je voulais te dire que je n'ai absolument pas à me plaindre de ta virilité.

Il rit doucement, haletant, et pendant un petit moment, nous somnolâmes tous les deux.

Mais je me réveillai peu après, inquiète et mal à l'aise. Aussi doucement que possible, je me levai et commençai à me rhabiller. La respiration de Marshall était profonde et régulière, et il changea de position pour prendre encore plus de place dans le lit maintenant que je n'y étais plus. Pendant un court instant, je me penchai sur lui, la main à quelques centimètres de son épaule. Mais je reculai. Je ne voulais pas le réveiller : je me sentais forcée de partir.

Je me glissai par la porte de derrière, en poussant le loquet pour qu'elle se ferme derrière moi.

J'avais commencé à penser, quand Marshall avait parlé de Thea, au rat mort que quelqu'un avait déposé sur la table de sa cuisine dans sa maison soignée de Celia Street. Quand je m'étais réveillée, le rat n'avait cessé de me préoccuper.

La poupée Ken, les menottes en plastique... Manifestement, les signes laissés à mon intention faisaient référence à mon passé. Le rat mort était d'un style totalement différent. Une pensée vint s'insinuer dans mon esprit comme une limace : était-il possible que Thea ait torturé des animaux dans son enfance ? Le rat faisait-il aussi référence au passé de Thea ? Je grimaçai tout en avançant dans l'obscurité. Je ne pouvais supporter la cruauté envers un être totalement impuissant.

À cette heure de la nuit, les rues étaient désertes, la ville profondément endormie. Je n'étais pas aussi prudente que d'habitude. Les seules personnes qui auraient été susceptibles de me voir à cette heure-ci étaient les deux policiers en patrouille, et je savais où se trouvait l'un des deux ; je vérifiai sur le chemin du retour, et Tom David était toujours chez Thea. Il n'était très certainement pas en service ; sinon, le central n'essaierait-il pas de le joindre ?

Je bâillai sans retenue tandis que je remontais mon allée. J'avais sorti mes clés de ma poche et m'apprêtais à quitter l'allée de garage pour me diriger vers ma porte d'entrée quand l'attaque survint. Malgré ma fatigue et mon inattention, je m'étais entraînée pour cet instant depuis trois ans.

Quand je perçus le mouvement, je fis volte-face vers l'agresseur, les clés serrées dans mon poing pour renforcer mon coup. Mais l'homme en masque de ski tenait à la main une sorte de bâton ou de manche à balai, qu'il balança sous ma garde et abattit sur mes côtes. Je dus faire un effort considérable pour rester droite et, quand mon agresseur essaya de nouveau de faire pivoter le bâton, je laissai tomber mes clés, m'emparai du manche à deux mains, levai vivement la jambe et lui envoyai un coup violent dans la poitrine – un coup pas très efficace, mais c'était le mieux que je puisse faire dans ces circonstances. Il dut effectivement lâcher le bâton, ce qui était une bonne chose, mais je titubai quand il le relâcha et le laissai moi-même tomber, et ça, ce n'était pas une bonne chose.

Mais mon coup l'avait tout de même fait reculer et j'eus le temps de me remettre en position avant qu'il se précipite de nouveau sur moi avec un grognement sauvage, tel un chien enragé.

J'étais moi aussi assez proche de cet état. En voyant le visage se ruer sur moi, enveloppé dans un masque de ski mais, sinon, totalement imprudent, je pris une profonde inspiration, avant de frapper aussi fort que possible avec mes poings ; je soufflai en me remettant immédiatement en position. L'homme cria et commença à tomber en levant les mains pour se tenir le nez, mais avant qu'il heurte le sol, je levai le genou et le frappai vivement sous le menton.

Et ce fut la fin.

Alors que je me redressais en position de combat dans la faible lumière, l'homme émit des gargouillis en roulant sur ma pelouse. Des lumières s'allumèrent dans les appartements – à défaut de long, le cri de l'homme avait été perçant – et Claude Friedrich, l'homme habitué à faire face aux urgences, jaillit derrière la clôture mitoyenne avec une rapidité plutôt étonnante pour un homme de son âge. Il avait son arme en main. Je lui jetai un coup d'œil avant de me remettre à surveiller l'homme sur ma pelouse.

Friedrich s'arrêta net.

— Qu'est-ce que vous êtes en train de faire, *bon sang*, Lily Bard ? demanda-t-il à bout de souffle.

Je relevai de nouveau les yeux sur lui et remarquai qu'il ne portait qu'un pantalon kaki. Il était plutôt pas mal.

— Ce fils de pute m'a attaquée, déclarai-je, ravie d'entendre que ma voix était égale.

— J'aurais plutôt tendance à croire le contraire, mademoiselle Lily, s'il ne portait pas un masque et que vous ne vous trouviez pas dans votre propre jardin.

Je ne vis aucun intérêt à répondre. Je restai concentrée sur la silhouette qui se tortillait en gémissant.

— J'ai l'impression qu'il est battu à plates coutures, dit Friedrich, et il me sembla détecter une touche de sarcasme. Ce que j'aimerais, Lily, c'est que vous rentriez dans votre petite maison et que vous appeliez le commissariat pour leur dire que j'ai besoin de renforts ici.

Ce que j'avais envie de faire, moi, c'était de sauter sur mon agresseur et lui asséner encore deux ou trois coups, car l'adrénaline battait encore dans mes veines et, Seigneur, il m'avait fait une sacrée peur. Mais Friedrich était plus raisonnable ; il n'y avait aucun intérêt à ce que je m'attire des ennuis. Je me redressai, laissai retomber mes mains et pris une profonde inspiration pour me détendre. Je fis un pas vers la maison et sentis un pic de douleur, assez aigu pour m'arrêter net.

— Est-ce que ça va ? demanda vivement Friedrich d'une voix inquiète.

Je découvris que ma souffrance n'était pas seulement due à mon désir de vengeance. Son premier coup avait été efficace et il avait réussi à me ratisser le visage avec ses doigts, bien que je ne me rappelle pas quand ou comment. Alors que ma fureur refluait, je sentis la douleur prendre sa place.

— Ça va aller, lui dis-je d'un ton sinistre avant de me baisser pour ramasser mes clés.

À ma grande consternation, je m'aperçus que la petite chaîne s'était brisée et que les clés étaient éparpillées autour de nous. Je ne pus en trouver qu'une, mais au moins, c'était celle de ma porte. J'entrai chez moi en boitillant et me dirigeai vers ma chambre. J'appelai le commissariat en premier. Après avoir raccroché, je laissai ma main posée sur le récepteur. Je n'avais aucune idée de ce que j'avais dit à l'opérateur du central, l'invisible Lottie. Il était maintenant 1 h 30 du matin.

Marshall m'avait fait promettre de l'appeler si j'avais des ennuis.

Je vérifiai le petit bout de papier sur lequel il avait inscrit son nouveau numéro et le composai.

— Oui ? répondit Marshall, légèrement groggy mais conscient.

— Je suis chez moi, Marshall, dis-je.

— J'ai vu que tu étais partie, répondit-il sèchement.

— Je me suis battue.

— Est-ce que ça va ?

— Pas tout à fait. Mais mieux que l'autre.

— Je suis en chemin.

Et soudain, j'entendis la tonalité.

Plus que tout, j'avais envie de m'allonger sur mon lit. Mais je savais que je ne pouvais pas. Je me forçai à me relever et retournai lentement à l'extérieur, où Claude Friedrich tenait toujours en joue le « pleurnicheur », qui avait recouvert son masque dégoulinant de sang de ses deux mains.

Je ne connaissais toujours pas l'identité de mon agresseur.

— J'imagine que vous allez devoir lui retirer son masque, Lily, dit Friedrich. On dirait qu'il n'y arrive pas.

Je me penchai péniblement en disant :

— Retirez vos foutues mains.

Il m'obéit instantanément. Je saisis le bord du masque de ski de ma main droite et tirai. Il ne se retira pas entièrement car il était retenu à l'arrière de sa tête, mais l'avant glissa suffisamment pour que je reconnaisse celui qui le portait.

Du sang coulait des narines de Norvel Whitbread.

— Tu m'as cassé le nez, salope, lança-t-il d'une voix rauque, et je pris de l'élan avec ma main pour le frapper.

Norvel recula.

— Arrêtez ! aboya le chef de la police sans la moindre trace de grondement réconfortant dans sa voix officielle, et avec un effort de volonté, je me détendis et fis un pas en arrière.

— Je sens le bourbon d'ici, dit Friedrich d'un air dégoûté. Qu'est-ce que vous faisiez quand il a surgi, Lily ?

— Je me dirigeai vers *ma* maison dans *mon* jardin, en m'occupant de *mes* affaires, répondis-je d'une manière significative.

— Oh. Comme ça, hein ?

— Comme ça, acquiesçai-je.

— Norvel, vous êtes le fils de pute le plus stupide qui ait jamais respiré, dit le chef de la police sur le ton de la conversation.

Norvel émit des gémissements et des grognements avant de vomir.

— Dieu tout-puissant, mec ! s'exclama Friedrich, avant de me regarder. À votre avis, pourquoi a-t-il fait ça, Lily ?

— Il m'a cherchée à l'église, l'autre jour quand j'y travaillais, alors je l'ai frappé, expliquai-je d'un ton neutre. J'imagine que c'est sa conception de la vengeance.

Norvel semblait s'en tenir aux outils de son métier quand il préparait une attaque. J'étais prête à parier que le bâton était le même manche à balai avec lequel il avait tenté de me frapper à l'église, mais après en avoir retiré la brosse.

Une voiture de police apparut au coin de la rue, les lumières en marche mais la sirène muette, ce dont je leur fus reconnaissante.

Une pensée me frappa et je m'accroupis à quelques pas de Norvel, qui dégageait désormais tout un tas d'odeurs déplaisantes.

— Écoutez, Norvel, est-ce que c'est vous qui avez laissé la poupée sur ma voiture, hier soir ? demandai-je.

Norvel me répondit avec un flot d'injures et d'obscénités, dont l'idée principale était qu'il ne savait pas de quoi je parlais.

— Qu'est-ce que c'est que cette histoire ? demanda Friedrich.

— D'accord, on va réessayer, Norvel, dis-je, frappée par une soudaine inspiration.

Je levais une main vers Friedrich pour lui signifier d'attendre une minute.

— Pourquoi est-ce que Tom O'Hagen est monté vous voir, le jour où Pardon a été tué ?

— Parce qu'il ne pouvait pas garder sa bite dans son froc, gronda Norvel, qui n'était pas d'humeur à garder le secret potentiellement lucratif de quelqu'un d'autre plus longtemps. Il m'a donné soixante foutus dollars pour que je dise pas à sa femme qu'il avait baisé Deedra.

Claude Friedrich s'était rapproché imperceptiblement en entendant ma question. Il explosa d'une colère froide.

— C'est un petit quelque chose que vous avez oublié de me mentionner, Norvel, n'est-ce pas ? demanda-t-il furieusement. Quand on vous mettra en cellule après un détour par l'hôpital, nous allons avoir une sérieuse conversation.

Il adressa un signe de tête à l'adjoint qui arrivait en trottinant de sa voiture de patrouille, un jeune homme que je classai dans la catégorie « garçon ».

Tandis que l'adjoint menottait Norvel et l'installait dans la voiture de patrouille, Claude Friedrich s'approcha de moi et m'observa attentivement. J'étais toujours accroupie, car je savais que j'allais souffrir pour me relever. Après avoir rangé son arme à sa ceinture, Friedrich me tendit la main. J'hésitai un instant, puis je la saisis et il tira fermement. Je me redressai avec un gémissement.

— Aucune raison de vous demander où vous étiez – oh, peut-être que je n'en ai même pas besoin, dit-il en apercevant la voiture de Marshall se garer derrière la voiture de police.

Il me lâcha la main qu'il avait retenue dans la sienne.

Marshall jaillit de la voiture à une vitesse gratifiante. Il ne me serra pas dans ses bras ni ne me prit la main ; il m'observa attentivement, comme s'il examinait un meuble à vendre et vérifiait qu'il n'avait ni éraflure ni bosse.

— Il faut qu'on aille à l'intérieur, murmura-t-il. Je ne vois pas bien, ici.

Claude Friedrich s'agita.

— Bonsoir, monsieur Sedaka, dit-il.

Marshall le regarda pour la première fois.

— Chef, répondit-il, avec un bref signe de tête, avant de revenir à son examen minutieux. Son visage saigne, dit-il pour informer Friedrich, je dois l'emmener à l'intérieur pour nettoyer les entailles et voir si elles sont profondes.

Je ressentis une forte envie de pouffer de rire. On ne m'avait pas examinée si attentivement depuis que l'école avait averti ma mère que j'avais des poux.

— Norvel Whitbread a agressé Lily, déclara Friedrich, qui commençait à avoir froid, à en juger par la chair de poule que je vis apparaître sur sa poitrine nue.

Friedrich semblait déterminé à pousser Marshall à se comporter comme un véritable petit ami, peut-être me consoler dans cette épreuve et menacer Norvel de mort.

— Je suppose que tu lui as donné une bonne raclée, me dit Marshall.

— Oui, *sensei*, répondis-je et, soudain, je laissai exploser le rire que je retenais.

Les deux hommes me regardèrent avec une telle stupeur que je rigolai de plus belle, jusqu'à être totalement secouée de spasmes.

— Peut-être qu'elle devrait aller à l'hôpital avec Norvel ?

— Oh, il doit aller à l'hôpital ? s'exclama Marshall, aussi fier que si son joueur junior le plus prometteur venait de faire un tabac sur le terrain de base-ball.

— Je lui ai cassé le nez, confirmai-je entre deux secousses qui indiquaient la fin progressive de mon fou rire.

— Il était armé ?

— Un manche à balai, je crois, répondis-je. Il est là-bas.

Le bâton avait atterri dans les petits arbustes qui entouraient ma porte d'entrée.

Friedrich alla le récupérer. Pour les preuves, supposai-je.

— Lily, dit-il de sa voix grondante en portant le bout de bois avec précaution par une extrémité. Vous devrez venir demain pour faire une déposition. Je ne vous fais pas venir ce soir. Il est tard et vous avez besoin de soins. Je peux vous emmener à l'hôpital, si vous le souhaitez.

— Non merci, répondis-je sobrement, complètement revenue de mon hilarité. Je veux vraiment rentrer chez moi.

Plus que tout, je réalisai que j'avais envie de prendre une douche. J'avais fait ma journée habituelle de travail, puis enchaîné avec mon cours de karaté, deux longues marches, du sexe et une bagarre. Je me sentais, et je l'étais sans aucun doute, faisandée.

— Alors je vous laisse, dit tranquillement Friedrich. Je suis content que vous vous en soyez bien sortie. Et je suppose que je comprendrai en arrivant au commissariat cette histoire de poupée laissée sur votre voiture ?

Je ne pus m'empêcher de lever les sourcils de façon significative en direction de Marshall. Heureusement que j'avais eu le bon sens de passer au commissariat plus tôt dans la soirée. Marshall me regarda longuement. Je souris à Friedrich :

— Oui, monsieur, répondis-je en essayant de ne pas avoir l'air suffisant. Je l'ai signalé à Tom David Meiklejohn. Il voulait lui aussi que je revienne demain pour faire une déposition.

— Vous travaillez, le samedi matin ?

— Oui, mais je serai là à midi.

— À demain alors. Bonne nuit à vous deux.

Et le policier s'éloigna à grands pas en emportant avec lui le manche à balai.

Après son départ, je sentis l'épuisement s'abattre sur moi.

— Entrons, dis-je.

Je parcourus la pelouse des yeux, faiblement éclairée par les réverbères aux coins du jardin botanique. Mon trousseau de clés s'était brisé. Heureusement, le porte-clés cassé était à moi, avec uniquement mes clés de maison, de voiture et de boîte aux lettres. Je repérai un éclat de métal dans l'herbe – mes clés de voiture. Sans réfléchir, je me penchai pour les récupérer et sentis un pic de douleur au côté qui avait reçu le premier coup. Je laissai échapper un sifflement de surprise, et Marshall, qui avait regardé partir le policier, m'aida à me relever.

Je repérai ensuite la clé de ma boîte aux lettres sur le chemin de ma porte d'entrée, et Marshall la récupéra pour moi. Il m'aida à monter les marches et à entrer.

Jusqu'à ce que je le voie jeter un regard autour de lui, j'avais oublié qu'il n'était jamais venu ici auparavant.

— Il faut aller à la salle de bains, dit-il en me faisant signe de le précéder.

Marshall me déshabilla de manière plutôt… clinique. Il commença par nettoyer les égratignures sur mon visage, y appliqua une pommade antibiotique, avant de reporter son attention sur mes côtes. Il passa ses doigts sur chacune d'entre elles, doucement mais fermement, tout en me posant des questions.

— Prends deux aspirines et appelle-moi demain matin, dit-il enfin. Je ne pense pas que tu aies quelque chose de cassé. Mais tu auras un vilain bleu et ce sera enflammé. Je vais te mettre une bande. Heureusement que c'est un alcoolique sédentaire, sinon tu serais à l'hôpital à l'heure qu'il est. Tu as été alertée ?

— Pas autant que j'aurais dû, admis-je. Il m'attendait dans le garage, avec le masque et des vêtements sombres. Mais quand même…

Ma voix s'estompa quand je compris que je n'arrivais pas à concilier mes pensées de façon cohérente. Il sortit mon kit de premiers soins de ma petite armoire à linge et me soigna pendant un petit moment.

— Je dois me doucher, dis-je. Dehors.

— Essaie de garder la bande au sec. Mets-toi de côté pour ne pas la mouiller.

— Oui, *sensei*.

— Ce soir, je dors sur ton canapé.

— C'est une causeuse. Tu ne seras pas à l'aise.

— Tu as un sac de couchage ?

— Nan. J'aime pas le camping.

— Le sol alors.

— Tu peux dormir avec moi. J'ai un lit queen size.

Je savais qu'il voulait me demander pourquoi j'avais quitté son lit un peu plus tôt cette nuit. J'étais ravie qu'il soit trop bien élevé pour insister alors que j'étais aussi fatiguée. Il m'aida à retirer le reste de mes vêtements et sortit sans ajouter un mot. Je ressentis une immense gratitude et un grand soulagement. Je fis couler l'eau de la douche et, quand elle fut assez chaude, j'y pénétrai, refermai le rideau et laissai simplement l'eau s'écouler sur moi. Après quelques secondes, j'attrapai le savon et le shampooing et me lavai aussi bien que possible avec les restrictions de Marshall. Je me rasai même sous les bras, mais il me fut trop difficile de me baisser pour atteindre mes jambes.

Quand je sortis de la douche dans la pièce pleine de vapeur et que je me brossai les dents, je commençai à me sentir de nouveau moi-même. Après la routine machinale – déodorant, crème pour le corps et soin des cuticules – j'enfilai ma chemise de nuit qui était suspendue à l'arrière de la porte. J'avais presque oublié la présence de Marshall jusqu'à ce que j'entre dans ma chambre. Je reçus un choc en voyant ses cheveux sombres sur l'oreiller à côté du mien. Il m'avait poliment laissé le côté extérieur du lit près de la table de nuit et laissé la lampe de chevet allumée. Il semblait endormi, tourné sur le côté gauche, dos à moi.

Aussi silencieusement que possible, je vérifiai les portes d'entrée et de derrière ainsi que toutes les fenêtres – ma routine nocturne – et éteignis la lampe. Je me glissai précautionneusement dans le lit, me tournai du côté droit, mon côté sans bandage, pour me trouver dos à dos avec Marshall et, malgré l'étrangeté de la présence de quelqu'un dans ma maison et dans mon lit, je fus aspirée par le sommeil comme l'eau dans la bonde de mon lavabo.

J'ouvris les yeux à 8 heures. Le réveil digital était posé juste devant moi sur la table de nuit. Je tentai de me rappeler ce qui semblait tellement différent... jusqu'à me souvenir de la nuit précédente. Je sentais une forte chaleur dans mon dos ; Marshall était serré contre moi.

Puis je le sentis remuer et il enroula ses bras autour de ma poitrine. Ma chemise de nuit était fine et je sentis sa peau pressée contre la mienne.

— Comment tu te sens ? demanda-t-il d'une voix paisible.

— Je n'ai pas encore bougé, répondis-je en murmurant.

— Tu veux bouger un peu ?

— Tu as une idée précise en tête ? demandai-je en sentant son corps réagir au contact du mien.

— Seulement si ça ne te fait pas mal…

Je me cambrai un peu plus contre lui et le sentis se serrer fermement contre moi en retour.

— On va devoir essayer, voir si ça fait mal, murmurai-je.

— Tu es sûre ?

Je me retournai face à lui.

— Sûre, dis-je.

Grâce à sa force, il parvint à maintenir son poids sur moi, et ses yeux n'exprimaient que le plaisir. Avec mon visage plein d'égratignures et mes bleus sur le côté, je trouvai ça touchant et surprenant. Je réalisai que je m'étais déjà habituée à son acceptation de mes cicatrices. Je fus donc doublement consternée quand, après nos ébats, alors que nous étions allongés côte à côte, la main dans la main, il me dit :

— Lily, je dois te parler de quelque chose.

Il avait une voix sérieuse, bien trop sérieuse.

Je sentis mon cœur se serrer.

— Quoi ? demandai-je en essayant de garder un ton désinvolte.

Je remontai le drap.

— C'est tes quads, Lily.

— Mes… *quadriceps* ? m'exclamai-je, incrédule.

— Il faut vraiment que tu les travailles, me dit Marshall.

Je me tournai pour le dévisager.

— J'ai des cicatrices sur tout l'abdomen, des écorchures sur le visage, un bleu énorme sur mes côtes, et la seule remarque que tu trouves à faire à propos de mon corps, c'est que je dois travailler mes quadriceps ?

— Tu es parfaite, à l'exception de tes quads.

— Espèce de... salaud !

Tiraillée entre l'amusement et l'incrédulité, je retirai l'oreiller sous ma tête et le jetai sur Marshall, ce qui réveilla immédiatement la douleur. Je ne pus retenir un cri et portai immédiatement une main sur mes côtes.

— Penche-toi en arrière, me pressa Marshall en se redressant pour m'aider. Penche-toi lentement en arrière... voilà. Lève un peu la tête.

Il glissa de nouveau mon oreiller sous ma tête.

— Lily, reprit-il quand il sut que le pire était passé. Lily, je te taquinais.

— Oh.

J'eus brusquement la sensation d'être une idiote.

— Bon, j'imagine que j'ai perdu ma sociabilité, désormais, dis-je après un instant.

— Lily, pourquoi tu es partie, la nuit dernière ?

— C'est juste que je me sentais agitée. Je n'ai pas l'habitude de partager du temps, ou de l'espace, avec qui que ce soit. Je n'ai pas l'habitude de me rendre chez des gens en tant qu'invitée. Tu es toujours marié. Tu as l'habitude d'avoir quelqu'un avec toi. Thea et toi étiez probablement souvent invités quelque part, non ? Mais pas moi. Je n'ai pas de rendez-vous. Je suis seulement...

J'hésitai, ne sachant pas vraiment comment caractériser ma vie au cours des dernières années.

— En roue libre ?

Je réfléchis.

— Je ne fais qu'exister, dis-je. Je vis au jour le jour, en toute sécurité. Je fais mon boulot, je paie mes factures, sans attirer l'attention. Pour qu'on me laisse seule.

— Et tu ne te sens pas isolée ?

— Pas souvent, admis-je. Il n'y a pas beaucoup de gens que j'apprécie ou pour qui j'ai du respect, donc je ne cherche pas forcément leur compagnie.

Marshall se soutenait sur un coude et son torse musclé était un régal pour mes yeux. J'y songeai de cette manière, comme un cadeau : une chose rare et rarement atteinte qui pouvait ne plus jamais arriver.

— Et qui apprécies-tu ? demanda-t-il.

J'étudiai la question.

— J'aime bien Mme Hofstettler. J'aime bien Claude Friedrich, aussi, malgré tout. Je t'apprécie, toi. J'apprécie la plupart des gens au cours de karaté, même si je ne suis pas objective avec Janet Shook. J'aime bien le nouveau médecin, la femme. Mais je ne connais pas très bien tous ces gens.

— Tu n'as pas d'amis que tu ne connais ni par le travail ni par le karaté, quelqu'un de ton âge avec qui tu... vas faire du shopping, ou manger à Little Rock ?

— Non, répondis-je d'un ton catégorique, à la limite de la colère.

— D'accord, d'accord, dit-il en levant une main apaisante. Ce n'est qu'une question. J'essaie de savoir à quel point ça risque d'être difficile.

— Assez difficile, j'en ai peur, appuyai-je en faisant un effort pour me détendre, avant de regarder de nouveau l'heure. Marshall, je n'ai pas envie de partir, mais je dois aller travailler.

— Est-ce que c'est un regain d'anti-sociabilité, ou bien tu as vraiment envie d'aller travailler ce matin ?

— Je dois vraiment aller travailler. Je dois faire le ménage au cabinet du médecin, rendre visite à

Mme Hofstettler, aller au commissariat et faire mes courses cet après-midi.

Je réussis à restreindre mes dépenses de courses en faisant une liste précise et en la suivant à la lettre pour mon unique passage hebdomadaire à l'épicerie.

— Comment tu vas faire avec tes côtes ?

— Je vais seulement faire ce que j'ai à faire, répondis-je, quelque peu surprise. C'est mon boulot. Si je ne travaille pas, je ne gagne pas d'argent. Si je ne gagne pas d'argent, je perds tout.

— Moi aussi, je dois ouvrir la salle, dit-il à contrecœur. Au moins, elle ouvre plus tard le samedi, mais je n'ai personne jusqu'à 1 heure, donc il faut que j'y sois.

— Il faut qu'on se bouge, suggérai-je, bien que je sois soudain réticente à quitter la chaleur de mon lit, imprégné de l'odeur de Marshall et du sexe.

— Est-ce que je peux t'emmener dîner, ce soir ?

J'éprouvai soudain ce sentiment pressant. Je faillis me dérober, répondre non. Mais je réalisai qu'en faisant ça, je me couperais moi-même la gorge. Marshall me lançait une bouée de sauvetage et je refusais de l'attraper.

— Bien sûr, répondis-je, consciente d'avoir l'air raide et inquiète.

Marshall m'observa.

— C'est toi qui choisis l'endroit, proposa-t-il. Qu'est-ce que tu aimes ?

Je n'avais pas mangé au restaurant depuis tellement longtemps que je ne m'en souvenais plus. Les soirs où je décide que je n'ai pas envie de cuisiner, ce qui n'arrive pas si souvent puisque j'aime cuisiner et que ça coûte moins cher que de dîner à l'extérieur, je prends à emporter et je rentre chez moi.

— Hum, dis-je en puisant dans un vieux souvenir. J'aime la nourriture mexicaine.

— Super, moi aussi. On ira à El Paso Grande à Montrose.

Montrose était la grande ville la plus proche de Shakespeare, là où les habitants de Shakespeare faisaient la majorité de leurs courses quand ils ne voulaient pas conduire une heure et demie jusqu'à Little Rock.

— D'accord.

Je me redressai prudemment et basculai mes jambes sur le côté du lit. Je me mordis la lèvre et me figeai, essayant de trouver le courage pour me lever et me brosser les dents. Je voulais que Marshall ignore mon effort, ce qu'il fit miraculeusement ; il me laissa prendre mon temps et me lever toute seule. Je me dirigeai d'un pas raide vers la salle de bains pour me débarbouiller au lavabo et me brosser méticuleusement les cheveux et les dents. Je me maquillai rapidement mais soigneusement, en espérant réussir à camoufler les égratignures. Je tournai la tête des deux côtés pour m'examiner dans le miroir, et jugeai que j'avais bien meilleure mine.

Mais j'avais toujours l'air d'une femme qui s'était bagarrée.

Je sortis de la salle de bains, le pas toujours aussi raide, pour laisser la place à Marshall.

Le temps qu'il émerge de nouveau, douché et après s'être lavé les dents avec une brosse neuve que j'avais posée sur le lavabo (le dentiste m'en donne une nouvelle chaque fois que je vais le voir, mais c'est une marque que je n'aime pas), j'avais réussi à enfiler les vêtements bon marché que je portais pour travailler : un jean large et un vieux sweat-shirt de l'université rouge foncé aux manches évasées. Incapable de me débrouiller pour mettre des chaussettes, j'avais donc glissé mes pieds dans des mocassins au lieu de mes habituelles chaussures de sport.

Marshall ouvrit la bouche pour dire quelque chose, s'interrompit, sembla réfléchir et se résolut enfin à dire :

— Je passe te prendre à 18 heures ?

J'étais ravie qu'il ait laissé tombé tout le tralala que je redoutais, à savoir : « Tu es certaine que tu vas y arriver ? Pourquoi est-ce que tu ne te porterais pas malade aujourd'hui ? Laisse-moi t'aider. »

— Bien sûr, répondis-je en lui souriant pour lui exprimer ma reconnaissance.

— À tout à l'heure alors, dit-il rapidement avant de sortir pour monter dans sa voiture, toujours garée légèrement de travers devant la maison.

Lentement mais sûrement, je rassemblai les affaires dont j'avais besoin pour la journée et me rendis en voiture jusqu'au cabinet du médecin. Comme d'habitude, je me garai sur la zone pavée derrière le bâtiment, réservée au médecin et aux employés. Je remarquai, sans y accorder grand intérêt, que la voiture du Dr Thrush se trouvait là également. Le Dr Thrush était récemment arrivé en ville et j'avais commencé le ménage pour elle seulement trois semaines auparavant.

Je me servis de ma clé et montai, inconfortablement, le haut perron. Carrie Thrush passa sa tête à l'extérieur de son bureau, les sourcils froncés en signe d'inquiétude.

— Oh, merci mon Dieu, c'est vous, Lily ! s'exclama le médecin. J'avais oublié que c'était l'heure où vous arriviez.

Puis, alors que je me dirigeais vers le bout du couloir, son sourire de soulagement se transforma en expression préoccupée.

— Bon Dieu, mais qu'est-ce qui vous est arrivé ?

— Je me suis battue, cette nuit, répondis-je.

— Dans un bar ?

Le jeune médecin semblait ébahi, ses sourcils sombres levés au-dessus de ses yeux tout aussi sombres.

— Non, un type m'a sauté dessus dans mon jardin, précisai-je rapidement, en lui expliquant uniquement parce qu'elle me l'avait demandé d'un air véritablement préoccupé.

Je n'avais vraiment pas beaucoup d'énergie à déployer, aujourd'hui, il fallait donc que je me concentre sur ma tâche à accomplir. J'ouvris la porte des toilettes réservées aux patients dans le couloir. C'était la pire de toutes les pièces, c'est pourquoi je commençais toujours par là. J'avais le fort pressentiment qu'entre mes heures de ménage, le Dr Thrush passait tous les matins elle-même un petit coup. Sinon, les toilettes seraient encore plus sales. J'enfilai mes gants et me mis au travail.

Je nettoyai l'espace où les patients déposaient leurs échantillons d'urine, puis la poignée de la petite porte du labo. Je disposai une serviette propre pour le prochain échantillon de patients. Je me souvins que je n'avais pas testé l'imperméabilité de cette paire de gants en caoutchouc, et me rappelai de le faire en rentrant chez moi. La dernière chose dont j'avais besoin, c'était d'attraper un microbe ici.

Soudain, je pris conscience que le Dr Thrush m'observait depuis l'entrée de la pièce.

— Vous ne pouvez certainement pas travailler dans ces conditions ! s'exclama Carrie Thrush.

Elle a une voix ferme qu'elle prend, selon moi, pour que les gens aient bien conscience qu'elle est vraiment médecin. Carrie Thrush est plus petite que moi. Dodue, elle a un visage rond avec une mâchoire déterminée, des sourcils non épilés et des cicatrices d'acné. Ses cheveux, qui lui arrivent au menton, sont coiffés derrière ses oreilles. Ses yeux sombres, ronds et plein d'assurance sauvaient le médecin de la banalité. Je lui donnais une petite trentaine d'années, comme moi.

— Bien sûr que si, répondis-je puisqu'elle attendait visiblement une réponse.

Je n'étais pas d'humeur à discuter. Je répandis du détergent en poudre dans l'évier et humidifiai l'éponge pour le récurer. Je serrai les lèvres pour exprimer ce que j'espérais être une moue résolue.

— Est-ce que je peux jeter un simple coup d'œil à vos côtes ? C'est bien le problème, n'est-ce pas ? Vous êtes dans un cabinet médical après tout.

Je continuai à frotter, mais mon bon sens finit par vaincre ma fierté. Je reposai l'éponge, retirai mes gants et soulevai mon tee-shirt.

— Oh, quelqu'un vous a mis un coup, je vois. Bon, laissez-moi juste retirer ça...

Je dus subir un nouveau questionnaire, tout ça pour entendre un vrai médecin me dire exactement la même chose que Marshall, à savoir que je n'avais aucune côte brisée mais que ce bleu et la douleur qui allait avec risquaient de durer un certain temps. Bien sûr, Carrie Thrush vit les cicatrices et serra les lèvres, mais ne posa aucune question.

— Vous ne devriez pas travailler, dit-elle. Mais je sens que rien de ce que je pourrais vous dire ne vous en empêchera, donc allez-y, je vous laisse vous y remettre.

Je clignai des yeux. Voilà qui était reposant. Je commençai à apprécier de plus en plus Carrie Thrush.

Faire le ménage à la Clinique de Shakespeare était une tâche exaspérante à cause du papier. Le papier était le fléau du cabinet. Des formulaires en trois exemplaires, des formulaires de facturation, des historiques médicaux de patients, des rapports de labo, des formulaires d'assurance, Medicare, Medicaid – ils étaient empilés partout. Je devais respecter chaque pile comme une entité, les soulever pour nettoyer en dessous et les reposer à la même place ; le bureau que se partageaient la réceptionniste et l'assistante était donc en soi une mine terrestre. Comparé au bureau, la salle d'attente et les salles d'examen étaient une véritable promenade de santé.

Pour la première fois, je fus frappée par l'évidence que quelqu'un devait également nettoyer tout ça plus d'une fois par semaine. Je ruminai cette idée tout en passant l'aspirateur. Nita Tyree, la réceptionniste ? Je ne parvenais pas à imaginer Nita accepter cela comme faisant partie de son travail. Je la connais à peine, mais je sais qu'elle a quatre enfants, dont deux sont suffisamment petits pour être à la crèche du Centre Communal de Shakespeare. Nita quitte donc le travail dès que le dernier patient passe la porte, peu importe ce qui se trouve sur son bureau.

Gennette Jinks, l'infirmière, c'était hors de question. Je m'étais retrouvée derrière elle à la caisse de la supérette pas plus tard que la semaine précédente et avais entendu (comme tout le monde dans un rayon de deux mètres) combien il était difficile de travailler pour une femme, la manière dont la jeune Dr Thrush n'acceptait pas la sagesse qu'elle (Gennette) avait acquise avec toutes ses années d'expérience, à tel point que j'avais fait la sourde oreille et lu, à la place, les gros titres des tabloïds, qui me semblaient avoir une bien plus grande vertu divertissante.

La femme de ménage clandestine et hebdomadaire devait donc être le bon docteur lui-même. J'avais empilé les factures. Sans le vouloir, je savais combien le médecin devait encore pour sa formation, et j'avais le sentiment que, certaines semaines, il devait être difficile pour Carrie de me payer moi, sans parler de Gennette et Nita.

Je tournai et retournai ça dans ma tête tout en continuant de nettoyer, après avoir fait la poussière et passé l'aspirateur autour du médecin qui était restée assise à son bureau ; les papiers, omniprésents, occupaient chaque centimètre de surface disponible.

Une fois que tout fut étincelant et sentait le propre, sinon le frais, je passai la tête dans le bureau et lançai un au revoir.

— Oh, laissez-moi vous faire votre chèque, dit le Dr Thrush.

— Non.

— Comment ?

Carrie Thrush s'interrompit, le stylo suspendu au-dessus du carnet de chèques.

— Non. Vous m'avez examinée, appelons ça un échange de bons procédés.

Il était certain que ça allait à l'encontre des règles d'autres médecins, mais j'étais tout aussi certaine que mon offre allait tenter mon employeur. Et j'avais raison. Carrie Thrush m'adressa un large sourire avant de dire :

— Dieu merci ! Pas de papier à remplir.

— Dieu merci, pas d'assurance à déposer, répondis-je avant de partir, avec le sentiment que Carrie Thrust et moi, médecin et femme de ménage, commencions à avoir, sinon une amitié, au moins un début de relation.

9

Mon flanc meurtri me faisait de plus en plus mal à mesure que la journée du samedi avançait. Je me déplaçai chez Mme Hofstettler à la vitesse d'un escargot, mais elle était dans l'un de ses mauvais jours et ne sembla pas le remarquer. Je me demandai ce que ça serait de me sentir ainsi pendant plusieurs jours d'affilée et de savoir avec certitude qu'il en serait ainsi pour le restant de ma vie.

Puis je me rendis au commissariat pour faire ma déposition. Je supposai que l'homme qui s'occupa de moi était un inspecteur, puisqu'il ne portait pas d'uniforme. Il me dit s'appeler Dolph Stafford et être rudement content de me rencontrer. Il me regarda du coin de l'œil et je détectai de la pitié dans sa politesse exagérée. Je savais que lui aussi avait entendu mon histoire passée, que je traînais partout où que j'aille comme l'albatros autour du cou de l'Ancien Marin.

Alors que je relatais tristement les détails de la poupée Ken et de l'agression de Norvel, je réfléchis à un autre problème. Maintenant que mon passé était révélé, devais-je déménager ? Avant, la réponse avait toujours été « oui ». Mais j'habitais à Shakespeare depuis quatre ans maintenant, plus longtemps que n'importe où depuis que j'avais été violée. Pour la première fois, je me demandais si je ne devais pas faire avec. Cette idée me traversa l'esprit, et finit par s'y installer. Quand Dolph Stafford me congédia, je rentrai chez moi pour m'allonger, cédant finalement à la douleur. J'allais seulement devoir faire mes courses dimanche ou lundi.

La douleur n'était pas la seule raison de ma réticence à me rendre au supermarché. Je savais qu'à l'heure qu'il était, l'agression de Norvel avait fait le tour de la ville, et je ne voulais tout simplement pas affronter de regards compatissants ou de questions horrifiées.

Carrie Thrush m'avait glissé quelques échantillons de comprimés antidouleur quand j'avais quitté son bureau. D'habitude, j'aurais réfléchi à deux fois avant de prendre du Tylenol, mais j'aspirais vraiment au soulagement que les pilules pouvaient me procurer.

J'avalai deux comprimés avec un peu d'eau et m'apprêtai à quitter la cuisine pour aller me détendre sur mon lit quand j'entendis frapper à la porte.

Je faillis décider de l'ignorer. Mais c'était le genre de toc-toc-toc rapide qui vous dit que le visiteur est à la fois impatient et obstiné. J'étais déjà irritée en m'approchant de la porte pour regarder par le judas, donc quand je découvris que le visiteur était mon employeur intermittent, le révérend Joel McCorkindale, je n'en fus que plus contrariée. J'ouvris la porte à contrecœur.

Le sourire « ravi de vous voir, ma sœur » du pasteur s'évanouit quand il découvrit les éraflures sur mon visage et la façon malaisée dont je me tenais.

— Puis-je entrer ?

Il se contentait judicieusement d'une compassion pleine de dignité.

— Rapidement.

Acceptant l'invitation sans sourciller, McCorkindale passa le pas de la porte et inspecta ma petite propriété.

— Tout à fait charmant, dit-il avec une grande sincérité.

Je me rappelai à moi-même que je devais être prudente. Sincérité était le deuxième prénom du révérend McCorkindale.

Je ne lui proposai pas de s'asseoir.

Ça aussi, il l'assimila sans commentaire.

— Mademoiselle Bard, commença-t-il quand il eut pris la mesure de mon attitude, je sais que Norvel Whitbread et vous avez eu un conflit de personnalité – là, je reniflai – depuis que vous avez eu à travailler ensemble à l'église. Je veux que vous sachiez que je suis extrêmement perturbé par la stupidité dont il a fait preuve la nuit dernière, et je veux que vous sachiez que Norvel lui-même est vraiment, vraiment désolé de vous avoir fait si peur.

J'avais gardé les yeux baissés en attendant impatiemment la fin de son blabla, car mon lit semblait s'être doté d'une voix qui m'appelait de plus en plus fort. Mais je relevai les yeux sur Joel McCorkindale.

— Je n'ai jamais eu peur, dis-je. J'étais furieuse, oui, mais pas effrayée.

— Eh bien, c'est... tant mieux. Alors, il s'excuse de vous avoir fait mal.

— Je lui ai cassé la gueule.

Le pasteur rougit.

— Il offre vraiment un bien triste spectacle aujourd'hui.

Je souris.

— Venez-en au fait, l'incitai-je.

— Je suis venu vous demander, très humblement, si vous pouviez envisager d'abandonner les charges contre Norvel. Il a honte. Il sait qu'il n'aurait pas dû boire. Il sait qu'il est mal, très mal, d'être rancunier. Il sait que c'est contre les commandements de Dieu de nuire à une autre personne, surtout à une femme.

Je fermai les yeux, en me demandant seulement s'il s'écoutait parler.

Le mauvais côté, songeai-je tandis que McCorkindale s'étalait sur l'angoisse mentale de Norvel, c'est que si je n'avais pas vécu l'expérience qui avait changé ma vie, j'aurais pu être tentée d'écouter ces conneries.

Je levai une main pour lui intimer de se taire.

— Je vais le poursuivre aussi loin que la loi le permet, déclarai-je d'un ton catégorique. Je me fiche de savoir si vous me réembaucherez ou non. Vous saviez qu'il buvait de nouveau depuis des semaines ; vous deviez le savoir. Vous savez que quelles que soient les convictions qu'il a exprimées, elles s'évanouiront à la vue de la prochaine bouteille. C'est sa religion. Je n'ai jamais pu comprendre pourquoi vous le gardiez alors que c'était évident pour quiconque prenait la peine de regarder. Peut-être qu'il a quelque chose sur vous. Je ne sais pas et je m'en fiche. Mais je n'abandonnerai pas les charges.

Il prit ça bien, comme l'homme perspicace qu'il est. Il détourna les yeux d'un air pensif, comme s'il tournait quelque chose dans sa tête.

— Lily, je dois vous dire que certains membres de notre petite église ont pensé la même chose à votre sujet. Ils se sont demandé pourquoi je vous gardais. Vous savez, Lily, vous n'êtes pas la tasse de thé de tout le monde.

Je ressentis une vive envie de rire. Les médicaments faisaient indubitablement leur effet.

— Vous êtes une femme mystérieuse et violente, insista-t-il. Certaines personnes m'ont demandé si vous devriez toujours travailler à Shakespeare, ou du moins dans notre petite église.

— Je me fiche de travailler dans votre petite église ou non, répliquai-je. Mais je vous préviens, si je vous surprends à faire pression sur mes employeurs pour me virer parce que je suis « mystérieuse et violente », je vous poursuis en justice. Ceux que ça intéresse peuvent jeter un œil sur mon passé. Et quant à ma « violence », montrez-moi une liste de bagarres que j'ai commencées, ou les fois où je suis allée en prison, et je serais vraiment très intéressée de la lire.

Honteuse de moi-même de lui offrir la moindre défense face à des accusations qui étaient indéfendables, je fis signe au pasteur de sortir et verrouillai fermement derrière lui.

Mon lit était désormais en train de hurler, et je n'ai jamais pu ignorer un hurlement. Je remontai le couloir et ne remarquai même pas la douleur quand je m'affalai sur le lit.

Quand je me réveillai, il y avait un mot posé sur ma table de nuit.

J'aurais été obligée d'admettre, si le révérend McCorkindale avait été là, que *ça*, ça m'effrayait.

Le mot venait de Marshall ; je reconnus son écriture minuscule et anguleuse.

« Je suis venu à 6 heures pour t'emmener dîner à Montrose. J'ai frappé pendant cinq minutes, tu es venue m'ouvrir. Tu m'as fait entrer, tu es retournée dans ton lit et tu t'es rendormie. Je me suis inquiété jusqu'à ce que je trouve l'enveloppe avec écrit dessus "pour la douleur". Appelle-moi quand tu te réveilles. Marshall. »

Je la relus deux fois tandis que je me remettais de ma frayeur.

Je regardai mon réveil. Il indiquait 5:00. Hmm. Je roulai sur le côté, quelque peu prudemment, pour sortir de l'autre côté du lit. Je jetai un coup d'œil à travers les lames du store. Il faisait noir, à l'extérieur. Il était 5 heures du matin.

— Bon sang, dis-je, impressionnée par les comprimés du Dr Thrush.

Je fis quelques pas dans la chambre et fus heureuse de découvrir que je me sentais beaucoup mieux après ce long repos. Le pire de la douleur semblait s'être dissipé. Je fus inquiète d'avoir laissé Marshall entrer. Avais-je eu conscience que c'était Marshall, sur le coup ? Est-ce que j'aurais laissé entrer n'importe qui ? Dans ce cas, heureusement que personne d'autre n'avait frappé. Ou peut-être bien que si ?

Soudain angoissée, je fis le tour de la maison. Tout se trouvait exactement à la même place que la veille ; le seul rajout était le mot de Marshall et l'enveloppe avec les pilules, qui en contenait toujours deux.

Après l'avoir rangée avec un grand respect, je préparai du café en me demandant ce que j'allais faire de ma journée. Le dimanche est mon jour de congé, non pas parce que c'est le jour du Seigneur, mais parce que du point de vue de mes employeurs, c'est le jour le moins désirable pour faire le ménage. Et puis j'ai l'impression que je mérite bien un jour entier de repos par semaine. D'habitude, je fais le ménage dans ma propre maison, ou bien je tonds ma pelouse le matin. J'arrive chez Body Time à l'ouverture des portes, à 13 heures. Je reste souvent pendant deux heures avant de rentrer chez moi faire la cuisine pour la semaine. Je loue une vidéo chez Rainbow Video (« Le Cinéma à travers le Spectre ») et, de temps en temps, j'appelle mes parents.

Puisque je m'étais levée aussi tôt, et puisque la semaine entière avait été inhabituelle, d'une certaine manière, rien de tout cela ne me semblait très attrayant.

Après avoir parcouru le *Sunday Little Rock*, obligée de contourner les histoires de femmes battues, d'enfants négligés et de personnes âgées affamées et abandonnées pour atteindre les articles que je voulais réellement lire (et qui se résumaient à des récits au sujet d'animaux de compagnie dangereux qui s'étaient échappés – cette semaine, un boa constrictor –, à la politique et au sport), je m'habillai avec précaution en espérant ne pas réveiller la douleur en me penchant. Pour mon plus grand plaisir, il n'en fut rien. J'étais toujours sensible et il était toujours douloureux de me pencher de certains côtés, mais rien à voir avec le jour précédent.

Bon, très bien alors. Je devais simplement réprimer ces sentiments rebelles, ce mécontentement.

Ma maison avait besoin d'être nettoyée.

J'enfilai mes gants en caoutchouc avec ce qui ressemblait fortement à du plaisir. Il me vint à l'esprit d'appeler Marshall, ou de profiter de l'aube pour aller jusque chez lui et partager de nouveau son lit ; mais je chassai ces pensées. Il était dangereux de compter sur lui, de penser que ma vie avait considérablement changé. Je me surpris à regarder mes gants avec nostalgie, en pensant aux plaisirs du sexe avec Marshall, aux merveilles de son corps, à l'excitation de se sentir désirable.

Mais je me mis sérieusement au ménage.

C'est une petite maison, qui n'est de toute façon jamais très sale, et je la connais par cœur. En une heure et demie, au moment où le reste du monde était en train de se réveiller, mon intérieur reluisait et j'étais impatiente de prendre une douche.

Un léger coup retentit à la porte de derrière tout juste quand j'y posais le premier pied. J'enfilai mon peignoir blanc en jurant et me dirigeai d'un pas feutré vers la porte. Je jetai un coup d'œil par le judas. Marshall me regardait. Je soupirai, sans savoir si j'étais heureuse de le voir ou désolée qu'il continue d'entretenir mon désir. Je déverrouillai la porte.

— Si tu continues de faire ça, dis-je d'un ton catégorique, je vais penser que tu m'aimes vraiment bien.

— Bonjour à toi aussi, répondit-il, les sourcils levés avec surprise. Tu es consciente, cette fois ?

— Pourquoi tu ne viendrais pas avec moi sous la douche pour le découvrir ? lançai-je par-dessus mon épaule tout en retournant vers l'eau chaude qui continuait de couler.

Il s'avéra que j'étais totalement consciente.

Alors qu'il m'embrassait et que l'eau s'écoulait sur nous, j'eus la sensation terrifiante que je voulais sauver cet instant, qu'il était précieux. Je connaissais l'erreur inhérente au fait de planifier quoi que ce soit de durable, je savais que la dégradation que j'avais subie m'avait transformée à jamais, et ça me faisait peur.

Plus tard, je lui prêtai mon peignoir et en enfilai un autre, fin et soyeux, puis nous regardâmes ensemble un vieux film sur le câble. Je déposai une grappe de raisin dans un bol entre nous sur la causeuse, nous rapprochâmes le repose-pied et passâmes un bon moment à apprécier les acteurs et à rire de l'intrigue. Vers midi, quand le film toucha à sa fin, je me levai pour remettre le raisin au réfrigérateur. À travers les stores ouverts du salon, je remarquai une voiture rouge vaguement familière qui roulait très lentement.

— Qui est-ce, Marshall ? demandai-je vivement, alors que le monde extérieur nous rattrapait trop brutalement.

Il fut rapidement sur ses pieds et s'approcha de la fenêtre.

— C'est Thea, déclara-t-il.

Il avait la voix tendue de rage contenue.

— C'est pas la première fois qu'elle rôde dans le coin.

C'est la voiture qui était passée le jour où Marshall m'avait embrassée dans le garage. Je l'avais aperçue plusieurs fois au cours des derniers jours.

— Merde, Lily, reprit-il, je suis désolé. J'aurais aimé que le divorce soit déjà prononcé. Aucun juge ne veut croire, avec sa beauté du Sud, de quoi elle est capable.

J'étais toujours en train de regarder par la fenêtre, perdue dans mes pensées, quand les York apparurent, à pied. Alvah et T.L. se tenaient la main et avançaient plutôt lentement, vêtus de leurs habits de tous les jours. Ils étaient en train de manquer l'église, un événement pour le moins incroyable.

Mais j'étais moins surprise que je ne l'aurais été quelques jours auparavant. La semaine qui venait de passer avait été remplie de comportements atypiques de la part de presque toutes mes connaissances, y compris moi-même.

Avec ses petits discours, Pardon avait tout fait pour se faire assassiner.

Les York, intègres et pratiquants, avaient été égarés par le viol de leur petite-fille.

Norvel Whitbread s'était montré sous son vrai jour après deux années d'hypocrisie.

Tom O'Hagen avait trompé Jenny O'Hagen.

Deedra Dean avait vu un cadavre.

Claude Friedrich s'était montré négligent avec un rapport.

Carlton Cockroft avait révélé un intérêt totalement inattendu pour sa voisine.

Marcus Jefferson avait reçu son fils dans son propre appartement.

Marie Hofstettler avait eu un entretien avec la police.

Le révérend Joel McCorkindale m'avait rendu visite chez moi.

Marshall Sedaka s'était personnellement intéressé à l'un de ses élèves.

L'un de ses élèves lui avait totalement rendu son intérêt.

Quelqu'un avait fait rouler un corps dans le jardin botanique.

Quelqu'un d'autre avait déposé des menottes à mon intention ; tué un rat ; laissé une poupée Ken peinte sur le capot de ma voiture.

— Globalement, dis-je en me tournant vers Marshall, il serait difficile de faire mieux que la semaine dernière.

— On peut tenter le coup, proposa-t-il, avant d'être surpris de me voir rire.

— Laisse-moi te raconter ce qui s'est passé lundi dernier, dis-je et, pour la première fois, je racontai à Marshall ce que j'avais vu pendant ma promenade nocturne.

— Tu as vu le meurtrier ?

— J'ai vu la personne jeter le corps.

Marshall réfléchit à mon récit.

— Je peux comprendre pourquoi tu n'as pas voulu le dire à la police, finit-il par dire. Parce qu'on a utilisé ton chariot. Et puisqu'ils n'ont encore arrêté personne, tu pourrais te mettre en danger.

— Comment ça ?

— Le tueur pourrait croire que tu en as vu plus que ce que tu as réellement vu, expliqua Marshall. Du moins, c'est ce que font toujours les tueurs dans les films. Ils s'en prennent toujours à la personne qui sait quelque chose, que ce soit vrai ou non.

— Ouais, mais c'est dans les films. C'est Shakespeare, là.

Je réalisai soudain ce que je venais de dire et me mis à rire. Marshall me jeta un regard prudent ; je dus m'expliquer.

— Lily, je pense que plus tôt la police arrêtera le coupable, mieux ce sera pour toi.

— C'est pas moi qui vais te contredire.

— Alors on n'a qu'à se concentrer sur la recherche de l'identité de celui qui vous joue des tours, à Thea et à toi.

Quelque chose dans sa voix me mit en alerte.

— Est-ce qu'il lui est arrivé autre chose ? demandai-je.

— Elle m'a appelé vers 6 heures ce matin. Quelqu'un est venu peindre « salope » sur la porte de derrière.

— Vraiment.

Marshall sembla légèrement surpris devant mon manque d'indignation.

— Donc, Marshall, est-ce que tu es venu ici pour profiter de ma compagnie ou pour voir si tu allais me surprendre en train de revenir chez moi avec une bombe de peinture à la main ?

Marshall ferma les yeux et prit une profonde inspiration.

— Lily, je pense que si tu étais en colère contre Thea, tu la mettrais au défi de se battre avec toi, ou bien tu l'ignorerais jusqu'à la fin de ta vie. Je n'arrive pas à t'imaginer en train de rôder dans le noir et peindre à la bombe la porte d'une femme.

Mais je n'étais pas certaine qu'il en soit convaincu au plus profond de lui. N'y avait-il pas eu un instant, un vacillement, de quelque chose d'autre – de soulagement – quand je l'avais mis au défi ?

Je me laissai tomber sur l'accoudoir et le regardai intensément.

— Je ne sais pas si je suis en faute, si je suis trop sur la défensive, ou si Thea a miné ta confiance dans ton propre jugement, à tel point que tu ne fais plus confiance en tes propres instincts.

Marshall ne fut pas prompt à répondre, et j'en fus satisfaite. Je voulais qu'il y réfléchisse.

— Peut-être un peu des deux, répondit-il enfin. Allez, c'est presque l'heure de l'entraînement.

Alors que j'enfilais mon vieux pantalon de survêtement gris et un tee-shirt bleu foncé, je réfléchis au fait qu'il était tout à fait disposé à coucher avec moi même s'il ne m'avait pas exactement accordé de vote vibrant de confiance. Est-ce que cela voulait dire qu'il était tellement enchanté d'avoir retrouvé sa virilité qu'il se fichait tout simplement de savoir si je tourmentais sa femme ?

Les relations entre homme et femme ressemblent trop souvent à la fouille d'un champ de mines, songeai-je avec un certain dégoût. Marshall m'attendait dans le salon. Il faisait les cent pas en tenue de sport, un pantalon de survêtement bleu et un tee-shirt marron à l'effigie de Body Time.

C'était étrange pour moi de me tenir dans le couloir, de regarder Marshall étirer son corps merveilleux et de pouvoir ressentir une vague de désir sexuel, de pouvoir aimer la façon dont il n'avait pas cillé en écoutant la terrible histoire que je lui avais racontée. Malgré tout, je me détournais de lui de temps à autre.

C'était le cas à ce moment-là.

Nous n'échangeâmes pas grand-chose pendant le trajet, mais la perspective de faire avec Marshall quelque chose que nous aimions tous les deux me plaisait et me détendit.

Quand nous entrâmes, Janet Shook se trouvait sur le tapis roulant. Elle écarquilla les yeux. Elle faisait clairement le rapprochement dans sa tête. Je lui adressai un signe désinvolte de la main. Marshall échangea quelques mots avec Derrick, qui avait fait l'ouverture à sa place, puis nous organisâmes notre entraînement. C'était la journée des jambes – pas ce que je préférais – mais l'entraînement me parut moins pénible avec de la compagnie.

Il était très pratique et très agréable d'avoir Marshall pour régler les poids et me les disposer comme il faut ; il était tout aussi agréable d'être capable de lui retourner la faveur.

Les personnes qui, jusque-là, ne m'adressaient toujours qu'un simple signe de tête, s'approchèrent pour me parler, étant donné que j'étais avec Marshall. Bien sûr, tout le monde le connaissait. Et je découvris qu'ils savaient également qui j'étais : ils m'appelèrent tous Lily. Même si mon visage égratigné me valut quelques regards en biais, personne ne mentionna Norvel Whitbread.

Ceci aussi était agréable, mais je découvris qu'après l'échange des salutations, je n'avais rien à dire. Je me contentai de les écouter bavarder avec Marshall. Marshall, c'est une sorte de café du commerce. Tous ceux qui l'approchaient avaient un potin ou une nouvelle à rapporter et semblaient pouvoir parler librement devant moi. Je me demandai pourquoi.

Je découvris, alors que la deuxième commère d'affilée y faisait référence, que j'avais la réputation d'être une tombe. Je fus surprise de penser que les gens pensaient seulement à moi, mais j'aurais dû m'en souvenir : dans les petites villes, impossible d'avoir une vie invisible.

Malgré les élancements dans mes côtes, j'avais achevé une série de pressions de cent cinquante kilos quand Brian Gruber, un des cadres de l'usine de fabrication de matelas, l'un des plus gros employeurs de Shakespeare, se glissa vers Marshall au cours de la séance d'entraînement pour lui murmurer quelque chose à l'oreille. Marshall l'écouta d'un air sombre en hochant la tête sèchement plusieurs fois d'affilée. C'était sans le moindre doute une conversation d'homme à homme, et je fis donc une série supplémentaire pour les laisser finir. Après tout, Marshall avait dit que j'avais besoin de travailler mes quadriceps.

Quand j'eus fini, je restai allongée, haletante. Brian s'éloigna pour travailler ses biceps tandis que Marshall ajoutait près de quinze kilos de chaque côté pour sa série de jambes, l'air pensif et sinistre. Quand je m'approchai de lui, il évita mon regard. J'attrapai ma serviette-éponge et commençai à me tamponner le front.

Que je sois maudite si j'allais lui poser la question.

Marshall se mit en position. Il posa ses pieds sur la planche de pression et les aligna soigneusement. Il poussa légèrement pour prendre la mesure des barres, qu'il repoussa simultanément sur le côté. Puis il grimaça sous l'effort et commença sa série. Peut-être essayait-il de me faire me sentir comme son égale ; cent cinquante était mon poids maximum, et je savais que Marshall pouvait soulever le double. J'attendis froidement qu'il ait fini sa série. Il me fit signe pour que je m'accroupisse à côté de lui.

Voilà donc la mauvaise nouvelle.

— Brian a entendu Thea dire à tout le monde dans son Église qu'elle allait me presser le citron. Mais il m'a aussi rapporté la même chose que toi – qu'elle a de la compagnie, la nuit, et ça je l'utiliserai contre elle au tribunal.

— Toi aussi, tu as eu de la compagnie.

Je vis le sang quitter son visage.

Je me relevai et me couvris le visage avec la serviette, comme si j'étais trempée de sueur alors qu'en réalité, j'étais déjà rafraîchie. Je devais remettre mon masque d'indifférence. Je ressentis une forte envie de ramasser mon sac de sport et de partir sans un mot, mais ce serait une réaction lâche.

Je me tournai dos à l'appareil et observai une belle adolescente qui semblait s'amuser comme une folle à montrer à Bobo Winthrop combien il lui était difficile de faire des développés-couchés avec deux haltères de cinq kilos. Bobo leva la tête vers moi et ses yeux s'agrandirent quand il remarqua mon expression contrite. Avec la bouche, il forma les mots *ça va ?* Je hochai la tête. Puis la fille sur le banc lui dit quelque chose pour attirer son attention. Je détournai les yeux pour que Bobo ne croise plus mon regard et ne se sente pas obligé de venir me parler.

Je sentis des mains se poser sur mes épaules et j'eus une secousse nerveuse, tel un cheval qui essaye de déloger une mouche.

— Bon, il faut que je trouve une autre stratégie, alors, dit calmement Marshall.

Il commença à retirer les quinze kilos qu'il avait ajoutés.

— Laisse-les, dis-je.

Je me mis en position, fixai mes pieds, repoussai les bretelles sur le côté et commençai à pousser.

Je parvins à faire cinq répétitions avant de pouvoir dire qu'une sérieuse douleur commençait à se faire sentir.

Pour finir, nous fîmes trois séries, de trente chacune, de mouvements et de levés de jambes dans la salle d'aérobic. Quand nous nous assîmes pour faire une pause, je lui dis ce que je pensais qu'il attendait de moi :

— Je pense qu'on ne devrait plus se voir jusqu'à ce que tu sois vraiment divorcé. Thea est instable ; elle a des problèmes au travail et chez elle. Il n'y a aucun intérêt à lui rendre les choses plus difficiles, car ça ne fera qu'empirer les choses pour toi à long terme… la répartition des biens et tout ça.

— Je ne veux pas qu'une femme malade comme elle me dicte ce à quoi ma vie ressemblera, dit Marshall.

Il paraissait sérieux, mais aussi soulagé. Je pouvais difficilement le lui reprocher ; j'avais travaillé dur pour ce que j'avais, moi aussi.

— Et puis il y a cette histoire de tours morbides, repris-je après une pause délibérée. Je ne peux pas continuer à avoir peur, chaque fois que je sors de chez moi, que quelqu'un dépose quelque chose sur mon perron ou sur ma voiture. Peut-être que si on arrête de se voir pendant un moment, ça va se calmer. Si c'est la même personne qui s'en prend à Thea, c'est quelqu'un qui a de sérieux sentiments pour toi ; peut-être qu'il, ou elle, te fera connaître ces sentiments si je ne suis plus dans les parages. Tu peux faire face, et je serai débarrassée.

— Je ne sais pas quoi dire, Lily, répondit Marshall. Je ne veux pas te perdre maintenant qu'on a enfin…

— Je ne vais nulle part, l'interrompis-je avant de me relever en ignorant la douleur qui se réveilla à mon flanc. On se verra au cours de karaté et ici de temps en temps.

Je m'éloignai avant que Marshall puisse penser à une réponse.

Alors que je rentrais chez moi en voiture, je pris conscience que je ressentais quelque chose que je n'avais pas éprouvé depuis des années : de la déception.

À peine avais-je tourné au coin de Track Street que j'aperçus une voiture de police garée sur le trottoir devant chez moi. Claude Friedrich y était adossé, aussi solide et inébranlable que s'il avait tout le temps du monde devant lui.

Je pris la soudaine décision d'aller faire mes courses et, après avoir contrôlé le rétroviseur, je reculai avant que Friedrich me voie et m'engageai dans l'autre rue. Je n'avais envie de parler à personne pour le moment, et encore moins à ce policier bien trop perspicace.

Je ne m'étais pas rendue au magasin sans liste de courses depuis des années. D'habitude, je profite du dimanche pour cuisiner à l'avance, et mon petit congélateur était presque vide.

La dernière fois que j'étais allée chez Kroger, j'avais fait les courses pour moi-même et pour les York en prévision de leur retour... hé, ils ne m'avaient jamais remboursé les produits, ni payé pour mon travail de vendredi dernier. Je détestais l'idée de les ennuyer, sachant combien ils étaient dévastés par le procès de l'agresseur de leur petite-fille, mais s'ils se sentaient mieux au point d'aller faire une promenade, alors ils pouvaient me payer.

J'essayais de me souvenir des ingrédients nécessaires à ma recette de tortilla quand un caddy percuta le mien. Je relevai vivement les yeux et réalisai que la colère qui bouillonnait en moi venait de trouver un excellent point de concentration, ici à ma gauche, vêtu d'une robe chemisier et de mocassins.

La femme qui poussait le caddy était Thea Sedaka. Thea m'avait percutée intentionnellement. Le regard avec lequel elle me fixait tendait à exprimer la confusion, mais il n'alla pas au-delà de l'aversion.

Ça faisait bien longtemps que je n'avais pas vu Thea d'aussi près. Elle était toujours aussi jolie. Menue, les os fins, la future ex Mme Sedaka a un doux visage ovale et des cheveux noirs à hauteur d'épaule qui l'encadrent à la perfection. Thea m'a toujours donné l'impression d'être une vache laitière lourdaude face à la délicate princesse. Je n'ai jamais su si l'effet était intentionnel ou le résultat de ma propre susceptibilité.

Maintenant que j'avais des renseignements privilégiés sur la personnalité de Thea, je voyais comment elle était parvenue à me tromper au départ. Elle releva la tête, beaucoup plus qu'elle n'en avait réellement besoin, pour que je me sente encore plus grande, et poussa son caddy avec un petit froncement de sourcils, comme s'il était presque trop lourd à manœuvrer.

Sa robe vert foncé était recouverte de minuscules fleurs d'un rose pâle. Thea ne met jamais rien qui puisse attirer l'attention ou qui soit trop alambiqué. Elle plissa la lèvre en détaillant ma tenue de sport.

Elle avança son caddy jusqu'à se retrouver à côté de moi, au beau milieu des conserves de légumes. Je vis un sourire venimeux se dessiner sur ses lèvres et je sus qu'elle était sur le point de dire quelque chose qu'elle espérait être douloureux.

Alors je lui coupai l'herbe sous le pied.

Je me penchai sur elle et lui dis, avec le plus grand sourire que mes lèvres me permettaient :

— Passez encore une fois en voiture devant chez moi et je vous fais arrêter par Claude Friedrich.

L'expression de Thea fut jouissive. Mais elle reprit très rapidement ses esprits.

— Marshall est à moi, siffla-t-elle, me rappelant ainsi vivement les jeux auxquels je jouais au collège. Vous essayez de détruire un mariage heureux, espèce de briseuse de ménage.

— Bien essayé, répliquai-je. Vous feriez mieux d'avertir Tom David de trouver une autre place de parking.

De nouveau, Thea fut déconcertée. Mais toute Thea qu'elle était, la belle de Shakespeare, elle se reprit.

— Si c'est vous qui me laissez toutes ces choses atroces chez moi – elle réussit même à faire apparaître quelques petites larmes –, arrêtez s'il vous plaît.

Elle prononça ces derniers mots juste assez fort pour qu'une vieille dame, qui comparait des briques de soupe, assimile la signification et me regarde avec horreur.

— Quelles choses ? demandai-je sans expression. Pauvre petite fille, est-ce que quelqu'un vous a déposé des choses sur votre perron ? Qu'a dit la police ?

Thea vira au rouge. Bien sûr qu'elle n'avait pas appelé la police ; la police, en la personne de Tom David Meiklejohn, s'était déjà trouvée à portée de main.

— Vous savez, repris-je, avec toute la préoccupation que je pus feindre, je suis sûre que Claude posterait quelqu'un devant chez vous toute la nuit si vous pensez qu'il y a un rôdeur.

La vieille femme m'adressa un signe de tête approbateur et alla s'aventurer à l'autre bout de l'allée pour comparer le prix des sauces tomate.

Je n'avais rien dit d'hypocrite depuis tellement longtemps que ça me donna une sensation rafraîchissante et créative.

Thea dut se contenter, à mi-voix, d'un « Je vous aurai » et d'un air indigné avant de pousser laborieusement son caddy vers le rayon viande. Un final vraiment faible.

Je quittai le magasin avec plusieurs sacs et j'avais presque réussi à me sentir de nouveau moi-même en arrivant devant chez moi.

Mais comme de bien entendu, le chef de la police était encore là. Il avait seulement déplacé sa voiture, probablement dans son parking derrière les appartements, mais il était revenu et se tenait désormais sur ma place. Je me garai dans mon allée et ouvris mon coffre. On n'allait pas me tenir à l'écart de mon propre domicile. Friedrich décroisa les bras et s'approcha d'un pas tranquille.

— Qu'est-ce que vous avez ? demandai-je. Pourquoi vous ne cessez d'apparaître ici ? Je n'ai absolument rien fait.

— Je pourrais penser que je ne suis pas le bienvenu si je ne savais pas à qui j'ai à faire, gronda Friedrich. Vous avez bien meilleure mine. Et vos côtes ?

Je déverrouillai la porte de ma cuisine et y déposai mon sac à main et mon sac de sport. Je retournai à la voiture pour prendre les deux premiers sacs de course. Sans un mot, Friedrich s'empara des deux derniers et me suivit dans la cuisine.

En silence, je déposai les conserves dans le garde-manger, rangeai la viande au réfrigérateur et glissai les jus de fruits dans le congélateur. Quand j'eus fini, que les sacs furent pliés et rangés sous l'évier à leur place attitrée, je m'installai devant ma table en bois, en face de Friedrich qui s'était déjà assis, et dis :

— Quoi ?

— Dites-moi ce que vous avez vu la nuit où Pardon a été tué.

Je baissai les yeux sur mes mains. Je réfléchis attentivement. Mon but, en gardant ce que je savais pour moi, avait été d'empêcher la police de me poser des questions sur mon passé. Eh bien, Friedrich l'avait fait quand même, et avait accordé trop de confiance à ses subordonnés ; mon passé avait resurgi, et les résultats n'avaient pas été aussi redoutables que je l'avais toujours pensé. Ou peut-être que j'avais changé.

Si Claude Friedrich était ici pour écouter mon récit et que je n'avais pas besoin de retourner au commissariat, pourquoi ne pas lui raconter le peu que je savais ?

Et peut-être que Marshall m'avait légèrement effrayée avec son scénario de « la femme qui en sait trop ».

Friedrich attendait patiemment. Je me sentirais beaucoup plus à l'aise en présence de cet homme imposant si je n'avais rien à cacher ; il m'imprégnerait alors de son approbation chaleureuse. Un sourire sardonique se dessina sur mes lèvres. Cette ambiance était sans aucun doute ce qui faisait de Claude Friedrich un aussi bon policier.

— Je vais vous dire ce que j'ai vu, mais ça ne fera aucune différence, lui dis-je en prenant brusquement ma décision.

Je le regardai droit dans les yeux et posai mes paumes à plat sur la table avant de reprendre :

— C'est pourquoi je n'ai pas vu l'intérêt de vous le dire avant.

— C'est vous qui m'avez appelé cette nuit-là, n'est-ce pas ?

— Oui. C'était moi. En partie parce que je ne voulais pas qu'il reste étendu là toute la nuit, mais surtout parce que j'avais peur que des enfants puissent le trouver.

— Pourquoi ne m'avez-vous pas dit ça dès le début ?

— Parce que je ne voulais pas attirer votre attention sur moi. Ce que j'ai vu n'était pas assez important pour prendre le risque que vous appeliez Memphis et qu'on vous raconte ce qui m'est arrivé. Je ne veux pas que les gens d'ici soient au courant. Et pourtant, c'est arrivé quand même.

Je le regardai droit dans les yeux.

— C'est une erreur dont je ne peux pas me racheter auprès de vous, déclara-t-il. Je regrette d'avoir laissé ce rapport traîner sur mon bureau, plus que je ne peux vous le dire. Je prends des mesures pour minimiser les dommages.

C'était une excuse comme je n'en avais jamais reçu ; et vraiment, que pouvait-il dire d'autre ?

Je haussai les épaules. Ma colère s'apaisa doucement. J'avais toujours su qu'un jour, mon passé reviendrait inévitablement me bloquer le chemin.

— Ce que j'ai vu, c'est quelqu'un qui portait un imperméable avec une capuche, et qui poussait le corps de Pardon sur un chariot jusqu'au jardin botanique, dis-je d'un ton neutre. Je ne sais pas qui c'était, mais je suis certaine que c'est quelqu'un des appartements. J'imagine que vous le saviez déjà, étant donné que le corps de Pardon est apparu et a disparu plusieurs fois. Disparu quand Tom O'Hagen est venu payer son loyer, revenu quand Deedra est venu payer le sien. Il a dû être caché dans un autre appartement, même si je ne vois pas pourquoi quelqu'un a déplacé le corps de Pardon comme ça.

— Comment est-ce que le corps a été transporté jusque dans le jardin botanique ?

— Il était dans des sacs-poubelle, l'un enfilé par les pieds, l'autre par la tête. Puis on l'a embarqué dans mon chariot à poubelles et roulé jusque là-bas.

Je fus de nouveau furieuse à l'idée qu'on s'était servi de mon chariot.

— Où sont les sacs-poubelle ?

— Brûlés dans l'incinérateur.

— Pourquoi vous avez fait ça ?

— Il y avait mes empreintes dessus. Je les ai touchés pour vérifier si Pardon était mort.

Friedrich m'adressa le plus étrange des regards.

— Quoi ? demandai-je.

Il secoua la tête.

— Recommencez depuis le début, gronda-t-il.

Je commençai par ma promenade. Friedrich haussa les sourcils quand il prit conscience que je me baladais toute seule au cœur de la nuit assez fréquemment, mais il ne dit rien jusqu'à ce que je finisse entièrement mon compte rendu.

— Rendez-moi un service, Lily, dit-il finalement.

Je haussai les sourcils et attendis.

— La prochaine fois, commencez par m'appeler.

Il me fallut un instant pour comprendre que c'était une plaisanterie. Je souris. Il me répondit par un sourire également, pas jusqu'aux oreilles, mais sympathique. Il me laissa m'imprégner de cette cordialité et je la savourai comme le ferait n'importe quel autre suspect qui vient d'être blanchi. Pourquoi pas ? pensai-je, en renonçant à me traiter d'idiote. Je m'attendais à ce que Friedrich s'en aille, mais voilà qu'il restait, apparemment satisfait de ma table de cuisine propre et débarrassée.

— Bon, reprit le policier. Comme événements parallèles, nous avons le meurtre de Pardon Albee et l'étrange persécution de Lily Bard et Thea Sedaka. Elles n'ont jamais fait appel à nous, officiellement. Mais Tom David a dit deux ou trois choses à Dolph, qui s'est dit qu'il ferait mieux de me les rapporter. J'aime savoir ce qui se passe dans ma ville. Ne trouverez-vous pas étrange, Lily, que tant de choses inhabituelles surviennent en même temps à Shakespeare ?

Je hochai la tête, même si j'avais ma propre idée à propos de « l'étrange persécution ». Avec des gestes silencieux, je rassemblai ma planche à découper, un couteau et un paquet de blancs de poulet. Je commençai par retirer la peau et les os du poulet.

— Les Yorks étaient absents lundi. Ils sont rentrés tard cette nuit-là, reprit Claude.

Je l'écoutais tout en travaillant.

— Mme Hofstettler était là tout le temps, mais elle est partiellement sourde et presque totalement immobilisée. Jenny O'Hagen était au travail et Tom O'Hagen dormait. Quand il s'est réveillé, il a fait une partie de golf au country club. Puis il est rentré chez lui et il est monté pour payer Norvel Whitbread qui le faisait chanter, ce dernier étant rentré du travail parce qu'il ne se « sentait pas bien ». Puis Tom est redescendu payer son loyer. Vous étiez à ce moment-là en train d'ouvrir la porte des York. Quand Tom a trouvé la porte de Pardon ouverte, le corps n'était pas là, mais les meubles n'étaient pas à leur place habituelle. Une heure et demie plus tard, Deedra est rentrée du travail, est montée pour récupérer le chèque de sa mère avant de redescendre pour payer le loyer. Et le corps itinérant de Pardon était revenu sur le canapé, mais disposé d'une manière suffisamment naturelle pour que Deedra croie qu'il était en train de dormir.

— Et quand est-ce que tous les autres ont payé leur loyer ? demandai-je par-dessus mon épaule tout en me rinçant les mains sous l'eau.

Je trouvais ce moment plutôt étrange, mais j'y prenais plaisir.

— J'ai glissé mon chèque sous sa porte quand je suis parti travailler ce matin-là, dit Friedrich. Le loyer de Norvel était payé par l'Église. Le secrétaire a envoyé un chèque à Pardon par courrier, c'est le révérend McCorkindale qui me l'a dit. Marcus Jefferson dit qu'il a lui aussi glissé son chèque sous la porte de Pardon en partant travailler, et Pardon avait déjà dû faire un petit tour à la banque, parce que le chèque de Marcus, le mien et celui de Mme Hofstettler étaient déposés sur le compte de Pardon quand j'ai appelé la banque.

— Et celui que l'Église a envoyé par courrier ?

— Il n'est arrivé dans sa boîte aux lettres que le lendemain de sa mort.

Ç'aurait été du Pardon tout craché de se rendre à l'église ou de monter voir Norvel pour réclamer le loyer, songeai-je, et je levai les yeux sur Friedrich.

— Mais Norvel dit que Pardon n'est pas venu chez lui, précisa le grand homme, et je me penchai de nouveau sur mon travail avant de réaliser combien ce petit échange était bizarre.

— Il ment, dis-je.

— Comment le savez-vous ?

— Parce que Pardon a passé l'aspirateur lui-même lundi. Vous vous souvenez de la façon dont était enroulé le fil ? Donc il a dû monter pour savoir pourquoi Norvel ne l'avait pas fait. Le lundi, il est censé aller à l'église après avoir nettoyé les couloirs de l'immeuble. L'église a un rabais sur son loyer.

Pour la première fois depuis que je le connaissais, Claude Friedrich sembla surpris.

— Comment savez-vous tout ça, Lily ?

— Je suis au courant de tout ce qui concerne le ménage. Je pense que Pardon m'a dit tout ça quand il m'a expliqué pourquoi c'était Norvel qui allait faire le ménage dans l'immeuble plutôt que moi.

Pardon avait seulement eu envie de discuter, comme d'habitude. Ça me convenait parfaitement de ne pas avoir hérité de ce boulot mal rémunéré et assommant sous la supervision permanente de Pardon.

Claude (car c'est ainsi que je pensais à lui désormais) me regarda encore un moment avant de reprendre son récit chronologique du jour de la mort du propriétaire.

— Donc ce matin-là Pardon est passé chez Mme Hofstettler pour récupérer son chèque, avant d'aller à la banque avec trois chèques de loyer.

Je préparai une marinade dans un bol et y déposai les lamelles d'escalope. Je mourais d'envie de faire un sauté ce soir. J'avais commencé à faire dorer un ragoût dans une poêle pendant que j'éminçais des pommes de terre, des carottes et des oignons pour les y ajouter. Je remuai la sauce pour la tortilla. Il me restait encore de la viande à mettre dans la sauce ainsi qu'une tomate, et après ça, je déchiquetai trois tortillas. Je tendis la râpe à Claude avec le fromage. Docilement, il se mit à râper.

— Combien ? demanda-t-il.

— Une tasse, répondis-je en en posant une sur la table. Vous disiez ?

— Et il a parlé au téléphone plusieurs fois, poursuivit Claude. Il a appelé l'usine où travaille Marcus ; on ne sait pas à qui il a parlé là-bas. Bien sûr, il se peut que ça n'ait aucun rapport avec Marcus. Il y a au moins deux cents personnes qui travaillent dans cette usine. Vers 11 heures, il a appelé quelqu'un à Creek County, un copain avec qui il était à l'université, mais le type est en voyage d'affaires à Oklahoma City et nous n'avons pas encore réussi à lui mettre la main dessus.

Je versai tous les ingrédients pour le ragoût dans la mijoteuse et sortis mon wok. Pendant qu'il chauffait, je préparai ma tortilla, en y incluant le fromage râpé, et plaçai le plat au réfrigérateur. La voix de Claude procurait un bruit de fond agréable, comme quand on écoute un livre audio familier.

Le sauté me ferait deux repas, me semblait-il, et le ragoût au moins trois ; un soir, je me ferais une pomme de terre et des légumes ; je pourrais manger la tortilla accompagnée d'une salade pour le dernier repas.

Après avoir mis le riz au micro-ondes, je commençai à faire sauter le poulet et les légumes. Je n'avais pas vraiment réalisé que Claude s'était tu. Je remuai énergiquement, absorbée par la satisfaction que j'éprouvais à faire quelque chose pour laquelle je pouvais m'appliquer. Le riz, le poulet et les légumes furent prêts presque tous en même temps, et je dus faire face à un petit dilemme.

Après un instant d'hésitation, étant donné que partager ce repas représentait une nouvelle perturbation dans mon ordre des choses autrefois parfait, je sortis deux assiettes du placard avant de poser une fourchette, une serviette et un verre de thé glacé devant le policier. Puis je nous servis chacun une assiette. J'apportai ensuite la sauce soja, le sel et le poivre. Puis je m'assis. J'adressai un léger signe de tête à Claude pour lui indiquer que tout était prêt, et il saisit sa fourchette et commença à manger.

Je gardai les yeux baissés sur mon assiette. Quand je relevai la tête, Claude avait fini et se tamponnait la bouche avec sa serviette, en prenant soin de s'assurer que sa moustache était propre.

— Vraiment bon, dit-il.

Je haussai les épaules, avant de penser que ce n'était pas une façon très délicate de répondre à un compliment. Je me forçai à croiser son regard.

— Merci, dis-je, un peu raide.

Je n'avais jamais ressenti mon isolement social aussi vivement.

— Vous en voulez encore ? me forçai-je à ajouter.

— Non, merci, c'était déjà beaucoup, répondit-il. Vous avez fini ?

Je hochai la tête, perplexe. Je compris pourquoi il m'avait posé la question une minute plus tard, quand il tendit la main pour prendre mon assiette et ma fourchette avant de se diriger vers l'évier. Il tourna les robinets, repéra mon liquide vaisselle et se mit à laver toute la vaisselle empilée sur le comptoir.

Je restai assise à table quelques secondes, bouche bée, avant de me redresser brusquement pour me remettre de ma stupéfaction, me lever et ranger les restes dans les récipients adaptés. Avec une hésitation, je déposai le wok, maintenant vide, à côté de l'évier pour que Friedrich le lave. Je nettoyai la table avec un chiffon propre pendant qu'il finissait, et balayai le sol. Puis, ne sachant quoi faire d'autre, j'essuyai la vaisselle qu'il avait posée dans l'égouttoir, avant de la ranger.

À l'instant où nous fûmes débarrassés des tâches domestiques, avant que j'aie le temps de me crisper quant à la conduite à tenir, Claude tendit son énorme main, serra la mienne et dit :

— Merci pour votre délicieuse cuisine. Je commence à être vraiment las de la mienne.

Puis il se dirigea vers la porte d'entrée.

Je le suivis comme il se devait, mais je serrai mes bras contre ma poitrine dans un geste de protection.

— Au revoir, dis-je avec la sensation que je devais ajouter quelque chose, mais je ne sus quoi.

Il m'adressa un sourire totalement inattendu et je réalisai que je ne l'avais jamais vu comme ça, les rides qui se creusaient à mesure que son sourire s'élargissait et ses yeux gris qui s'inclinèrent soudain quand l'éclat du sourire les atteignit.

— Bonne nuit Lily, gronda-t-il avant de descendre mon allée pour rejoindre le trottoir.

Il prit la direction des appartements. Il ne se retourna pas.

Je fermai la porte, la verrouillai machinalement et retournai dans la cuisine pour vérifier qu'elle était impeccable avant d'aller me coucher. Je vis dans le miroir de la salle de bains que je souriais. Je me surpris, en réalité, à me demander à quoi ressemblait Claude Friedrich au lit, et je secouai la tête devant mon reflet.

— Tu files un mauvais coton, Lily, dis-je au miroir.

Cette perspective sembla ravir mon reflet.

10

Le téléphone se mit à sonner alors que j'étais en train de me maquiller. Je laissai échapper un soupir d'exaspération. J'avais espéré qu'avec la nouvelle semaine qui commençait, ma vie allait reprendre son cours normal.

— Oui ? dis-je sèchement.

— Lily Bard ? demanda une voix légèrement familière.

— Oui.

— C'est Alvah York. T.L. et moi nous sommes brusquement souvenus hier que nous vous devions de l'argent.

— Je peux passer ce matin à 10 h 30.

À cette heure-là, j'aurais fini mon premier client.

— Nous serons là.

Tout en vérifiant mes affaires avant de monter en voiture, je me demandai si je devais prendre des nouvelles de la petite-fille des York, ou seulement ignorer le sujet. Je me sentirais moi-même plus à l'aise de l'ignorer, décidai-je. Il était temps de revenir à ma bonne vieille distance habituelle.

Pendant que j'accordai à la maison Althaus ses deux heures hebdomadaires (j'aurais pu lui en accorder cinq, mais le budget des Althaus ne pouvait m'en octroyer que deux), je réfléchis longuement et sérieusement aux habitants de l'immeuble. L'un d'eux avait tué Pardon Albee, dont la présence quelque peu irritante était déjà en train de s'altérer dans ma mémoire. Malgré tous ses défauts insignifiants – son engouement à vouloir tout savoir de la vie des autres, sa collecte acharnée de potins – Pardon n'avait pas mérité ce qui lui était arrivé.

Alors que je grattais énergiquement un chewing-gum que l'un des nombreux enfants des Althaus avait laissé tomber sur le linoléum de la cuisine, je considérai la violence de la mort de Pardon et le manque de respect montré à son corps.

Une nouvelle fois, je me demandai où le corps avait été caché pendant ses curieux voyages.

Eh bien, ça pouvait tout à fait être dans le fond de l'appartement de Pardon lui-même. Mais il était certain que Claude, qui s'était montré étonnamment ouvert la nuit précédente, m'aurait dit si l'on avait trouvé des traces qui étayaient cette hypothèse. Le corps s'était donc trouvé tout près, mais pas dans l'appartement de Pardon. Ni dans le placard sous l'escalier ; il semble que Pardon et moi étions les seuls à avoir la clé, et le tueur n'avait pas utilisé celle de Pardon, comme en témoignait l'intérieur propre et rangé du placard.

Donc, quelque part dans l'immeuble, ou peut-être dans le garage ? J'avais l'impression qu'un élément important me trottait dans la tête, sans que j'arrive à mettre le doigt dessus ; si seulement j'arrivais à me souvenir, quelque chose que l'un des résidents m'avait confié, quelque chose qui m'avait fait m'interroger, à l'époque… mais bon sang, j'avais parlé à tant de personnes ces derniers temps ! Pas étonnant que ça ne me revienne pas. Il ne remonterait à la surface que si je cessais d'y penser. Je me remis à envisager les cachettes possibles pour le corps de Pardon.

J'étais certaine de pouvoir éliminer les appartements de Mme Hofstettler et de Claude. Marie Hofstettler avait l'esprit encore très vif malgré ses peines et ses douleurs – il lui aurait fallu être totalement sénile pour manquer un cadavre – et Claude... n'avait tout simplement pas tué Pardon. Je ne savais pas pourquoi j'en étais aussi certaine, mais c'était le cas. Les York n'étaient rentrés en ville que tard dans la nuit. Ça nous laissait les O'Hagen – ce qui voulait dire Tom, puisque Jenny était au travail –, Deedra Dean, Norvel Whitbread et Marcus Jefferson.

Alors que je branchais le vieil aspirateur des Althaus, je me mis à penser à Tom O'Hagen. Et si Tom avait menti sur le salon vide de Pardon ? Si le corps de Pardon était bien allongé sur le canapé, comme Deedra en témoigne environ une heure plus tard ?

Je me concentrai résolument sur cette idée, mais sans aboutir nulle part. Je ne trouvais pas une seule bonne raison pour que Tom ait menti à ce sujet. Il aurait pu dire qu'il croyait que Pardon dormait, comme Deedra. Il aurait pu dire que tout avait l'air normal et qu'il avait supposé que Pardon était sorti quelques instants ou qu'il se trouvait dans la salle de bains. Mais au lieu de ça, Tom avait insisté sur le fait que les meubles avaient été déplacés, le tapis repoussé, comme s'il s'était passé quelque chose dans la pièce.

Finalement, je laissai tomber Tom O'Hagen, dégoûtée. C'était au tour de Marcus Jefferson sur la liste des suspects. Marcus était tout à fait assez fort pour déplacer le corps de Pardon. Il avait également une dent contre lui ; Marcus adorait bien évidemment le petit garçon que la politique de Pardon empêchait de ramener chez lui. Mais c'était un motif guère suffisant pour frapper Pardon suffisamment fort pour le tuer, selon moi, du moins. Je ne pouvais imaginer ça, sauf si Pardon avait provoqué Marcus d'une manière ou d'une autre – qu'il l'avait menacé de dire à l'ex-femme de Marcus que ce dernier avait une aventure avec une femme blanche. L'ancienne femme de Marcus aurait-elle pu tenir l'enfant à l'écart de Marcus si elle avait reçu cette information ? Cela ferait-il une telle différence pour elle, par les temps qui courent ? Et Pardon avait appelé au travail de Marcus le jour de sa mort. Mais là encore, deux cents personnes travaillaient dans cette usine – et parmi elles, me rappelai-je, se trouvait le beau-père de Deedra Dean, Jerrell Knopp, que je connaissais comme étant un bigot honnête, poli et à la voix douce, et qui ressentirait sans aucun doute de violentes émotions s'il savait que sa fille avait une relation avec un homme noir.

Mais Jerrell, s'il tuait quelqu'un, ne tuerait pas Pardon. Il tuerait Marcus. Marcus était censé travailler de 8 heures à 17 heures. Et il était presque certain que Pardon avait été tué avant 17 heures. Marcus aurait pu le tuer pendant sa pause déjeuner, peut-être. Après tout, si quelqu'un avait vu ou entendu Pardon après le coup de fil qu'il avait passé à son ami à 11 heures et la visite de Tom à son appartement à 15 heures, je n'étais pas au courant.

Eh bien, au tour de Deedra. Deedra était au travail jusqu'à environ 16 h 30. Elle était rentrée plus tôt pour remettre son chèque de loyer à Pardon. Chaque résident savait combien Pardon était rigoriste et exigeait d'être payé à l'heure pile. Pourquoi le salon aurait-il été en désordre si Deedra avait tué Pardon plus tard ? J'essayai de m'imaginer Deedra en furie, Deedra soulever un objet lourd et donner à son propriétaire le coup fatal. Qu'aurait soulevé Deedra ? Il n'y avait rien à portée de main dans l'entrée de l'appartement, et je ne pense pas que Pardon ait été assez stupide pour parler à une femme qui tient un tisonnier à la main. De plus, si je connaissais un peu Deedra, je dirais qu'elle était plus du genre à se sortir d'une mauvaise situation en jouant la femme fatale qu'en ayant recours à la violence. Je soupirai. Je pouvais rayer Deedra.

Il y avait ensuite le nullard de Norvel, le malchanceux, qui moisissait à cet instant précis – dans la désolation, j'espérai – dans la prison de Shakespeare, tellement vieille et décrépie que la ville se demandait quand serait ordonnée la construction d'une nouvelle structure pour la remplacer. Norvel était certainement assez débile pour commettre un meurtre à une heure où d'autres personnes déambulaient dans l'immeuble. Il était suffisamment paniqué pour tenter de cacher le corps. Il était enclin à se mettre suffisamment en colère pour agresser quelqu'un, comme j'en avais personnellement fait l'expérience.

Mais, tandis que je rassemblais les corbeilles à papier de chaque chambre, je fus incapable de m'imaginer que Pardon ait détenu quelque information sur Norvel qui aurait mis ce dernier dans un tel état de rage. Après des années passées à boire, à mal se nourrir et à éviter les travaux difficiles, Norvel n'était pas particulièrement costaud. Le coup qui avait tué Pardon avait été asséné par une personne forte, une personne déchaînée. Norvel aurait très bien pu être cette personne, par quelque circonstance extraordinaire, mais j'étais encline à en douter.

Tandis que je portais les sacs-poubelle dans le réceptacle à l'extérieur et les y déposais après avoir fermement noué les liens, je me sentis heureuse d'avoir choisi les ménages pour gagner ma vie plutôt que le métier de détective privé. Ce meurtre, songeai-je en faisant une pause pour étirer mes muscles du dos, avait été un meurtre impulsif, bien que je n'aie pas la moindre idée de qui venait cette impulsion.

Pardon avait finalement prononcé la phrase, la seule phrase de son existence passée à observer, à fouiner et à informer, que le destinataire n'avait pas supporté d'entendre.

Et cette personne avait frappé deux coups, dont le second avait fait taire Pardon à jamais.

Je fermai la porte des Althaus derrière moi, satisfaite d'avoir, même temporairement, rétabli l'ordre et la propreté dans l'environnement chaotique des Althaus. Je ne pouvais pas deviner l'identité de l'assassin de Pardon Albee, mais je pouvais remettre de l'ordre dans le chaos.

En réalité, je travaille plus dur pour Carol Althaus que pour n'importe quel autre client parce que franchement, Carol suscite ma pitié, ce qui n'est pas chose facile. Carol est une femme simple et gentille qui fait face à une famille recomposée, constituée de deux enfants à elle et deux autres à son mari, et Carol n'a qu'une matière grise limitée pour gérer cette charge. Elle travaille dur pour un boulot mal payé, rentre chez elle pour essayer de nourrir et de conduire quatre enfants de moins de 10 ans, et, de temps en temps, répond au coup de téléphone de son mari dont le travail exige beaucoup de déplacements. Je m'imagine souvent Jay Althaus dans sa chambre d'hôtel tranquille, tout seul, dans un lit aux draps propres, avec une télé dont il est le seul maître de la télécommande, et le contraste des soirées de Jay par rapport à celles de Carol.

J'avais une pause de 10 h 30 à midi ; à midi, je faisais le ménage dans un cabinet d'avocats pendant leur pause déjeuner. Pendant ce laps de temps, chaque semaine, j'en profite pour faire des courses et payer mes factures. La première chose sur ma liste, aujourd'hui, était de récupérer l'argent que me devaient les York. Alors que je retournais en ville en voiture, il me vint à l'esprit pour la toute première fois que sa femme et ses enfants manquaient peut-être désespérément à Jay Althaus chaque nuit qu'il passait sur la route.

Nah.

Plutôt que de me garer dans la rue, qui était trop étroite à mon goût, je me rendis derrière l'immeuble. À cette heure de la journée, en pleine semaine, il y aurait un tas de places libres.

Étant donné que j'avais envisagé que le garage ait pu être une cachette possible pour le corps de Pardon, je pris le temps d'y jeter un coup d'œil. Je me garai sur la place de Norvel – le numéro de l'appartement est indiqué au-dessus de chaque place, donnant ainsi un effet remarquable de box à chevaux au cours d'une grande course – et me levai pour examiner la structure en bois peinte en blanc.

Le garage, endroit qui n'est jamais de toute beauté, n'était pas à son avantage, ainsi vide. Puisque les appartements de Shakespeare Garden ne possèdent pas de caves, ce qui est toujours risqué en Arkansas, chacun utilise son emplacement pour entreposer ses affaires.

En partant de la gauche, l'écart entre le premier emplacement et la clôture qui entoure les appartements était occupé par la caravane fort controversée des York. La première place est celle de Norvel. Il n'a pas de voiture, mais il avait entreposé sur sa place attitrée un miroir encadré fissuré et une série d'ustensiles pour cheminée : des saletés qu'il imaginait certainement pouvoir revendre. Marcus, lui, avait posé une caisse en bois au coin de son emplacement, dont dépassaient une grosse batte de base-ball en plastique rouge et un petit panier de basket. Claude Friedrich avait installé des étagères en métal pour entreposer son bric-à-brac d'outils pour sa voiture. Le box de Deedra contenait une tente pliée et une paire de bottes en caoutchouc boueuses. J'avais toujours trouvé curieux que Deedra aime le camping : enfin, elle n'aime pas camper toute seule, bien sûr. Mais ça m'a toujours intriguée que Deedra soit prête à abandonner ses bigoudis pendant un week-end de temps en temps.

Les habitants du rez-de-chaussée possédaient moins d'affaires. Marie a une voiture dans laquelle je la balade quelquefois, mais à part ça, son emplacement était vide. Les York, tout comme Claude, ont une paire d'étagères, mais ces dernières sont presque vides et il me semblait qu'elles avaient même été dépoussiérées ; c'était Alvah tout craché. Les O'Hagen possédaient deux vélos fort coûteux, recouverts d'une bâche au fond de la place. L'emplacement de Pardon était occupé par sa voiture et une tondeuse à gazon. Je ressentis une certaine tristesse en les regardant. Il y a quelque chose de mélancolique dans les effets d'un défunt, peu importe qu'ils soient impersonnels, et il n'y a vraiment rien de personnel dans une tondeuse à gazon.

Cet examen minutieux ne m'avait absolument rien appris. Les box sont tellement ouverts aux regards qu'il était difficile de voir comment le corps de Pardon aurait pu être dissimulé dans l'un d'eux.

Peut-être au fond du box entre la voiture de Mme Hofstettler et le mur ? Ou au même endroit sur l'emplacement de Pardon ? Il s'agissait des deux seules voitures dont le tueur savait qu'elles resteraient en place. Consciemment, je vérifiai les deux places. Ni trace ni fil de la chemise orange et vert.

La caravane aurait fait une très bonne cachette, mais les York l'avaient emmenée à l'heure où Pardon était mort.

Bon, il fallait que j'aille récupérer mon argent chez ces honnêtes gens. Je me retournai pour entrer dans l'immeuble et reçus un choc désagréable. Norvel Whitbread se tenait dans l'encadrement de la porte.

— Comment vous êtes sorti ? demandai-je.

— L'Église a payé ma caution.

Il me sourit, un spectacle déconcertant puisqu'il lui manquait des dents. Peut-être avais-je moi-même délogé l'une d'entre elles ? Je l'espérais bien. Son nez était multicolore et enflé.

— Dégagez de mon chemin, dis-je.

— Pas besoin. J'habite ici, et pas vous.

Je vis, et je sentis, que Norvel n'avait pas perdu de temps pour se consoler de son épreuve.

— Cette fois, la police ne viendra pas et je ne m'arrêterai pas, lui dis-je.

Je vis dans ses yeux que Norvel avait décidé de bouger, mais avant qu'il ait pu remuer les pieds, un choc venu de derrière l'envoya voler par la porte ; il chancela pour garder son équilibre.

T.L. se trouvait là, le bras toujours tendu, la bouche crispée de colère.

— Espèce de saloperie, dit-il à Norvel qui avait fait volte-face pour voir son agresseur inattendu, si le prochain propriétaire ne vous expulse pas, ce ne sera pas faute d'avoir essayé. Vous allez laisser cette femme tranquille. Je me fiche d'où vous allez, mais dégagez de ma vue.

T.L. était absolument sincère, ce qui impressionna manifestement Norvel, peu importe l'état dans lequel il se trouvait. Il semblait furax mais s'éloigna rapidement pour sortir du parking.

Il fallait maintenant que je remercie T.L., et je n'en avais pas très envie.

— Lily, vous vouliez certainement porter le coup ultime, déclara T.L. avec un sourire qui n'appartenait qu'à lui. Mais je ne peux pas rester à écouter des choses comme ça. Et je suis le propriétaire par intérim. Du moins l'avocat m'a demandé de verrouiller les portes, la nuit, comme le faisait Pardon.

Je dus sourire.

— J'apprécie, T.L.

— Vous venez nous voir ? Alvah m'a dit que vous deviez passer.

— Oui.

— Venez, alors.

La porte de l'appartement des York était toujours ouverte. Je ne pus m'empêcher de jeter un coup d'œil à celle de l'appartement de Pardon. Il y avait toujours le ruban jaune en travers de la porte. Je suivis T.L. dans son salon, où Alvah était en train de faire du point de croix.

Si T.L. était proche du rétablissement, ce n'était pas le cas d'Alvah. Je fus peinée de voir que son visage semblait vieilli, plus âgé que la semaine précédente. Elle se leva lentement, raide, pour me donner mon argent.

— Est-ce que vous aurez besoin de moi pour finir ? demandai-je.

Je babillais, mais il y avait quelque chose d'horrible et emprunté dans le déclin soudain d'Alvah qui me donnait envie de combler le silence.

— J'ai pratiquement fini, répondit-elle nonchalamment.

Mais les rideaux n'étaient toujours pas remis en place et je m'aperçus d'un rapide coup d'œil que le ventilateur suspendu au-dessus de leur table n'avait pas été nettoyé.

T.L. avait pris place dans son fauteuil préféré, un fauteuil rembourré en cuir avec une poche qui pendait d'un accoudoir et qui contenait un programme TV, la télécommande et un numéro du *Sports Illustrated*. Il le déplia, mais j'avais le sentiment qu'il ne lisait pas vraiment la page sous ses yeux.

— Harley Don Murrell s'est suicidé, déclara Alvah en me tendant l'argent.

— Oh, dis-je lentement. Eh bien, c'est...

Ma voix s'estompa. Je n'avais aucune idée de ce que c'était. Bien, car c'était un homme méchant mort ? Dommage, car il n'avait pas eu le temps de connaître l'horreur de la prison ? Un soulagement, car leur petite-fille n'avait plus à craindre le jour où il serait libéré sur parole ?

— Comment a-t-il fait ? demandai-je vivement, comme si c'était important.

— Il était au troisième étage. Il est passé par-dessus la rambarde et il a atterri sur la tête.

Alvah avait les yeux braqués sur moi, mais il me semble qu'elle ne me voyait pas plus que T.L. ne lisait le *Sports Illustrated*.

— Rapidement, alors, dis-je, presque au hasard. Eh bien, à bientôt.

J'avais à peine franchi la porte que je l'entendis se fermer et se verrouiller derrière moi.

J'étais troublée par ce petit échange. Je me demandais à quoi allait ressembler l'avenir des York.

Je me rendis au cabinet d'avocats pour y faire le ménage, mais j'étais tellement absorbée dans mes pensées pendant tout ce temps que par la suite, je me souvins à peine de l'avoir fait. Le petit signe de tête que j'adressai au secrétaire sur le chemin de la sortie me ramena à la réalité. Je devais à présent me rendre à trois kilomètres du centre-ville chez Mme Rossiter. J'avais oublié mes bouchons d'oreilles, merde.

Aujourd'hui, c'était le jour du bain bimensuel de Durwood. Durwood est le cocker de Mme Rossiter, et Mme Rossiter aime qu'il sente bon, ce qui n'est pas un état normal pour Durwood. Quand Mme Rossiter s'était disputée avec le toiletteur local, elle s'était retrouvée dans l'embarras, étant donné que Durwood ne voyage pas assez bien en voiture pour pouvoir l'emmener à Montrose. Elle avait expliqué son problème à une réunion du cercle de l'Église et, Dieu bénisse Mme Hofstettler, elle avait claironné haut et fort que Lily Bard pourrait donner son bain au petit chien.

Durwood n'est pas un mauvais chien, mais c'est une tâche pénible de le laver, sans parler du séchage et encore moins de l'état de la salle de bains qu'il faut nettoyer ensuite. Alors que je m'approchais de la porte de Mme Rossiter, mon tablier en caoutchouc sous le bras, je songeai pour la vingtième fois que le pire de tout, c'était Mme Rossiter, qui considère toujours le bain de Durwood comme l'occasion de faire un monologue, qui me bloque dans le rôle de l'auditeur. J'avais fait tout ce qui était en mon pouvoir – non négligeable – pour réprimer cette femme. Ça n'avait pas fonctionné. Et je n'avais pas mes bouchons d'oreilles.

Mme Rossiter fut lancée (niveau parole) à la minute où je passai la porte. Elle me dit que je m'étais fait tabasser par cet ivrogne de Norvel Whitbread, que les gens du Centre Communal de Shakespeare racontaient que c'était parce que j'avais mis Norvel en colère à l'église, même si elle ne comprenait pas pourquoi ça devait justifier que Norvel se cache dans mon jardin pour me sauter dessus.

Quand j'eus rempli la baignoire de Mme Rossiter, posé le shampooing à portée de main et enfilé mes gants, elle me dit que j'habitais à côté de Pardon Albee, qui s'était fait assassiner une semaine auparavant, et qu'elle avait entendu dire que je fréquentais ce robuste jeune homme qui tenait le club sportif ; étais-je au courant qu'il était toujours marié à cette charmante jeune fille qui travaillait à la crèche du CCS ? Étais-je au courant que quelqu'un avait laissé un rat mort sur sa table et écrit de vilains mots à la bombe sur sa porte ?

Je fus seulement surprise que Mme Rossiter ne me dise pas que j'avais été violée à Memphis quelques années auparavant.

À présent, j'étais en train de savonner le petit Durwood frissonnant. Laissant les paroles de Mme Rossiter couler sur moi comme de l'eau, je fis doucement mousser le produit sur le pelage du chien en songeant à cette omission.

Jusqu'ici, personne, *personne*, à l'exception des membres du département de police, ne m'avait parlé de Memphis ni même ne m'avait regardée comme s'ils en avaient entendu parler. Je n'arrivais tout simplement pas à croire que Tom David Meiklejohn, par exemple, n'avait pas partagé les détails croustillants avec ses compagnons de beuverie – à ce propos, n'aurait-il pas encore plus aimé donner ces détails glorieux à Thea ?

Je ruminais cette idée pendant que Mme Rossiter, assise sur le couvercle des toilettes pour ne pas manquer une seule minute de ma compagnie muette, poursuivait sa liste de potins jusqu'à arriver à sa propre tension artérielle, qui était toujours un sujet primordial.

Je l'interrompis une fois pour lui demander d'allumer la lampe chauffante du plafond pour que Durwood sèche plus rapidement, et une autre fois pour lui demander de me tendre la serviette qui était tombée de sa barre. Le temps que je sèche le chien et qu'il se mette à sautiller à la suite de son propriétaire pour avoir une petite surprise dans la cuisine, j'en étais arrivée à la seule raison possible pour que les forces de police de Shakespeare n'aient pas parlé : Claude les avait menacés de licenciement dans le cas contraire. C'est ce qu'il voulait dire quand il m'avait dit qu'il prenait des mesures pour minimiser les dommages qu'il avait causés.

Je versai un peu de poudre à récurer dans la baignoire en fibre de verre après avoir retiré le tapis en caoutchouc et l'avoir déposé sur la pile de linge sale. Je me mis à frotter lentement la baignoire en retournant cette pensée dans ma tête. Même en me creusant la cervelle, je ne pus trouver aucune autre solution pour expliquer ce fait.

Quand j'eus fini, Mme Rossiter me tendit un billet de vingt dollars et je hochai la tête, la main sur la poignée de la porte.

— On se voit dans deux semaines, n'est-ce pas, Durwood ? dit-elle en regardant le chien qui sentait bon.

Il semblait espérer le contraire, mais il remua la queue puisque c'est ce qu'elle semblait attendre de lui.

Le reste de la journée ressembla à une dégringolade pour moi. J'allais voir Marshall ce soir au karaté et, pour la première fois depuis mon arrivée à Shakespeare, je n'étais pas pressée d'y être. J'étais reconnaissante envers Claude Friedrich qu'il essaie de réparer son erreur, mais c'était presque malgré moi. Je ne pouvais pas être certaine de ses motivations. Ma visite chez les York m'avait bouleversée, non pas que cela m'ennuie qu'une raclure comme Harley Don Murrell soit morte, mais parce que je détestais voir les York dans un tel état.

Je ne pouvais rien faire à propos de tout ça.

Je me rendis à mon dernier travail en broyant du noir, puis rentrai chez moi pour prendre mon kimono en traînant toujours les pieds. J'envisageai même de manquer le cours, une première. Je ne pouvais pas vraiment me résigner à faire ça : ça ressemblait à de la lâcheté. Mais j'attendis délibérément la dernière minute pour y aller, pour éviter d'avoir à parler à Marshall avant le début du cours.

En me redressant après mon salut, j'éprouvai une sensation très claire de déflation quand je m'aperçus que Marshall n'était pas là. Il avait lui aussi dû avoir peur de m'affronter. Curieusement, ceci me donna un sentiment de bien-être et de fierté.

— C'est toi qui diriges le cours, ce soir ? demandai-je à Raphael, le seul élève qui était là depuis aussi longtemps que moi.

— C'est ce qu'il m'a dit, répondit-il, ravi sous sa désinvolture apparente. Ça va aller ? Tes côtes ? J'ai entendu dire que tu avais envoyé ce type aux urgences. Bien joué, Lily !

À mon grand étonnement, les autres élèves s'approchèrent de moi chacun leur tour pour me féliciter. Je compris que de leur point de vue, mon petit accrochage avec Norvel avait validé ce qu'ils faisaient en cours, le temps et l'énergie qu'ils dépensaient pour apprendre à se défendre tout seuls. Janet Shook me donna même une petite tape sur l'épaule. Je dus faire un effort pour rester immobile. Je pris ma place dans le rang – en première, ce soir, puisque Raphael nous faisait face – dans un état second. Quoi que j'aie prévu, ce n'était pas ça du tout.

Carlton était de nouveau présent. La plupart des gens hésitaient à revenir après le deuxième cours, et je pris donc son assiduité comme un signe positif. Je vis à sa façon de bouger qu'il n'était plus aussi courbaturé, et il s'étirait mieux. Il ne lui faudrait plus longtemps avant de pouvoir faire des choses qui allaient l'épater lui-même. Raphael attira notre attention, tout le monde salua et, une nouvelle fois, nous commençâmes notre pénible routine.

Les abdominaux réveillèrent la douleur dans mes côtes, et je dus m'arrêter après une série de trente.

— Fainéante ! lança Raphael, et Janet se mit à rire.

Je me dis qu'ils plaisantaient et ça me fit sourire. Carlton s'approcha et tendit une main pour m'aider à me relever et, à mon propre étonnement, je l'acceptai.

— Sérieusement, Lily, ne te fais pas plus mal. Marshall m'a demandé de m'assurer que tu n'en ferais pas trop, me dit Raphael tandis que nous rentrions dans la salle après notre pause.

Je baissai la tête pour cacher mon expression et retournai à ma place, mais quand je la relevai pour attendre son prochain ordre, je vis que Raphael me regardait avec une certaine spéculation. Nous pratiquâmes quelques mouvements de restreinte, rien que je ne connaissais pas déjà. Tout le monde feignait d'avoir peur d'être mon partenaire.

— Bon alors, la femme d'acier, c'est quand ton prochain match ? me demanda Carlton tandis que nous nous rechaussions.

Il ne restait que Raphael, Janet et lui dans l'immense salle.

Je me mis à rire, en réalité.

— Vous savez, Norvel est déjà sorti sous caution, déclarai-je, ne sachant quoi répondre.

— Je parie qu'il ne te tournera plus autour, maintenant, dit sèchement Janet.

J'imaginai qu'elle était toujours là parce qu'elle manœuvrait pour partir en même temps que Carlton, dans l'espoir qu'ils entament un échange significatif, comme par exemple aller boire un verre, peut-être.

— Vaudrait mieux pour lui, dis-je sincèrement.

Il y eut un petit silence. Ils échangèrent des regards.

— Est-ce que ça t'a plu, Lily ? demanda soudain Raphael. Je veux dire, ici on s'entraîne tout le temps, on se bagarre tout le temps, on se fait suffisamment mal pour que ma femme me demande pourquoi je continue de faire ça. Mais moi, le grand gaillard, je ne me suis pas battu depuis le lycée. Mais toi, femme, tu l'as fait. Alors qu'est-ce que ça t'a fait ?

— Je vais te dire, répondis-je après avoir réfléchi quelques instants, c'était effrayant et excitant, et j'aurais pu lui faire bien pire si la police n'était pas arrivée aussi rapidement.

— Ils vous ont séparés ? demanda Janet.

— Non, je l'avais plaqué au sol – il saignait. Il était totalement dominé. Mais je lui aurais fait bien plus mal.

Raphael et Carlton échangèrent des regards gênés.

— C'était l'adrénaline, tentai-je d'expliquer. J'avais battu un vrai homme dans un vrai combat, mais il m'a fait peur à me sauter dessus comme ça, par surprise. Et puisque j'avais peur, j'étais furieuse, déchaînée. Je lui en voulais tellement de m'avoir fait peur que je voulais lui faire encore plus mal.

Il n'était pas très facile d'admettre que j'avais eu peur.

Raphael et Carlton réfléchirent à ce que je venais de dire, mais Janet semblait s'intéresser à autre chose.

— Donc ça a porté ses fruits, tout cet entraînement, dit-elle en se penchant en avant pour me dévisager. Tu as réagi exactement comme en classe, sans blocage, tu t'es instinctivement souvenue de l'entraînement.

Je voyais bien qu'elle était effrayée – ce n'était pas très dur à deviner.

Et ma réponse fut courte.

— Oui, je me suis souvenue de l'entraînement.

Elle hocha la tête, un petit coup bref et vif qui traduisait la confirmation d'un espoir profondément ancré en elle. Puis elle sourit, d'un sourire froid qui donna à cette femme assez petite et ordinaire quelque chose de formidable. Ce fut mon tour de me pencher en avant et pour une fois, délibérément, je regardai quelqu'un d'autre droit dans les yeux, fouillant les siens pour trouver ce que je soupçonnais. Je le trouvai. Je lui rendis son petit signe de tête. Nous étions des compagnons de survie.

Mais nous n'allions pas en parler. Je voulais à tout prix éviter le bain d'émotions de fillettes. C'était quelque chose que je ne pouvais pas supporter. J'attrapai donc mes affaires et murmurai quelque chose à propos de rentrer à la maison pour me laver et manger.

Je commençai à penser à la chemise de Pardon sur le trajet de retour. J'ai lavé un paquet de linge dans ma vie, et je sais à quoi ressemblent des vêtements qui ont été lavés des centaines de fois. Pour commencer, la chemise de Pardon était bon marché, et il l'avait portée et lavée à maintes reprises pendant des années. Elle avait été tellement fine qu'on aurait pu lire à travers. Je me souvins d'avoir vu, dans le faisceau de ma lampe de poche, la poche de chemise déchirée. Les fils avaient été effilochés. Aucun doute que quelques-uns de ces fils devaient toujours se trouver à l'endroit où Pardon était mort, c'est-à-dire probablement dans son appartement. Il devait y en avoir d'autres à l'endroit où on avait ensuite caché son corps. Et où pouvaient bien être ses clés ?

En rentrant chez moi, je me préparais une pomme de terre et des légumes, mais je touchai à peine à mon assiette. Ce corps avait été caché dans une rue que je considérais comme mon secteur. On s'était servi de mon chariot pour emmener Pardon et s'en débarrasser. Maintenant que mon esprit n'était plus obscurci par des images de Marshall – ou du moins presque entièrement dégagé – il se mit à suivre la piste des spéculations sur la mort de Pardon.

Soudain, le parking me sauta à l'esprit. Quelque chose à son sujet avait déclenché un certain malaise ; quelque chose qui n'était pas comme il devait l'être ? Un souvenir qui remontait à la surface grâce à quelque chose que j'avais vu là-bas ?

Cette idée me tracassa pendant que je faisais la vaisselle, et ne me quitta pas quand je pris ma douche. Je n'allais pas me coucher. J'enfilai un short en élasthanne et une brassière de sport, puis passai un sweat-shirt rouge de l'université de l'Arkansas par-dessus. Des chaussettes noires et des chaussures de gym vinrent compléter ma tenue. Je composai le numéro de Claude, certaine que si j'entendais sa voix, je saurais ce que je voulais lui dire. Mais ce fut son répondeur qui s'enclencha. Je ne laisse jamais de message sur les machines. Je fis les cent pas dans mon couloir. J'essayai de nouveau.

Finalement, il fallait que je sorte. La nuit noire. L'air froid sur mes jambes nues. Marcher. Ce fut un soulagement de me retrouver dehors, d'être silencieuse, en mouvement. Je passai devant la maison de Thea en lui accordant à peine un regard. Puis je passai devant chez Marshall. Sa voiture n'était pas là. Je continuai. J'entendis quelqu'un approcher sur Indian Way et me glissai derrière des azalées. Joel McCorkindale passa en courant, en sweat-shirt et en Nikes, une expression déterminée sur le visage. J'attendis que le son de ses foulées disparaisse dans la nuit avant de revenir dans la rue.

Le vent soufflait et agitait les nouvelles feuilles, un son qui ressemblait à celui de la mer.

J'accélérai le pas jusqu'à me retrouver moi aussi en train de courir au milieu de la rue dans un Shakespeare silencieux, sans croiser personne, me demandant si j'étais devenue invisible.

J'entrai dans le jardin botanique par le côté le plus opposé, m'enfonçai sous les arbres et m'arrêtai pour reprendre mon souffle sous leur couvert.

Je sus ce que je devais faire. Je devais retourner au garage. Il vaudrait mieux l'examiner que le visualiser dans ma tête. Je pourrais ainsi me souvenir de ce qui me tracassait si j'y restais assez longtemps.

Il était environ 23 h 45 quand je remontai en silence le côté nord de l'allée qui menait aux appartements. Je me collai au mur de brique pour que quiconque jetterait un coup d'œil par la fenêtre ne puisse pas me voir. Je vérifiai les lumières. Celle de Mme Hofstettler était éteinte – aucune surprise de ce côté-là. Une faible lueur illuminait la fenêtre de la chambre des York ; peut-être que l'un des deux lisait au lit. Je dus faire un effort pour imaginer ça. C'était peut-être une veilleuse. L'appartement de Norvel, au deuxième étage, était éteint, tout comme celui de Marcus.

Tout en effectuant cette vérification, je fis le tour de l'immeuble. Bien sûr, les fenêtres de Pardon étaient sombres, ainsi que celles des O'Hagen. Tom devait encore être au travail et Jenny devait dormir à cette heure-ci. En haut, chez Deedra, les lumières étaient éteintes. Elle devait être au lit, seule ou à deux. Il y avait une lueur dans la salle de bains de Claude, et je fis donc le tour pour vérifier la fenêtre de sa chambre. Elle était allumée.

Je ne voulais pas entrer dans l'immeuble. Je m'accroupis et tâtai le sol jusqu'à trouver un caillou de la taille d'un ongle. Je le lançai sur la fenêtre. Il fit un sacré bruit. Je me collai de nouveau contre le mur au cas où quelqu'un d'autre que Claude aurait entendu le bruit. Mais personne ne sortit la tête, pas même Claude.

Bon très bien, il allait falloir que je me souvienne toute seule.

Et soudain, je me souvins.

Il fallait que je pénètre dans l'immeuble, finalement. Je contournai le bâtiment jusqu'à la porte de derrière, prenant un terrible risque. Je sortis de ma brassière la clé que personne n'avait pensé à me retirer, celle de la porte de derrière. Je déverrouillai la porte aussi silencieusement que possible, puis entrai. Les marches craquaient moins près du mur, et je les montai donc le plus prudemment possible, un pied devant l'autre. Je dépassai la porte de chez Claude et m'approchai de celle de Deedra, ornée d'une petite couronne de vigne enveloppée de petits rubans et de fleurs séchées. Je frappai doucement.

La porte s'ouvrit si rapidement que j'étais certaine que Deedra était allongée par terre juste devant, en bonne compagnie. Dans la lumière qui venait du couloir, je pus distinguer une jambe d'homme et puisqu'elle était sombre, j'en déduisis que Marcus Jefferson avait succombé à la tentation une nouvelle fois.

Deedra sembla vraiment furax, et je ne pouvais lui en vouloir, mais je n'avais pas le temps pour ça.

— Redites-moi ce que vous m'avez dit – vous savez, que vous étiez rentrée plus tôt pour donner le chèque à Pardon.

— Je jure devant Dieu que vous êtes la femme de ménage la plus étrange de l'Arkansas, déclara-t-elle.

— Dites-le-moi. Pour une fois, j'ai envie d'écouter.

— Est-ce que vous partirez ensuite ? Sans plus de questions ?

— Probablement.

— D'accord. Je suis rentrée du travail. J'ai monté l'escalier pour récupérer le chèque que maman m'avait donné. Je l'ai descendu à Pardon. La porte était légèrement entrouverte. Il était allongé sur le canapé, dos à la porte. Le tapis était tout chiffonné et le canapé était de traviole. Je l'ai appelé, plusieurs fois, mais il n'a pas bougé. Je me suis dit qu'il avait peut-être bu un coup ou qu'il faisait une sacrée sieste, donc j'ai juste posé mon chèque sur son bureau, à gauche de la porte. C'est ce que vous vouliez ?

Je lui fis signe de continuer.

— Donc... donc après, je... je suis partie et je suis montée dans ma voiture. Il fallait que je retourne travailler même s'il ne me restait que quelques minutes. Vous n'imaginez pas à quel point Celie Schiller peut être psychorigide...

— Baissez la voix et accélérez, lui intimai-je à voix basse.

— Ma domestique me dit ce que je dois faire, dit-elle en prenant l'air à témoin. Incroyable.

Mais elle me regarda et poursuivit :

— Et je suis montée dans ma voiture... et j'ai reculé de ma place et je me suis mise en route, et je devais faire attention à cause de la stupide caravane des York...

Je posai un doigt sur mes lèvres. Elle haussait la voix.

— Voilà ce que je voulais, murmurai-je.

— Oh, vous ne voulez pas entendre parler de la fuite dans mon tuyau, ce jour-là ? demanda-t-elle avec un sarcasme meurtrier, avant de me refermer vivement la porte au nez.

Je passai mes doigts dans mes cheveux et en agrippai deux bonnes poignées. Je restai là, pensive, les yeux fermés, toujours devant la porte de Deedra. Je m'éloignai de quelques pas et frappai à la porte de Claude avec un doigt. Je ne pouvais me risquer à plus.

Aucune réponse. Je tournai la poignée. Fermée à clé, bien sûr.

Je redescendis silencieusement l'escalier. Même si je m'étais tenue au fond du couloir, je ne m'aurais pas entendue.

Je ne savais pourquoi j'étais aussi tendue, pourquoi ma mission semblait si urgente. Mais je n'ignorais jamais ma nuque, et ma peau à cet endroit fourmillait. Il y avait de la tension dans l'air. Dans l'immeuble silencieux, l'air en bourdonnait. J'ouvris la porte avec un sentiment de soulagement d'être enfin sortie, et me glissai dans l'ouverture aussi silencieusement que possible. Je refermai la porte à clé derrière moi.

Passer du couloir éclairé à l'obscurité relative du parking m'obligea à m'arrêter quelques secondes pour laisser mes yeux s'adapter. Pardon avait installé une lumière de sécurité qui fonctionnait toute la nuit au milieu du garage, et elle éclairait cette zone immédiate comme un projecteur de scène, mais ne s'étendait pas jusqu'aux derniers box. Je contournai le faisceau de lumière et me dirigeai lentement vers le mur extérieur du garage. Pendant peut-être cinq minutes, je restai debout dans la pénombre, l'oreille tendue. Je décalai mon pied et quelque chose cliqueta.

Lentement, je m'accroupis dans l'herbe qui avait poussé le long du mur, poussant dans des fissures du sol. Je tapotai doucement le sol. Mes doigts se posèrent sur une forme familière, en suivirent les contours. J'essayai de ramasser ma trouvaille d'un seul coup pour ne pas qu'elle résonne. Je le soulevai devant mon visage. Le trousseau de clé dc Pardon Albee. Je n'avais nulle part où le ranger ; il y avait au moins quinze clés dessus. La place la plus sûre était celle où je les avais ramassées, et je les reposai dans les herbes, là où elles étaient depuis le jour de sa mort.

Rien ne bougea. Je n'entendais rien d'autre que le faible son d'une voiture qui passait dans la rue. Puis même ce son s'évanouit. Mais, aussi silencieux que ce soit, je savais qu'il y avait une présence pas loin. Je sentais les poils se dresser sur ma nuque. Je me redressai lentement, faillis me diriger vers la sécurité de ma maison, en me demandant si j'allais y arriver.

Je tendis la main vers la poignée du camping-car. C'était là-dedans qu'on avait caché le corps de Pardon ; s'il restait encore des preuves, elles se trouvaient dans ce petit espace.

Les York n'étaient pas censés être rentrés chez eux avant la nuit. Mais le jour de la mort de Pardon, ils étaient revenus plus tôt. Je le savais.

Et alors, je tournai la poignée. La porte s'ouvrit avec un petit clic et, tout juste quand je prenais une inspiration de triomphe, une forme immense s'élança vers moi depuis l'intérieur obscur.

Je n'eus pas une chance de me défendre. Je fus rouée de coups dans un silence farouche et il me fallut tout mon souffle pour esquiver les coups, pour empêcher les poings de me tuer. Je savais qu'il n'y avait qu'une seule personne présente, mais elle était possédée par un démon, un homme qui semblait avoir bien plus que deux mains.

Il fallait que je me défende ou bien j'allais y rester, mais la fréquence et la douleur des coups ne me laissaient guère de répit. Je serrai un poing et frappai la première chose que je vis, des côtes, pas un coup efficace certes, mais c'était un début, un geste. Je faiblissais et bientôt, je serais à terre et si je tombais, c'était fini. C'était déjà un miracle que j'aie tenu sur mes jambes aussi longtemps.

Je distinguai alors furtivement un morceau de cou exposé et y abattis la tranche de ma main aussi fort que possible. Mon agresseur grogna et vacilla, et je lui administrai un coup de pied de toutes mes forces, sans vraiment faire attention au point d'impact, du moment qu'il s'abattait sur lui. Il chancela et je pus prendre une profonde inspiration, et alors une voix s'éleva derrière moi :

— Arrêtez immédiatement.

Qui ? Qui devait arrêter ? Mon agresseur n'eut aucune hésitation, et il se jeta vers la source de l'ordre, si rapidement, une nouvelle fois, et avec une telle détermination que celui qui avait parlé et moi ne fûmes pas préparés.

La bagarre entraîna les deux hommes dans la lumière vers le centre du parking, et je pus distinguer T.L. York et Claude en train de rouler au sol, luttant pour s'emparer d'un pistolet qui, me semblait-il, se trouvait dans la main de Claude. Leurs bras et leurs jambes étaient tellement emmêlés et j'étais tellement étourdie par la soudaineté de tout ça que, pendant une seconde, je les regardai d'un œil vide, comme si je n'avais aucun intérêt dans le résultat. J'étais suffisamment faible pour me mettre à trembler, mais il fallait que je bouge, que j'aide… qui ?

— Lily ! appela Claude d'un ton qui avait certainement l'intention d'être un cri, et c'est ce qui me décida.

Seul l'innocent m'appellerait à l'aide.

Je les contournai en attendant la bonne occasion. Elle arriva quand T.L. roula sur Claude en agrippant toujours ses deux poignets. Je bondis pour les chevaucher, attrapai T.L. par les cheveux d'une main et son menton de l'autre avant de tirer violemment ; j'entendis presque le faible écho de la voix de Marshall m'intimant d'être prudente quand je pratiquais ce geste en cours, car un faux mouvement pouvait causer de sérieuses blessures.

Eh bien, l'heure était venue de causer de sérieuses blessures. Je lui tordis le cou et tirai. Il faut toujours suivre la tête. Il fallait soulever le corps également ou son cou allait se briser. Avec un cri, il lâcha Claude et se pencha en arrière pour essayer de se débarrasser de moi, mais j'avais les doigts enfoncés dans ses cheveux épais. À l'agonie, il se cabra en arrière mais j'avais les jambes fermement bloquées de chaque côté de lui et mes genoux serrés ; le seul moyen de se débarrasser de moi, ce fut ce qu'il fit juste après – il se laissa tomber en arrière sur moi. J'enroulai mes jambes autour de lui tandis qu'il se soulevait du sol et tirait, mais je ne relâchai jamais la pression autour de sa tête. Je me mis à le compresser avec mes jambes robustes, les chevilles croisées sur son ventre, et il roula d'un côté à l'autre pour essayer de me déloger.

— Ne bougez plus, bordel ! s'exclama une voix que je reconnus à peine comme étant celle de Claude et, de nouveau, je ne savais pas à qui il s'adressait.

Je n'avais pas beaucoup d'options étant donné que je ne pouvais plus respirer, et je peux vous dire que ma propre rage m'empêchait de le lâcher.

Puis un coup partit, assourdissant. T.L. poussa un hurlement et, puisque j'avais relâché ma prise, surprise par le son, il roula sur le côté en continuant de hurler. Enfin, je pus de nouveau respirer. Mais je ne me sentais pas la force de me relever, cependant. Je restai donc étendue sur le béton crasseux et levai les yeux vers les mites qui tournoyaient dans la lumière.

11

Je n'étais pas à l'hôpital, mais j'étais assignée à résidence.

Le chef de la police m'avait confinée chez moi pendant une semaine. Il avait demandé à Mme Hofstettler d'appeler tous mes clients pour leur expliquer (comme s'ils n'avaient pas entendu) que j'avais été légèrement blessée et que je devais récupérer. J'avais dit à Mme Hofstettler, par l'intermédiaire de Claude, de leur dire que je ne m'attendais pas à être payée puisque je ne venais pas travailler. Je ne sais pas si elle avait passé le message. Tout le monde m'envoya un chèque sauf les Winthrop, évidemment. Toutefois, Bobo passa me voir pour m'apporter une corbeille de fruits qui venait de la part de sa mère, me dit-il. J'étais certaine qu'il l'avait apportée de sa propre initiative.

Marshall avait réellement quitté la ville ; il ne m'évitait pas. Il m'appela de Memphis pour me dire que son père avait eu une crise cardiaque et que lui et le reste de sa famille tournaient sans cesse autour de la chambre d'hôpital, en attendant d'avoir des nouvelles. Je lui affirmai plusieurs fois que tout irait bien pour moi et, après lui avoir fait une liste détaillée de mes blessures et lui avoir expliqué ce que je faisais pour les soigner, il sembla enfin convaincu que j'allais survivre. Il m'appela tous les jours qui suivirent. Je fus stupéfiée de recevoir des fleurs accompagnées d'une carte signée de sa main. Une nuit où il m'appela, il y eut un silence éloquent quand je lui dis que Claude était avec moi.

Mme Rossiter emmena le foutu chien me voir. Claude lui annonça que je dormais.

Carrie Thrush me passa un coup de fil chez moi.

— Vous devriez être à l'hôpital, dit-elle sévèrement.

— Non, répondis-je. Je ne suis pas assez couverte par mon assurance.

Elle n'ajouta rien après ça, puisqu'elle ne voulait pas me poser de questions sur mes finances, mais tous les médicaments qu'elle m'avait donnés étaient des échantillons.

Claude vint me voir tous les jours. Il était monté avec moi dans l'ambulance qui m'avait emmenée à l'hôpital, derrière celle qui transportait T.L.

Il avait touché ce dernier à la jambe.

— Je voulais lui donner un coup de crosse sur la tête, dit-il alors que nous attendions le médecin dans une petite cabine blanche cette nuit-là.

J'étais soulagée de l'écouter parler pour ne pas gémir et me faire honte.

— Je n'ai jamais tiré sur quelqu'un auparavant – du moins pour pas le toucher réellement.

— Hum-hum, dis-je, fermement concentrée sur sa voix.

— Mais j'étais sûr que je vous toucherais à sa place, et je ne voulais pas abattre mon alliée.

— Bien.

— Alors je devais lui tirer dessus.

Il leva son énorme main pour la poser sur mon épaule et la caresser. Ça me fit un mal de chien. Mais je ne dis rien.

— Qu'est-ce que vous faisiez là ? demandai-je après une longue pause.

— Je surveillais la caravane depuis la semaine dernière.

— Oh, mon Dieu, dis-je en pensant que toute mon inspiration n'avait servi à rien, Claude avait déjà abouti avant moi à ma déduction.

— Non, je pensais que c'était quelqu'un d'autre qui avait tué Pardon, pas T.L. Je pensais que les York ne voulaient dire à personne que le corps de Pardon s'était trouvé dans leur caravane, mais je ne pensais pas que c'étaient eux qui l'y avaient mis.

— Les rideaux, dis-je.

— Les rideaux ? Quels rideaux ?

Mais à cet instant, le médecin était entré et avait demandé à Claude de sortir. Il s'agissait du médecin urgentiste qui venait d'envoyer T.L. en salle d'opération. Il haussa vivement les sourcils à la vue de mes cicatrices, mais pour une fois, je m'en fichais.

— Vos rayons X, dit-il.

— Hmm ?

— Vous n'avez aucune fracture, expliqua-t-il comme si c'était là la chose la plus incroyable qu'il ait jamais entendue. Mais vous avez plusieurs muscles sérieusement froissés. Vous êtes très sévèrement meurtrie. Mais je vois que vous êtes une mordue de sport ; au-delà de tout ça, vous êtes en excellente forme physique. Normalement, je devrais vous garder ici juste une ou deux nuits, par mesure de précaution. Qu'en pensez-vous ?

Il m'observa attentivement derrière ses lunettes qui reflétaient la lumière éclatante des plafonniers. Sa queue-de-cheval était soigneusement retenue sur sa nuque par un bandeau élastique.

— Chez moi, répondis-je.

— Vous avez quelqu'un pour s'occuper de vous ?

— Oui, moi, intervint Claude derrière les rideaux.

J'ouvris la bouche pour protester, mais le médecin me devança :

— Eh bien, si vous avez quelqu'un pour vous aider... car croyez-moi, vous ne serez pas capable de faire votre toilette toute seule pendant quelques jours.

Je le dévisageai, consternée.

— Vous avez des blessures en cours de cicatrisation. Vous avez l'air encline à vous attirer des ennuis, observa le médecin en calant son stylo derrière son oreille.

J'entendis Claude renifler.

Aux urgences, on m'avait donné deux comprimés contre la douleur et Carrie passa chez moi pour en ajouter d'autres. Claude s'avéra être une surprenante infirmière. Ses grandes mains étaient douces. Il était déjà au courant pour mes cicatrices grâce au rapport de police de Memphis, et tant mieux car je n'avais aucun moyen de les cacher à quelqu'un qui m'aidait à me laver au gant. Il m'aida également à boitiller jusqu'aux toilettes et il changea mes draps. La nourriture que j'avais mise au congélateur s'avéra très pratique étant donné que je ne pouvais pas rester debout assez longtemps pour cuisiner et quand je me retrouvais seule, je pouvais prendre mon temps pour aller à la cuisine et réchauffer un plat.

Deux fois, Claude apporta des plats à emporter et nous mangeâmes ensemble, la première fois dans ma chambre – il improvisa un plateau de lit –, et la deuxième fois, je fus capable de m'asseoir à la table de la cuisine, bien que la manœuvre m'épuise.

Les gonflements s'étaient presque complètement résorbés et, quand nous finîmes par évoquer les York, j'avais évolué du noir et bleu vers des nuances de vert et de jaune.

— Comment en êtes-vous arrivé à votre conclusion ? lui demandai-je.

Je me sentais bien. Je venais de prendre un comprimé contre la douleur, j'étais propre et mes draps aussi, et j'avais même réussi à me brosser les cheveux. J'étais confortablement allongée, les mains posées sur le côté, légèrement somnolente et détendue. Cette semaine se passait aussi bien que possible.

— J'ai étudié les déclarations de tout le monde plusieurs fois. J'ai dressé un emploi du temps et une liste des alibis ; on aurait dit une reconstitution TV, expliqua-t-il, les jambes étendues confortablement devant lui, les doigts croisés sur son ventre.

Il avait tiré le fauteuil jusque dans ma chambre.

— Marcus était mon principal suspect depuis longtemps, poursuivit-il. Mais il ne pouvait pas avoir quitté le travail : trop de témoins. Deedra non plus. Elle avait quitté le travail pendant environ trente minutes, et elle était en rendez-vous quand le corps de Pardon a été abandonné. Quand vous m'avez dit exactement à quelle heure ça s'était produit – là, il me jeta un regard vaguement réprobateur –, j'ai pu tout de suite l'éliminer. Marie Hofstettler est tout simplement trop vieille et infirme. Norvel était une possibilité, ainsi que Tom O'Hagen. Mais Tom était au travail quand Pardon a été tué, et Jenny au country club pour préparer les décorations pour le bal du printemps... beaucoup de témoins. Elle ne pouvait pas avoir tué Pardon.

Il fit une pause.

— Et je vous ai écartée aussi, du moins au bout de quelques jours.

— Pourquoi ?

Le comprimé commençait à faire effet et je n'étais que vaguement intéressée par la réponse.

— Peut-être parce que le seul secret pour lequel vous auriez tué, c'est ce qui vous est arrivé à Memphis. Et quand je l'ai laissé échapper, vous n'avez pas essayé de me tuer.

J'étais faiblement amusée. Je tournai les yeux vers un coin de la pièce.

— Ça nous laisse donc Norvel, dis-je tranquillement.

— À moins que les York ne soient rentrés plus tôt.

— J'aurais choisi Norvel.

— Je n'arrivais pas à me décider. Dans un sens, tout ça me semblait trop intelligent pour que Norvel en ait eu l'idée. Mais d'un autre côté, ça ressemblait exactement à un Norvel en état d'ivresse. Hésiter entre une planque et la suivante. Déplacer Pardon ici et là. Nous avons fouillé chaque appartement de l'immeuble, d'une manière ou d'une autre.

Je n'allais pas lui poser de questions.

— Aucune trace du corps nulle part. Il avait légèrement saigné de la bouche. Aucun cheveu, et les seules fibres sur le corps provenaient d'un mélange de coton, rouge foncé, doré et bleu vif.

— Les rideaux d'Alvah, murmurai-je.

— Je ne savais rien des rideaux d'Alvah, gronda Claude. Mais je n'avais rien vu dans aucun autre appartement qui puisse correspondre.

Je me souvins de la première fois qu'il était entré chez moi. Il avait cherché quelque chose qui puisse faire *tilt* dans son esprit.

— On a passé au crible tous les emplacements du parking, pour essayer de voir si on avait caché le corps de Pardon dans l'un d'eux. Aucune piste. Ce jour-là, je vous ai vue examiner les environs et je me demandais ce que vous faisiez.

— Vous m'avez vue d'où ?

— Depuis l'appartement de Pardon. Je m'y suis installé de temps en temps la journée et j'y ai passé toutes les nuits, pour observer les gens entrer et sortir et faire de curieux manèges, et pour trouver comment mener mon enquête.

J'étais définitivement en train de dériver dans un état second.

— On a fouillé les poubelles le jour où on a trouvé le corps de Pardon.

Je souris pour moi-même.

— On a regardé dans tous les appartements. On a gardé un œil sur les déplacements de chacun pendant un jour ou deux, puis ensuite, seulement sur Norvel et les York.

— Vous n'avez pas gardé un œil assez attentif sur Norvel.

— Bon sang, Lily, il est sorti se promener, on ne pouvait pas savoir qu'il avait un masque de ski dans la poche. Il avait dû cacher le manche à balai près de la clôture un peu plus tôt dans la journée. Je ne l'ai jamais vu avec.

— Mais c'est pour ça que vous êtes intervenu si vite. Vous étiez réveillé. Est-ce que vous avez retiré exprès votre chemise ?

— Ouais, confessa-t-il, l'air embarrassé. J'ai pensé qu'ainsi, j'aurais plus l'air d'avoir été réveillé par vos cris.

— Donc, vous surveilliez Norvel et les York.

— J'avais surpris l'allusion qu'avait faite Deedra à propos de la caravane, moi aussi. Elle pouvait très bien confondre. Elle entre et sort du parking plusieurs fois par jour. Mais elle semblait sûre d'elle. Je ne pouvais pas l'interroger de façon trop pressante sans qu'elle comprenne où je voulais en venir, mais plus j'y repensais, plus je considérais qu'il était possible que les York aient bien été là. J'ai appelé le tribunal de Creek County. Le procès d'Harley Don Murrell s'était terminé à temps pour que les York soient rentrés à cette heure-là. J'ai vérifié avec leur fille là-bas, vraiment au hasard, et elle m'a dit qu'ils étaient partis à 13 heures, juste après le déjeuner, trop bouleversés pour rester plus longtemps.

Alvah et T.L. avaient dit s'être arrêtés au marché aux puces de Hillside et avoir marché un peu pour se dégourdir les jambes, mais si ce n'était pas vrai, ils avaient pu être rentrés ici avant 15 heures.

— C'est le cas. Alvah avait arrosé la plante dans la cuisine. Elle était humide quand je suis venue l'arroser à 15 heures, dis-je. Les stores de leur chambre étaient ouverts. Ce sont les choses qu'elle fait en premier en rentrant chez elle. Et les rideaux du salon étaient dépendus. Je n'y ai pas prêté attention ce jour-là, mais je l'ai remarqué mercredi. Je pensais qu'Alvah avait commencé le ménage de printemps, mais en réalité T.L. avait enveloppé le corps dedans.

Ça, je l'avais découvert toute seule.

Claude étira ses longs bras au-dessus de sa tête avant de les laisser retomber dans leur position initiale.

— Alvah m'a dit aujourd'hui que, quand ils étaient revenus à Shakespeare, elle était rentrée dans l'appartement avec sa valise et qu'elle avait laissé T.L. décharger le reste de leurs affaires. Elle a arrosé la plante et ouvert les stores.

Il inclina vers moi un chapeau imaginaire.

— À l'extérieur, elle a entendu des voix. Leur porte était ouverte, ainsi que celle de Pardon ; T.L. s'était arrêté pour payer le loyer. Pardon avait appris au sujet du procès et du verdict par un de ses amis à Creek County, mais au lieu de consoler les York pour cette épreuve, Pardon avait choisi de citer ce que la femme de Murrell avait dit au sujet de la petite-fille des York. Et après la pire journée de sa vie, T.L. ne l'a simplement pas supporté. Pardon et lui ont échangé des propos assez vifs et T.L. a frappé Pardon à la bouche. Pardon est tombé en arrière et a heurté le canapé. C'était comme l'attaque d'un chien méchant. T.L. lui a de nouveau sauté dessus. Il allait frapper Pardon à la mâchoire, mais ce dernier s'est tourné, il a glissé, et

T.L. l'a frappé de toutes ses forces dans le cou. Il lui a écrasé la gorge.

— Et ils l'ont mis dans la caravane, intervins-je.

— Ouaip. T.L. s'est rué chez lui, il est passé devant Alvah et a arraché les rideaux sans rien lui dire avant de se précipiter de nouveau chez Pardon. Alvah l'a suivi. Ils ont transporté Pardon dans la caravane, l'ont enveloppé dans les rideaux – c'est là que ses clés sont tombées – et ils sont allés rouler un certain temps avec lui. Ils étaient complètement paniqués. Ils ne savaient pas quoi faire. Les York n'ont jamais enfreint la loi de toute leur vie. Ils allaient l'abandonner dans un chemin isolé, pour faire croire qu'il n'avait pas été tué par un des résidents de l'immeuble. Mais ils ont alors réalisé qu'ils pouvaient se forger un alibi, puisque personne ne les avait vus rentrer ; si le corps de Pardon était retrouvé plus près de l'immeuble, cela validait leur alibi.

Il fit une pause avant de poursuivre :

— Alors qu'ils faisaient un tour en caravane avec le corps de Pardon, Tom s'est rendu chez le propriétaire pour payer son loyer. Porte entrouverte, aucun signe de Pardon. Puis les York sont revenus, se sont garés juste devant la porte de derrière et ont remis le corps de Pardon chez lui.

— Comment se fait-il qu'ils n'aient pas entendu Deedra frapper à la porte ? demandai-je.

— Alvah a eu la nausée, expliqua Claude en baissant les yeux sur ses mains. Elle a dû rentrer chez elle précipitamment et T.L. l'a suivie. Pendant qu'Alvah vomissait, Deedra est repartie au travail. Ils n'ont jamais su qu'elle avait vu la caravane – heureusement pour Deedra. Quand Alvah s'est sentie mieux, ils sont repartis faire un tour. Ils n'ont pas pensé à se débarrasser des rideaux dans lesquels ils avaient enveloppé le corps. Ils n'ont pas pensé aux fils de la poche arrachée qui étaient restés dans la caravane. Ils n'ont pas pensé aux personnes qui allaient payer leur loyer et qui n'allaient pas trouver Pardon chez lui. Et ils n'ont pas pu fermer la porte de Pardon à clé parce qu'ils devaient y retourner, et ils ne retrouvaient pas ses clés.

»Ils ont manifestement tourné en caravane, dans un état second, et sont rentrés à l'heure à laquelle ils en avaient initialement l'intention, entre 7 et 8 heures du soir. Ils ont rangé le reste de leurs affaires à leur place. Ils se sont concertés, bien sûr, et ils ont décidé qu'on devait retrouver Pardon près de chez lui, quelque part où il aurait pu se balader, mais aussi là où il aurait pu risquer de tomber sur un agresseur. Le jardin botanique était l'endroit idéal, peut-être le seul choix sensé des York. T.L. s'est souvenu de votre chariot à poubelles. Il l'avait vu sur le trottoir devant chez vous le jour du passage des poubelles, et il l'avait toujours comme qui dirait convoité... Alors il a attendu, en pensant que personne ne serait réveillé à Shakespeare à une heure aussi tardive. Et il avait presque raison.

— Quand est-ce que vous avez décidé que ce n'était pas Norvel ?

— Quand j'ai vu T.L. sortir de la caravane pour se jeter sur vous, dit-il en me souriant, se moquant de lui-même. J'avais pensé que Norvel s'était seulement servi de la caravane pour cacher Pardon et que les York avaient tellement peur d'avoir l'air coupables qu'ils le couvraient. Je ne voulais pas que ce soient les York.

— Je savais que c'étaient les York, dis-je calmement. À cause des rideaux.

— C'est comme ça que vous l'avez découvert ?

— Si les rideaux d'Alvah avaient disparu, il devait y avoir une raison. Et seul T.L. pourrait dépendre les rideaux de leurs crochets. Si Alvah avait su ce qu'il faisait, elle aurait couru chercher un drap ou une nappe dont je n'aurais pas remarqué l'absence.

Mais j'ai remarqué l'absence des rideaux, dis-je d'une voix somnolente, et je savais que quelqu'un avait arrosé la plante.

— Pourquoi… Lily, pourquoi êtes-vous allée voir la caravane ?

— Je voulais voir ce qu'il y avait à l'intérieur, répondis-je avant de laisser mes yeux se fermer. Ah, oui, repris-je en soulevant de nouveau les paupières. Comment se fait-il que vous ne saviez pas que T.L. était là-dedans ?

— Je le savais, répondit-il en essayant de ne pas avoir l'air en colère contre moi. J'attendais qu'il sorte avec des preuves. Il ne pouvait pas les détruire dans la caravane ; il allait devoir les emmener chez lui. Je ne pouvais obtenir de mandat pour fouiller la caravane. Je n'avais pas assez de preuves.

— D'ac. J'ai l'esprit tranquille.

— Encore une chose.

— Hmm ?

— Et les menottes dans l'escalier des Drinkwater, Lily ? Et le rat mort ?

— Oh, c'était Thea. J'en étais presque certaine quand Marshall m'a raconté à quoi ressemblait sa vie secrète. Et j'en ai eu la certitude quand j'ai réalisé que vous aviez menacé de renvoi tous ceux qui travaillaient pour vous s'ils racontaient ce qui m'était arrivé. Mais Tom David Meiklejohn l'avait déjà raconté à sa bien-aimée. Il l'a empêchée de le révéler à qui que ce soit d'autre. Mais elle était au courant et elle voulait me torturer. Quand je l'ai découvert, je ne m'en suis plus inquiétée. Thea, je peux gérer.

Je roulai un œil vers Claude.

— Sa vie secrète ? dit-il avec espoir. Thea Sedaka a une vie secrète ?

— Je vous raconterai peut-être un jour, dis-je.

— J'ai entendu que Marshall revenait demain, Lily, dit Claude alors que j'étais en train de partir à la dérive. Qu'est-ce que vous allez faire ?

— Dormir, marmonnai-je.

Et je m'endormis.